L'âme sœur

DU MÊME AUTEUR

Madame Zola, *biographie, Grasset, 1997, Grand Prix des lectrices de* Elle *1998 ; Le Livre de Poche, 2001*

Chez Zola à Médan, *Christian Pirot, « Maisons d'écrivains », 1999*

Flora Tristan. La femme-messie, *biographie, Grasset, 2001, Prix François-Billetdoux de la SCAM ;* Flora Tristan, *Petite Bibliothèque Payot, 2006 ; Le Livre de Poche, 2018*

Madame Proust, *biographie, Grasset, 2004, Prix Renaudot de l'essai, Prix littéraire du Cercle de l'Union, Prix du Cercle littéraire proustien de Cabourg-Balbec ; Le Livre de Poche, 2006*

Le Roman d'une maison. Chez les Zola à Médan, *Payot, 2006*

La Biographe, *Grasset, 2007* ; Romy, ma mère et moi, *Le Livre de Poche, 2008*

La Fabuleuse Histoire des légumes, *préface de Michel Onfray, Grasset, 2008, Prix Brazier de l'essai gourmand ; Le Livre de Poche, 2010*

La Petite Fadette, *de George Sand, préface, Christian Pirot, 2010*

Le Dernier Amour de George Sand, *Grasset, 2010 ; Le Livre de Poche, 2013*

Porte de Champerret, *Grasset, 2013, Prix Christine de Pisan, Prix Cabourg du roman ; Le Livre de Poche, 2014*

Jardins de papier : de Rousseau à Modiano, *Stock, 2015, Prix Versailles « Lire au jardin » ; Le Livre de Poche, 2016*

(*Suite en fin d'ouvrage*)

Évelyne Bloch-Dano

L'Âme sœur

Natalie Bauer-Lechner et Gustav Mahler

Stock

Couverture Coco Bel Œil
Illustration de jaquette © *La Musique*, Gustav Klimt
© Selva/Leemage

Portrait de Natalie Bauer Lechner © Akg Images
Portrait de Gustav Mahler © Emil Bieber/Imagna/
Roger-Viollet

ISBN 978-2-234-08641-8

OUVERTURE

C'est le printemps, le dernier. Un rayon de soleil traverse la pièce, éclaire son visage, se pose doucement sur elle. Elle a fermé les yeux, ou peut-être sont-ils seulement baissés vers son bien le plus précieux : son instrument. Il est couché sur ses genoux, contre elle, de sa main gauche elle a saisi fermement le manche, la droite tient l'archet. L'alto est une part d'elle-même, son prolongement, son chant profond, il sait tout d'elle, il a tout vécu avec elle et depuis toujours, son âme a vibré avec la sienne, pleuré et ri avec elle. L'archet maintenant a glissé ou elle l'a posé. Ses cheveux toujours aussi épais sont devenus blancs. Ils sont ramenés en un chignon lâche derrière sa nuque, le front est dégagé, le nez droit, la bouche bien dessinée, le visage très aminci comme toute la silhouette. Elle jadis si robuste, bien en chair, éclatante de santé ! La guerre est passée par là. Mais cette maigreur lui va bien, elle souligne la distinction de ses traits, de sa haute stature qu'on devine malgré le fauteuil d'osier sur lequel elle est assise. Elle est belle dans sa vieillesse. Sans doute, après tout, s'est-elle endormie baignée par la lumière, par le bien-être de cet instant qui se reflète dans son léger sourire. Elle est vêtue avec élégance, d'une jupe écossaise, d'une blouse légère à manches longues, en fine toile blanche brodée, à col montant et cravate de soie noire ornée d'un bijou. Une écharpe de mousseline est posée sur ses épaules. Qui a pris cette photographie de Natalie Bauer-Lechner ? Qui a cherché à surprendre, à conserver peut-être le souvenir de ce moment de quiétude ? Elle l'a aimée, cette image, en tout cas, car elle l'a envoyée à l'une des trois jeunes filles qu'elle a élevées, avec ces mots : « À ma chère Georgie, pour fêter sa guérison, de la part de sa toujours fidèle Natalie. » Encore un pan de son histoire...

Un monde s'est écroulé, celui de l'empire d'Autriche-Hongrie, un autre est en train de se construire, elle l'a appelé de ses vœux, elle y a travaillé à sa façon, elle a payé de sa personne, pourrait-on dire, la place des femmes, une autre musique, un autre mode de vie, une autre morale, une autre politique... Elle s'est tenue aux avant-postes du monde d'hier. Mais ce monde d'aujourd'hui, elle n'y participe plus. Elle est rentrée en elle-même, ou ailleurs.

Sur son visage se lit l'absence et c'est cela qui le rend si bouleversant à mes yeux. Quand on vieillit, le bruit du monde s'éloigne. On le perçoit moins. On s'y intéresse moins. Peu à peu, le passé remonte à la surface, flux et reflux s'inversent. Les yeux fermés, on flotte dans la tiédeur d'une belle journée, les souvenirs se déroulent paresseusement sur les plages de la mémoire, on les fait revivre avec un infini plaisir. Natalie revoit la petite fille qui courait sur le Graben viennois pour échapper à sa nourrice, elle entend les cris de joie au passage du Corso fleuri dans le parc du Prater, les concerts à travers l'Europe avec ses amies du quatuor, elle salue sous les applaudissements, elle aperçoit le visage attentif de Johannes Brahms au fond de la salle, et puis ce jour – comment pourrait-elle l'oublier ? c'était hier – où elle a vu et entendu pour la première fois Gustav sur la scène du conservatoire. Il avait 16 ans, et elle 18. Dès cet instant, elle a senti qu'il y avait quelque chose d'exceptionnel chez ce garçon. Mais comment aurait-elle pu deviner la place qu'il allait prendre dans sa vie ? Tant et tant d'images de lui, de leurs promenades en montagne, de leurs baignades dans l'eau glacée des lacs, de leurs conversations, de ses colères, de ses doutes, de son rire, de leurs étreintes, de ses concerts et par-dessus tout de sa musique, qu'elle a aimée jusqu'au bout, jusqu'à la dernière note, bien après leur séparation, bien après sa mort, cette musique dont elle a toujours su qu'elle traverserait le temps, qu'elle irait bien au-delà de son génial créateur. Elle entrouvre les yeux. Un souffle léger fait bouger les rideaux. Les fantômes de sa vie entrent sur la pointe des pieds.

Son père dans la librairie, sa mère, et Siegfried, son premier grand amour…

Une automobile passe dans la rue, son klaxon criard la fait sursauter. À Vienne, les fiacres parcourent encore le Ring, mais le tramway a remplacé depuis longtemps les omnibus à chevaux. Elle a tant aimé marcher dans les rues, se promener dans les jardins du Belvédère, se baigner dans le Danube, patiner sur la glace, dévaler les pentes en luge et, blottie sous une couverture, glisser en traîneau sur les avenues enneigées. Écrire dans les cafés, dans les trains, dans les chambres d'hôtel, feuilleter la presse au Griensteidl, parler politique dans la fumée des cigarettes au Café Central, relire Goethe au fond de son lit, aller au théâtre, enseigner la musique à Salzbourg, rêver sur les quais de Trieste, boire du Prosecco à Venise, respirer le mimosa à Menton, descendre en courant les pentes herbeuses du Tyrol, escalader les montagnes. Elle a tant aimé vivre, jamais lasse, jamais blasée, émerveillée devant toutes les créatures, du bébé chat dont le cœur bat la chamade contre soi au mendiant qui agite sa sébile dans la rue. Et par-dessus tout, elle a tant aimé les artistes, les créateurs, les précurseurs, ceux qui vous montrent le chemin, qui vous tendent la main et vous hissent jusqu'à eux. Jamais fatiguée d'admirer, d'aimer, de célébrer. Fidèle. Toujours prête à se dévouer, pourvu qu'on lui laisse entière sa liberté. Sa sacro-sainte liberté.

Elle a repris son archet. Et sur les cordes, elle joue tout doucement le thème du *Blumenstück*, le « morceau des fleurs » de la *Troisième Symphonie*, qui déploie leurs étés enchantés de l'Attersee, au temps lointain où elle était encore l'âme sœur de Gustav Mahler.

SOLO

Vienne occupe une place à part dans l'imaginaire européen. Elle rayonne d'une lumière venue des siècles passés, capitale de l'immense Empire austro-hongrois, moment unique d'une culture et d'un art de vivre qui devaient s'estomper dans la mélancolie avec la Première Guerre mondiale, et sombrer tragiquement avec la Seconde. Vienne est un astre éteint, une ville fantôme pleine de charme où nous venons chercher le monde d'hier, et peut-être même celui d'avant-hier. Ses larges avenues, son Ring, son palais de la Hofburg, ses églises et sa cathédrale, ses parcs, sa Heldenplatz, la place des Héros où des centaines de milliers d'Autrichiens vinrent acclamer Hitler, son Opéra et sa Philharmonie, ses musées, son Prater, ses cafés où se rencontrèrent tant d'artistes et d'écrivains, son hôtel Sacher et sa pâtisserie Demel en font un haut lieu du tourisme, sans que jamais on ait vraiment l'impression d'être un touriste, contrairement à Rome ou à Paris où même les Parisiens finiront un jour par acheter des porte-clefs en forme de tour Eiffel. Vienne s'est étendue bien au-delà du Ring mais son cœur, pour nous, continue à battre au centre de la Mitteleuropa, mirage d'un melting-pot réussi, où chacun pouvait avoir l'espoir – l'illusion ? –, en dépit des soubresauts de l'Histoire, d'appartenir à une même nation, sous la houlette de l'empereur François-Joseph.

Plus personne à Vienne ne croit aujourd'hui au mirage, sauf peut-être les réfugiés souriants qui nous accueillent, ma sœur et moi, à l'hôtel Magdas en lisière du Prater. Une association les engage pour leur fournir du travail et gérer l'hôtel. Les chambres sont simples et colorées. De la fenêtre, nous apercevons la Grande Roue, comme dans un film de Max Ophuls. Nous longeons le parc pour prendre le métro. J'ai préparé un itinéraire sur les pas de Gustav Mahler à Vienne, comme pour Walter Benjamin à Berlin. J'ai relevé les adresses, les ai surlignées sur mon plan, et organisé les deux jours pour avoir une vue aussi complète que possible. Je n'oublie pas l'Opéra, la Philharmonie où se tenait le conservatoire, le musée de la Sécession. J'ai privilégié la période avant la rencontre de Mahler avec Alma. Nous avons réservé une visite guidée du Musikverein. À l'époque de Natalie, rien n'égalait son immeuble néo-classique flambant neuf, avec ses cariatides, ses plafonds ouvragés, son dédale de couloirs, l'escalier qui menait aux classes du second étage et, par-dessus tout, les deux salles de concert : la grande, avec ses dorures, son orgue monumental, ses 2000 places, ses caissons qui offrent une acoustique exceptionnelle sous la protection d'Apollon et de ses Muses ; la petite où avaient lieu les auditions du conservatoire, avec sa scène à l'italienne d'où aucune des réactions du public n'échappe au musicien. Comme toujours, mon attention aux paroles de la conférencière est flottante, tout entière dirigée vers une question obsessionnelle : pourrais-je visiter les salles de l'ancien conservatoire ? La réponse est *Nein, verboten*. Je tente une percée vers l'escalier interdit mais me fais sèchement rappeler à l'ordre. On ne plaisante pas avec le règlement, ici.

Certains bâtiments ont disparu, remplacés par un immeuble moderne, mais d'autres sont intacts, par exemple le n° 20 de la Berggasse, où se trouvait la chambre de Mahler, juste en face de l'appartement de Sigmund Freud, côté impair, au 19. Certes, ils n'y ont pas vécu au même moment mais comment ne pas rêver à ce voisinage d'autant plus improbable que, plus tard, Gustav Mahler ira jusqu'à Leyde, aux Pays-Bas, pour rencontrer le fondateur de la psychanalyse ? Mais c'est une autre histoire…

Comme jadis pour Walter Benjamin ou Romy Schneider, je fais donc ce pèlerinage-repérage avec ma sœur : d'abord Berlin, la ville de l'épopée maternelle, et maintenant l'Autriche où notre père avait été prisonnier de guerre pendant cinq ans, près de Mauthausen, mais aussi le pays où, enfants, nous passions nos vacances d'été au Tyrol. À vrai dire, nous n'y pensons pas, trop occupées à scruter les noms des rues sur les plaques, les numéros des immeubles. Parfois, quelqu'un en sort et nous nous engouffrons dans un corridor obscur, nous grimpons des escaliers aux marches gigantesques jusqu'à une porte anonyme que Mahler poussa peut-être un jour. Nous redescendons en cherchant l'interrupteur. Qu'avons-nous appris ? Je remarque que, même étudiant et pauvre, il a souvent habité les quartiers du centre ou proches de l'université. J'imagine qu'à l'époque ces chambrettes perchées étaient inconfortables, voire misérables, comme le Quartier latin où des établissements trois étoiles ont remplacé aujourd'hui les hôtels minables de jadis. Nous tournons et retournons sur le Ring, parfois écrasées par les vestiges de la puissance autrichienne, parfois charmées par les parcs, les terrasses, les bassins. Comme à Berlin, certaines avenues sont si larges qu'il faut s'y reprendre à plusieurs fois pour les traverser. Des aboyeurs déguisés en Mozart de pacotille tentent de nous vendre des places de concert pour touristes. Devant l'église Saint-Charles, l'un d'eux, dépité de notre refus, nous insulte et nous accuse de lui faire perdre son temps. Cela nous fait rire. C'est une matinée douce d'octobre, le soleil fait briller les toits, et Johannes Brahms habitait à deux pas.

Je photographie son immeuble comme s'il allait en sortir d'un instant à l'autre.

De même que celle de Strasbourg, de Milan ou de Paris, la cathédrale Saint-Étienne attire le flot des touristes. Ai-je envie de la visiter ? Non. Ce n'est pas la première fois que je viens à Vienne. Mais la Jasomirgottstrasse donne juste en face du porche. Natalie y a vécu, et hébergé Gustav Mahler. Hélas, l'immeuble a disparu, remplacé par un bâtiment moderne et l'arrière d'un grand café. Direction le Graben, à quelques dizaines de mètres, à condition de pouvoir fendre la foule. Cette longue place bâtie sur le fossé romain, bordée de maisons anciennes, de boutiques de luxe et de terrasses bondées, mélange l'architecture baroque et moderniste, tels le palais Bartolotti-Partenfeld avec l'Ankerhaus d'Otto Wagner ou le Kinze d'Adolf Loos. Les amateurs de selfies s'en donnent à cœur joie. C'est là que Natalie Lechner a passé une partie de son enfance.

Toutes les images de l'enfance de Natalie sont empreintes de douceur, d'une chaude lumière de tendresse, dans le confort de la maison de la Kärtnerstrasse où se trouve alors la librairie familiale, à deux pas de la place de la cathédrale Saint-Étienne. Son père, Rudolf Lechner, a repris le commerce paternel à la fin de ses études de philosophie et l'a développé. Il en a fait la plus prestigieuse librairie universitaire de Vienne. Livres pour la jeunesse, apprentissage des langues étrangères, ouvrages scolaires, tout l'intéresse pourvu que ce soit au service de la connaissance. À la fois intellectuel et bourgeois, avec ses favoris à la François-Joseph et son regard bienveillant derrière ses lunettes cerclées. Nul besoin de chercher très loin la soif de justice et de liberté de Natalie. Elle les tient de lui. Il est son premier grand homme, celui qui préfigure tous les autres. Sa mère, Julie von Winiwarter, fille de juriste, a été élevée dans la pure tradition viennoise, masquant son respect de l'ordre sous un sourire affable. Elle est dévouée, parfaite et intransigeante. Tenir une maison impeccable, élever ses cinq enfants, recevoir avec goût les amis et les relations de son mari, pratiquer les arts d'agrément, tel est à ses yeux le devoir des femmes. Il est hors de question que Natalie, Ellen et Wilhelmine échappent à ce destin. Son aînée lui donnera du fil à retordre, c'est le moins qu'on puisse dire.

Le grand-père, Michael Lechner, venu de Hongrie, avait donc appelé l'aîné de ses fils à lui succéder, comme le ferait un jour Rudolf avec Oskar, le frère de Natalie. Bravant les lois sur la censure, Rudolf s'était battu pour la liberté d'imprimer et avait même publié en 1848 le célèbre journal d'opposition « Grad-aus ». Mais après l'élan libéral, la réaction politique ne s'était pas fait attendre. Il avait mis alors toutes ses forces dans le développement de ses affaires, et il s'était passionné pour l'édition. Il avait fondé l'Union des libraires d'Autriche-Hongrie qu'il avait longtemps présidée. Entre-temps, il avait installé sa librairie au n° 31 du Graben, avant de la vendre pour se consacrer entièrement à l'édition. Les vitrines à l'encadrement en bois verni occupent toute la largeur de l'immeuble, le nom de Rudolf Lechner brille en lettres blanches. Natalie, née le 9 mai 1858, est issue de ce milieu cultivé. Elle lui doit en partie, il me semble, son aisance, sa confiance en elle.

Mais plus encore que la lecture, c'est la musique qui a compté pour elle. Ses toutes premières impressions lui sont liées : elle est couchée dans son petit lit, la porte de la chambre est ouverte, elle entend son père jouer du piano et sa mère chanter... Peu à peu, elle s'endort, et la musique se mêle à ses rêves. À peine rentré de la librairie, son père s'assied au piano, ou devant son chevalet pour peindre. Ou bien il lit, il écrit. Mais le plus souvent, il joue du piano et dès ses 5 ans, on met un violon entre les mains de Natalie, un instrument plutôt réservé alors aux garçons. Ses sœurs Ellen et Wilhelmine et son petit frère Oskar sont eux aussi initiés très jeunes. Dès que les filles sont en âge, on fait de la musique en famille. Ainsi, avant même de savoir lire et écrire, Natalie a pu déchiffrer une portée simple ou jouer à l'oreille une petite sonate de Mozart accompagnée par Papa.

La vie est rythmée par le carillon de Saint-Étienne. Sur Eisen-Platz et la Kärtnerstrasse, pas d'automobiles, mais le roulement incessant des fiacres et des calèches. Les façades ouvragées des maisons, l'église baroque Saint-Pierre, les fontaines, la monumentale colonne de la Peste, les boutiques de luxe comme la bijouterie Brüder, le Trattnerhof et ses cariatides, le palais Bartolloti-Partenfeld, tel est le décor de son enfance. Natalie court pour admirer les cortèges impériaux qui traversent le Graben, elle échappe à la main de sa mère pour se mêler à la foule lors des fêtes sur le parvis de la cathédrale, elle écoute les musiciens ambulants. Elle ne s'ennuie jamais, il y a mille choses à voir. En continuant sur la Kärtnerstrasse, on arrive à l'Opéra et au Ring, ce somptueux boulevard tracé vers l'époque de sa naissance sur les anciennes fortifications. Du Graben, on débouche très vite sur la Michaelerplatz où se trouvait alors la pâtisserie Demel avant son déménagement sur le Kohlmarkt. On y achète leur nouveauté empruntée à l'hôtel Sacher, la fameuse *Sachertorte*. Les Viennois se disputent encore pour savoir quelle est la meilleure des deux recettes. Aux invités de marque, chez les Lechner, on sert le sorbet à la violette de Demel, le dessert préféré de l'Impératrice. À 6 ans, Natalie rêve de voir la calèche impériale sortir du palais de la Hofburg et si on l'y autorisait, elle resterait volontiers des heures à l'attendre sur Heldenplatz. L'archiduc Rodolphe est né quelques mois après elle : il est un peu son jumeau, pense-t-elle. C'est un signe du destin. Pourquoi ne pas l'épouser un jour ? songe la petite fille en contemplant ses boucles châtain clair dans le miroir. Sa dévotion pour l'impératrice Élisabeth lui vaut les moqueries de toute la famille. Contre l'avis de sa belle-mère, Sissi a décidé de sortir dans Vienne avec une seule dame de compagnie. Autant dire sans escorte. C'est un scandale. Elle fait elle-même ses emplettes, entre dans les boutiques du Graben, s'adresse directement aux vendeuses qui plongent dans une révérence dès qu'elle pousse la porte. À plusieurs reprises, elle est venue acheter des livres de poésie chez Rudolf Lechner. On dit que Sissi prend un bain par jour, toute nue, boit de la bière à table, est passionnée d'équitation et de chasse, et qu'elle a installé une salle de gymnastique à Schönbrunn. La fillette se reconnaît dans son amour de la nature et son énergie, elle aussi est infatigable et frondeuse.

Les Lechner passent la belle saison dans une propriété de la Wienerwald. Tous les ans, durant cinq mois et demi, Natalie peut donner libre cours à son intrépidité et à son besoin de dépense physique. Bien en avance sur son temps, son père est persuadé que les filles doivent jouir dans ce domaine des mêmes aptitudes que les garçons. Qu'elles doivent être fortes, courageuses. Ils entreprennent de longues promenades, alpenstock à la main. Le sien est sculpté par son père qui y a inscrit son prénom au couteau. Au grand scandale de leur entourage, les filles font de la luge, elles apprennent à nager et à patiner dès 5 ans. Quelle éducation ! La famille passe aussi des vacances au Tyrol. Natalie dévale les pentes sur sa luge, le vent dans la figure. Ellen, accrochée à son aînée, pousse des cris. Natalie est un garçon manqué, une petite amazone. Elle n'a peur de rien.

Dans la première partie de son livre, *Fragmente*, écrit bien plus tard, Natalie Bauer-Lechner évoque ses souvenirs de jeunesse. Alors que tout laisse imaginer une enfance heureuse, elle précise que ce fut la période la plus triste à ses yeux. Pourquoi ? Parce que, explique-t-elle, « je ressentais profondément l'injustice sans nom à l'égard des filles qui n'avaient ni le droit d'étudier ni celui d'aller et venir librement comme les garçons. Je ne la comprenais ni ne l'admettais ». Son indiscipline se heurte souvent aux principes maternels. À 5 ans, elle refuse d'apprendre à coudre. Elle triture si longtemps le morceau de baptiste à broder qu'il devient gris. Chaque matin, la séance de coiffage est un supplice. Ses longs cheveux bouclés sont emmêlés malgré les tresses. Sa mère manie la brosse et le peigne sans pitié. D'où son idée, bientôt son obsession : se faire couper les cheveux. Mais comment ? Le croira-t-on ? Un jour, elle se rend seule chez le coiffeur et rentre triomphalement à la maison avec les cheveux courts. Elle n'a pas 10 ans. L'horreur de ses parents est à son comble quand elle décide de délivrer aussi sa petite sœur Ellen, plus docile, de cette torture du peigne. Sans la prévenir, elle coupe l'une de ses nattes par derrière. On sera bien obligé de supprimer la seconde...

Toujours prête à faire le bonheur des autres, ma Natalie, mais sans leur demander leur avis. Elle ne changera pas, c'est plus fort qu'elle, hélas.

Être une petite fille espiègle et indépendante prédispose-t-il à être féministe ? Le sentiment d'injustice dans le traitement différent des filles et des garçons a sauté aux yeux de millions de femmes depuis des siècles. Cinquante ans après, ma mère en voulait encore à ses parents qui ne lui laissaient pas la même liberté qu'à son frère. Elle aurait voulu jouer au football comme lui, aller au bal sans chaperon. Forte de cette expérience, elle m'a laissé une grande liberté. Je n'ai jamais entendu : « Une fille ne doit pas faire ceci ou cela. » Bien au contraire, selon elle, tout m'était ouvert, y compris les plus hautes fonctions. Enfant, je rageais quand, dans les jeux, on m'attribuait le seul rôle de *femme* du chef (capitaine de vaisseau, général, gangster, cowboy, etc.), pourtant envié des autres filles. Heureusement, le chef en avait vite assez d'une épouse aussi peu docile. Tant pis pour lui.

Ma seule obligation à la maison était d'ordre moral, et d'autant plus pesante : un pacte de vérité.

Je m'en acquittais loyalement. Comment dans ces conditions s'affranchir ? Telle était la phrase clef : « On te fait confiance. » La confiance, cela ne se trahit pas.

Pour Natalie, l'éducation libérale de ses parents avait aussi sa limite, fixée par l'époque et le milieu : aucune des filles Lechner n'est jamais allée à l'école, contrairement à leur petit frère. Cette injustice a plongé Natalie dans le désespoir. Elle aurait tant aimé étudier à l'école et au lycée, apprendre vraiment. Elle était prisonnière de la maison, sous la tutelle de sa mère et des rêves de son père. Certes, c'était la façon dont on instruisait les filles. Pourtant, très jeunes, on a fait suivre à Natalie puis à Ellen les cours du conservatoire, chose exceptionnelle. Impossible par conséquent d'ajuster cet emploi du temps chargé avec l'école : telle fut la raison invoquée par leurs parents. La musique passait avant tout. Il y avait là une contradiction qui lui échappait.

On se contenta donc d'engager quelques professeurs à domicile que les fillettes s'employèrent à faire tourner en bourrique. Leur première institutrice, une brave femme, est une catholique bigote qui leur lit mécaniquement le catéchisme. C'est d'un ennui total. Au lieu de se tenir assises bien droites comme on leur a appris, elles l'écoutent à moitié allongées sur leurs chaises en répétant leurs mouvements de natation ! Les parents y mettent rapidement bon ordre. Un sévère étudiant de l'université prend la suite. Il tire ses leçons et ses devoirs des sujets au programme de son propre examen, et Natalie a vite remarqué qu'il cache son livre de cours sous la table. Farouchement athée, il n'a pas de mots assez durs pour pourfendre le catholicisme de sa devancière, et s'est donné pour tâche sacrée d'ouvrir ses petites élèves aux lumières de la Raison. « L'effet fut radical, commente Natalie, je baignais dans les eaux plates du matérialisme une grande partie de mon enfance alors que j'aspirais à autre chose. » Lui aussi est renvoyé.

Ainsi se succèdent des méthodes et des programmes différents qui aboutissent à un désordre général de ses connaissances de base. Elle n'a appris que péniblement la grammaire allemande, grâce au latin ; l'orthographe lui donnait encore du mal à 15 ou 16 ans et si elle lisait les langues étrangères, elle n'a jamais été capable de les écrire correctement, assure-t-elle. Ce qui ne l'empêche pas de parler l'allemand, l'anglais, le français et l'italien.

C'est par la lecture, devenue une véritable passion, qu'elle réussit petit à petit à s'améliorer. Je suspecte un différend entre les parents à propos de l'éducation. Son père l'autorise toute jeune à venir le soir dans sa librairie et à lire tout ce qu'elle veut. Aucun interdit : elle en profite largement, voguant d'un livre à l'autre au gré de sa curiosité. Des romans aux ouvrages savants, elle avale tout sans ordre ni méthode, refermant un livre quand elle ne le comprend pas, en ouvrant un autre dont le titre lui plaît. C'est à la fois un privilège, un bonheur et une erreur : il lui faudra des années pour trier ce méli-mélo dans son esprit et en tirer quelque profit. Mais quel merveilleux souvenir que les heures passées avec son père dans la librairie fermée, tandis que s'allumaient un à un les réverbères du Graben...

Natalie se dépeint avec honnêteté, et une habitude évidente de l'introspection. « J'ai toujours été lente, il me faut du temps pour assimiler ce qui est nouveau, dans quelque domaine que ce soit. Mais une fois lancée, mon perfectionnisme et mon énergie me permettent d'atteindre mon but. Ma lenteur à entreprendre me rend plus attentive, plus consciente, que ceux qui foncent impulsivement. »

Quelle joie quand j'ai lu sous sa plume que son modèle était... George Sand ! Inspirée par son idole, elle va jusqu'à porter le pantalon. Elle a dévoré *Histoire de ma vie* en français et, comme la romancière, elle constate qu'elle a les défauts de ses qualités – et les qualités de ses défauts. La jeune Viennoise se découvre une âme sœur, une sœur aînée, une légende vivante dans une Europe où le français est encore la langue dominante. Elle s'identifie à George Sand, qui dans son autobiographie, dit-elle, « éclaire jusqu'aux profondeurs son être et son temps ». Natalie a 18 ans quand meurt la romancière, lue dans toute l'Europe, immensément célèbre. Comme elle,

Aurore a résisté à l'éducation contraignante qu'on lui imposait et, par tous les moyens, tenté de s'en affranchir. Comme elle, elle se prétend lente, et même avoir « l'air bête ». Natalie a dû rêver aussi sur ses amours romantiques avec Alfred de Musset et Frédéric Chopin, des artistes jeunes et exceptionnellement doués. Difficile de mesurer l'influence que ces fantasmes exerceront sur elle.

Elle n'est pas une enfant prodige. Elle a bien sûr appris le piano. Mais le violon, qui demande beaucoup d'efforts, convient mieux, finalement, à sa nature. À force de travail, de répétitions – même enfant, elle peut reprendre indéfiniment une ligne mélodique jusqu'à atteindre son but –, elle est parvenue à un niveau suffisant pour entrer à 8 ans au conservatoire, avec pour matière principale le violon, et secondaire le piano. Elle y restera six ans.

Le cours de violon lui est dispensé par le directeur Josef Hellmesberger. Natalie croise au conservatoire Arthur Nikisch, qui deviendra l'un des plus célèbres chefs d'orchestre de son temps et rival de Gustav Mahler à Leipzig. À 11 ans, ses dons de musicien sont déjà éclatants et Natalie admire le futur « jeune génie de la baguette » dont Piotr Tchaïkovski vantera le « calme admirable », l'« énergie », la « puissance » et la « maîtrise stupéfiantes ». Elle est encore une enfant, et son professeur lui fait à la fois peur et rire avec ses favoris, sa perruque, son col dur à l'ancienne, son air guindé et son fard rouge sur les pommettes. Elle a commencé ses études dans l'ancien bâtiment de la Tuchlauben – la fameuse *Haus zum Roten Igel* – et eu la chance de les poursuivre dans le nouveau site du Musikverein où Gustav Mahler devait lui aussi entrer, quelques années plus tard. Les élèves du conservatoire ont-ils eu l'autorisation d'assister au concert de Clara Schumann, en 1870, pour l'inauguration de la petite salle du Musikverein ? C'est peu probable. À peine les spectateurs eurent-ils quitté le bâtiment, qu'un incendie éclata dans les vestiaires, sinistre prémonition du grand incendie de l'Opéra de Vienne qui allait faire en 1881 près de 900 morts. Celui-là fut rapidement éteint, mais les ors de la grande salle furent ternis par la fumée, et il fallut fermer et nettoyer avant de rouvrir solennellement par un concert, suivi d'un bal pour lequel Johann Strauss avait écrit exprès une valse. Vienne, vous dis-je…

Le soir de notre arrivée, dans la grande salle dorée et illuminée du Musikverein, nous assistons à un concert de Renaud Capuçon et Khatia Buniatishvili. Coïncidence : ils interprètent la sonate en la majeur de César Frank, oui, l'une des sources de la sonate de Vinteuil d'*À la recherche du temps perdu* et de la fameuse « petite phrase » chère à Charles Swann. Deux jours auparavant, je l'ai entendue jouée au Grand Hôtel de Cabourg – et avec quelle ferveur – par mes chères musiciennes Anne-Lise et Virginie. J'y vois comme un signe. Après Marcel Proust, Gustav Mahler.

À l'époque de Natalie, pas question cependant pour les filles de participer aux répétitions du conservatoire et encore moins à son orchestre, preuve de l'esprit réactionnaire de ce haut lieu, et de Vienne en général, s'indigne-t-elle. Même là, les droits des femmes sont bafoués. L'État devrait faire des écoles supérieures de musique des établissements modèles, un exemple de pédagogie comme c'est le cas à Berlin, par exemple. Et que dire de l'orchestre, où les femmes sont interdites alors qu'elles peuvent être solistes en concert ou chanter à l'Opéra ? À Paris, elles sont depuis longtemps à tous les pupitres, violon, alto ou violoncelle. « J'ai même lu, ajoute-t-elle, qu'à Dresde, une femme avait pu pour la première fois tenir la place de premier violon. Impensable chez nous ! Mais je suis sûre que viendra un temps où les femmes pourront même diriger un orchestre. » L'avenir lui a donné raison. Mais elles n'ont été acceptées dans l'orchestre philharmonique de Vienne qu'en 1997, et aucune ne l'a encore dirigé.

Les personnages les plus fascinants à mes yeux sont ceux dont nous ne savons pas tout. Certes, me direz-vous, même chez nos proches, demeurent des zones d'ombre. Éternelle question de l'enfant : que font les parents quand je ne suis pas là ? La curiosité qui me pousse à connaître la vie des autres, à découvrir leurs secrets, n'a jamais faibli. Hélas, les miettes que je récolte me laissent presque toujours sur ma faim. La biographie est par définition un art de l'incomplétude. Mais le travail du biographe s'apparente aussi à celui de l'archéologue qui, à partir de fondations, d'une colonnade, d'un frontispice, reconstitue l'ensemble du monument.

À sa sortie du conservatoire de Vienne en 1872, munie de son diplôme, Natalie poursuit ses études de violon et de piano avec des professeurs particuliers. Elle a 14 ans. Avec l'adolescence, les tensions avec ses parents se multiplient. Elle est rebelle à toute autorité. Elle aime avoir raison et son obstination lasse ses contradicteurs. Elle ne se soumet qu'à ceux qu'elle admire, et encore... Cette capacité à admirer ne faiblira jamais chez elle. Ses traits s'affirment : grande, les cheveux châtains, les yeux gris, les lèvres pulpeuses, dotée non pas du charme viennois fait, dit-on, de légèreté, d'insouciance, mais d'une beauté plus sculpturale, plus imposante, plus grave aussi. Sa détermination n'est pas sans profondeur. Que fera-telle de sa vie ? Je suis sûre qu'elle se pose très tôt cette question, dès qu'elle remet en cause le modèle maternel. Elle échappe autant que possible à la surveillance de ses parents, retrouve des amis du conservatoire, flâne sans chaperon dans les rues de Vienne, et se promène au Prater, un lieu peu recommandé aux jeunes filles. Tout au long de sa vie, ce sera son territoire, elle en connaîtra le moindre bosquet, le moindre café, de la partie sauvage et boisée au parc d'animation, le « Würstelprater », où fleurissent les guinguettes, la fête foraine et les jeux de plein air. On s'y promène, on y boit, on y danse, on y flirte, on y racole. Cet ancien domaine royal ouvert au public depuis le XVIIIe siècle est à la fois la respiration verte de Vienne, et un lieu de plaisir. Natalie le connaît depuis l'enfance : les Lechner se promènent en famille dans la grande allée le dimanche et vont parfois déjeuner au Lusthaus (La maison du plaisir), élégant pavillon dont les murs verts et les larges baies prolongent le paysage.

J'ai été amoureuse dès l'âge de 4 ans, nous confie-t-elle, malheureusement un amour non payé de retour ! À 12 ans, elle se passionne pour l'émancipation des femmes et plagie les poèmes féministes qu'elle lit. Ensuite ce sera la longue période de latence due, selon elle, à l'éducation bourgeoise qui dénie toute sexualité aux filles et les enferme pour protéger leur supposée pudeur et leur vertu. Résultat : elles se retrouvent enceintes sans savoir comment. « Ma nature traversa ces inhibitions pour jouir durablement de sa pleine humanité. » Ses parents craignent-ils son besoin de liberté ? A-t-elle exercé cette « pleine humanité » un peu trop tôt ?

Elle a 17 ans quand elle épouse le professeur Alexander Bauer, son aîné de vingt-deux ans. Ses sœurs se marieront bien plus tard, ce n'est donc pas une tradition familiale. Difficile d'imaginer un coup de foudre de la part de Natalie, même si, dans ce domaine, rien n'est impossible. Mais je doute qu'elle ait souhaité devenir l'épouse de ce veuf à l'air placide, père de trois petites filles, surtout quand on connaît ses vues ultérieures sur le mariage. Il est plus vraisemblable que ce scientifique, réputé pour ses travaux de recherche en chimie, ait paru aux parents un parti honorable pour une jeune fille indocile et trop libre. Se sont-ils rencontrés dans la librairie de Rudolf Lechner ? Ce dernier, ayant fait d'abord la connaissance du chercheur, a-t-il vu en lui un gendre potentiel, un homme sérieux et gentil qui veillerait sur sa fille ? Alexander Bauer a voyagé pour ses recherches à travers l'Europe, il a étudié à Paris, vécu en Angleterre et il est sur le point d'entrer comme professeur à l'Institut des sciences de Vienne, la fameuse Technische Universität, dont il deviendra le recteur. Ce géant blond aux yeux bleu pâle, au visage doux, vient de perdre son épouse, une Anglaise, Emily Russel. Il l'avait connue et épousée à Leamington, en Grande-Bretagne, elle l'avait suivi à Vienne. Un mariage d'amour, sans aucun doute. La mort de sa femme, quelques jours après la naissance de leur troisième fille, l'a laissé anéanti. Mais les mois ont passé, et le deuil s'est adouci. Ce veuf mélancolique, discret malgré sa haute stature, promis à un grand avenir professionnel, aime la musique. Peut-être fréquente-t-il le salon des Lechner et admire-t-il la belle musicienne quand elle accompagne au violon sa mère ou son père ? Il imagine sans doute que la jeune fille pourra veiller sur ses fillettes, Emely, dite Minie, 18 mois, Georgina, 8 ans, et Rhoda, 11 ans. En faisant de Natalie une mère de substitution et l'épouse d'un notable quadragénaire, on la leste de chaînes bien arrimées, cette musicienne rebelle qui rêve de vivre de son art en toute indépendance. Elle est mineure, elle n'a pas son mot à dire. C'est un scénario probable. Mais probable seulement, car nous n'avons aucune certitude sur les motifs de cette union. Alexander Bauer est un homme intelligent, cultivé, de bonne famille, d'origine hongroise comme Rudolf Lechner. Elle a pu aussi penser, comme son modèle George Sand, que ce mariage de raison lui offrirait plus de liberté que la tutelle parentale.

Quoi qu'il en soit, le 27 décembre 1875, Natalie Lechner fait son entrée en robe blanche et voile de dentelle dans la grande nef de la cathédrale Saint-Étienne au bras de son père qui signera le registre des mariages. Elle devient Natalie Bauer.

À 17 ans, la voici donc aux prises avec trois petites filles qui ont perdu leur maman un an et demi plus tôt, nullement prêtes à voir une autre femme prendre sa place auprès de leur père. Elle habite désormais au 20 Kärtnerstrasse, à quelques pas de sa maison d'enfance. Savoir sa mère à proximité la rassure, elle peut s'appuyer sur son expérience. Mais elle n'a pas mesuré les difficultés auxquelles elle va se heurter. Le professeur Bauer est pris par ses cours et ses travaux de recherche. Elle se retrouve en charge du foyer et de l'éducation des enfants. Bien que situé dans la même rue, l'appartement des Bauer n'a rien à voir avec celui des Lechner. Obscur malgré ses hautes fenêtres, il est rempli de meubles sombres, presque noirs, lourdement ouvragés. Les tentures, les épais tapis, les suspensions, les plantes vertes, les lourdes faïences, l'immense table de la salle à manger en bois massif, tout l'écrase. Natalie se fera l'apôtre d'une architecture et d'une décoration intérieure d'avant-garde qui laissent entrer la lumière à flots, véritable thérapie du corps et du psychisme. Le mobilier vient de la famille Bauer mais c'est Emily, la première épouse, qui a sans doute veillé à l'agencement. Elle a choisi aussi les domestiques, qui lui sont dévoués et voient arriver pour maîtresse de maison une jeune fille dépourvue de toute vocation ménagère. L'ombre de l'Anglaise plane sur toute la maison, y compris sur le lit des nouveaux époux.

Le plus difficile résidait bien sûr dans l'éducation des enfants. Minie, encore bébé, avait peu connu sa mère et s'était très vite attachée à Natalie. Mais Rhoda et Georgina, qu'on appelait Georgie, à l'anglaise, se montraient plus récalcitrantes. Rhoda était douce, rêveuse, un peu renfermée. Sa résistance s'exprimait par la distance, une docilité apparente pleine de réserve. Mais Georgie la rejeta tout de suite, avec violence. Ses colères étaient redoutables. Elle adorait son père et la seule vue de Natalie déclenchait chez elle une souffrance insupportable. La jeune femme s'en désolait et cherchait par tous les moyens à se faire aimer d'elle. Mais parfois, la violence de Georgie la laissait démunie. Comment une belle-mère de 17 ans pouvait-elle venir à bout de l'hostilité d'une petite fille malheureuse ? Paradoxalement, ce fut sa jeunesse qui l'aida. Elle était encore proche de l'enfance. Une sorte d'instinct la poussa à lui parler comme à une personne responsable, à lui expliquer les choses les plus délicates avec sincérité, à répondre à ses questions sans bêtifier. Au fil des années, un lien très fort se créa. Il dura jusqu'à la fin. Les trois filles du professeur Alexander Bauer épousèrent des scientifiques. Georgie, excellente violoniste mais de santé fragile, abandonna la musique. Son fils, Erwin Schrödinger, reçut le prix Nobel en 1933 pour ses travaux de mécanique quantique.

Dans ses *Fragmente*, Natalie Bauer-Lechner développe ses principes d'éducation auxquels elle consacre un chapitre entier : ne jamais mentir aux enfants, les traiter comme des êtres à part entière, ne pas les laisser obtenir un avantage en leur cachant une erreur, aborder toutes les questions avec eux, y compris les sujets tabous, comme la sexualité. On doit, on peut tout leur dire pourvu qu'on le fasse avec délicatesse et amour. À l'une de ses petites filles d'adoption qui pose très tôt des questions sur la sexualité – comment naissent les enfants ? quelle différence entre les garçons et les filles ? c'est quoi les règles des femmes ? – elle répond avec simplicité. Il suffit de le faire pour que l'enfant passe à autre chose et oublie. Il reposera sa question, et on lui répondra à nouveau jusqu'à ce qu'il assimile. Ses allusions aux fillettes restent discrètes mais on sent bien qu'elle parle d'expérience : ainsi de cette « petite fille sauvage et vivante », qu'elle a dû élever. L'apprentissage de la vérité, sans peur de la sanction, a transformé celle-ci en une personne ouverte à la vie et confiante.

On est frappé par la modernité de sa réflexion, qui n'est pas sans évoquer la pensée d'une Françoise Dolto. Les références qu'elle cite confirment l'appartenance de Natalie Bauer-Lechner à un courant de pensée lié aux débuts de la psychanalyse et à l'émancipation sexuelle, telle la malheureuse patiente de Freud devenue elle-même psychanalyste, Emma Eckstein, auteure de *La Question sexuelle dans l'éducation des enfants*, ou Edward Carpenter, *Wenn die Menschen reif zur Liebe werden* (*Quand les êtres humains seront mûrs pour l'amour*), qui s'intéresse à l'homosexualité. Bien sûr, la toute jeune femme qui vit aux côtés d'Alexander Bauer et de ses enfants n'en est pas encore là. Pas plus que la Vienne de 1880. Sigmund Freud est encore un jeune étudiant en médecine. Mais la vingtaine d'années à venir va se traduire par un bouillonnement d'idées, de révolutions de la pensée et de la création artistique dont Natalie s'imprégnera et sera, à sa manière discrète, l'une des figures.

Curieux comme certaines scènes s'ancrent en nous, devenant part de notre propre mémoire. Ainsi, pour moi, la rencontre entre Natalie Bauer-Lechner et Gustav Mahler. La violoniste l'a racontée elle-même, en exergue de son livre *Souvenirs de Gustav Mahler*. Elle assiste avec sa sœur Ellen aux répétitions d'orchestre du conservatoire. Ayant toutes deux fini leurs études, elles viennent en auditrices libres, curieuses de découvrir les nouveaux talents, heureuses de retrouver des camarades, et l'ambiance si particulière du conservatoire. C'est à la fois une distraction et un prolongement de leur formation. La preuve aussi qu'elles continuent à jouer. Ellen, comme Natalie, sera violoniste. C'est le mois de juin, les deux jeunes filles sont vêtues de robes légères, aux couleurs pastel. Elles sont arrivées un peu tard, et se sont assises dans les premiers rangs de la grande salle du Musikverein. Natalie est mariée depuis six mois mais a déjà réussi à se ménager des échappées. D'ordinaire, les répétitions se tiennent dans la petite salle, aujourd'hui la salle Brahms : ses presque 600 places, son élégance néo-classique, son acoustique aussi parfaite que celle de la grande salle en font l'un des hauts lieux de la musique de chambre. Mais sa scène n'est pas assez vaste pour l'orchestre, dirigé par le redoutable et inamovible Josef Hellmesberger. Le concours de composition n'est pas loin, on doit jouer une symphonie d'un certain Gustav Mahler. Un jeune garçon – il a 16 ans – s'avance et tend sa partition au maître qui explose de colère : « Vos parties sont pleines de fautes ! Vous croyez que je vais diriger ça, moi ? » Et il jette les feuilles aux pieds de l'élève qui doit se baisser pour les ramasser. Il fixe ensuite le directeur de son regard noir et sort en redressant sa petite taille.

Scène fondatrice d'humiliation publique. Silence consterné des autres étudiants, de l'orchestre et du public. Un ou deux rires étouffés ? Les yeux de Natalie sont fixés sur le jeune musicien. « J'ai encore devant les yeux l'image de ce garçon, dont il était écrit sur le front qu'il valait infiniment plus que son "supérieur", et qui était obligé de subir un traitement aussi humiliant ; et j'ai ressenti en un éclair dans quelles mains étaient placées les dispositions géniales de ce jeune homme et ce que ce génie devrait encore subir au cours de sa vie. »

Cette empathie à l'égard de Mahler ne la quittera jamais. Dans sa mémoire profonde, la scène est inscrite ainsi que son rôle futur : soutenir le génie humilié. Croire en lui, le protéger, le consoler. Rien ne l'en détournera.

Je sais depuis longtemps que notre première impression ne nous trompe pas. La première image que nous avons d'un être dit vrai. Toujours se référer à cette intuition masquée par les méandres, les déguisements et les aléas de la relation ultérieure. Il faut ponctuellement se la remémorer, dans la fraîcheur de ce que nous ne connaissions pas encore mais que notre subconscient avait déjà deviné.

Je vois Natalie sortant de la salle à la suite de Mahler et allant lui parler. Elle vient d'avoir 18 ans, il en a donc deux de moins. Mais elle est une femme mariée de la bourgeoisie viennoise, et lui un adolescent juif, pauvre, venu de sa Bohême natale. Elle lui pose des questions. Il explique : il n'avait pas les moyens de payer un copiste, il a travaillé jour et nuit à écrire les différentes parties pour les instruments, il a laissé des fautes. Certes, il n'a pas été très soigneux mais ce qui compte, c'est la musique, non ? Le concours de composition de fin d'année doit avoir lieu dans un mois.

Le directeur refusera de reprendre l'œuvre après correction. Gustav Mahler compose à toute allure une *Suite pour piano* qui, « étant donné qu'elle était une œuvre plus hâtive et bien plus faible, a reçu un prix, tandis que mes bonnes productions ont échoué devant Messieurs les Jurés », confiera plus tard le musicien encore blessé et amer.

Il obtient le premier prix d'excellence pour son *Quintette avec piano*.

J'avais loué une petite voiture pour quitter Vienne, l'agence avait cru bien faire en me réservant une Qashqaï, un monstre au regard de mes habitudes. Après avoir erré dans les sous-sols obscurs de la gare où se trouve l'agence, il m'a fallu comprendre comment avancer le siège en faisant appel, toute honte bue, à un autre client. Impeccable sortie de la ville, griserie d'une voiture plus puissante que la mienne, nous voilà parties ! Au bout d'une cinquantaine de kilomètres sur la quatre-voies, arrêt pour acheter de l'eau dans une station-service. Deuxième petite humiliation : ni ma sœur ni moi ne parvenons à ouvrir la bouteille et nous sommes obligées de demander de l'aide à la caissière, laquelle nous regarde comme tombées de la lune. La tête haute, nous regagnons l'habitacle, je commence à manœuvrer pour quitter le parking. Et là, catastrophe : impossible de trouver la marche arrière. Chaque tentative nous fait avancer d'un bond vers le rebord du parking, avec la route en contrebas. Je suis d'autant plus vexée que j'aime conduire et ai même envisagé, dans une autre vie, de prendre des cours de mécanique. Seulement, j'ignore où se trouve cette fichue marche arrière. Bien sûr, comme toujours dans les voitures de location, pas de manuel dans la boîte à gants. J'ai, je l'avoue, un problème avec la simple idée de faire « marche arrière », par exemple rebrousser chemin dans une promenade pour revenir à mon point de départ. Un ami psychanalyste avait tenté de m'expliquer le sens caché de cette résistance, en vain. Je m'aperçois que j'ai traversé Vienne et parcouru tous ces kilomètres sans m'être posé la question. Que serait-il advenu si j'avais été obligée de reculer ? Il nous faudra solliciter l'aide d'un autre conducteur, un peu étonné, pour découvrir qu'il suffit d'appuyer sur un bouton, situé à l'arrière du levier de vitesse. C'est courant, paraît-il.

Cette résistance à la marche arrière va de pair avec ma répugnance à revivre le passé, à regarder derrière moi. Curieux pour un écrivain dont tous les livres se réfèrent à des périodes révolues. Seule cette dimension temporelle m'inspire, j'ai besoin de cet écart entre aujourd'hui et hier, pour m'y glisser. Je vis pleinement dans le présent, j'écris dans le passé. Quel rapport avec Gustav Mahler et Natalie Bauer-Lechner ? Vous allez comprendre.

Direction la République tchèque, plus précisément Jihlava, la ville où Mahler a passé toute son enfance jusqu'à son départ pour Vienne. Route en perpétuelle réfection, comme si cette Europe-là avait besoin, elle, de revenir sans cesse en arrière pour réparer. On m'a expliqué qu'il vaut mieux éviter l'autoroute entre Brno et Prague, construite à l'époque soviétique, avec des matériaux de si mauvaise qualité qu'il faut entièrement la reconstruire par pans. Elle est donc perpétuellement en travaux. Mais sur la route de Vienne à Jihlava aussi, des dizaines de camions, des voitures, doivent se regrouper sur une seule file en raison des feux de signalisation alternés. Nous ne sommes pas pressées et en profitons pour découvrir les bourgades qui s'allongent des deux côtés de la route, les maisons aux silhouettes trapues, ocres, roses ou verdâtres, les inscriptions en tchèque qui ont succédé à l'allemand. Rien à voir avec la splendeur de Prague et ses millions de touristes. Jihlava est à mi-chemin entre Vienne et la capitale avec lesquelles elle forme un triangle. Au fur et à mesure de notre (lente) avancée, le paysage devient plus boisé, le relief apparaît. Nous approchons de la Moravie.

J'ai tant rêvé sur Jihlava dans la salle du troisième étage de la Médiathèque musicale Mahler à Paris où j'ai travaillé – en fait, l'ancienne chambre à coucher de Maurice Fleuret, le compagnon d'Henry-Louis de La Grange, le biographe de Mahler. Alena, sa collaboratrice, m'apportait les documents, que nous avions fini par ranger dans un carton sur une chaise. Alena est née à Brno, son sourire, son accent chantant m'ont donné un avant-goût de Jihlava, elle a servi d'intermédiaire avec les Poukarovi qui nous accueilleront là-bas. Je lui dois tant ! Dans mon esprit, ce n'est pas à Jihlava que je vais, mais à Iglau, le nom que portait la ville du temps de Mahler, jusqu'au dépeçage de l'Empire austro-hongrois après la guerre de 14-18. Il nous faudra naviguer entre les toponymes allemands et tchèques, et surtout, comprendre que depuis l'invasion de la Tchécoslovaquie par les troupes de Hitler en 1939, les Tchèques n'ont pas du tout envie de parler l'allemand. Ni le russe, du reste, langue obligatoire pour toute une génération. Je n'ai compris que plus tard cette superposition de strates, comme des couches géologiques, qui constituent la mémoire de cette région comme d'une grande partie de l'Europe centrale. Si la campagne boisée, merveilleuse dans ses couleurs automnales, peut nous apparaître hors du temps, la ville et ses habitants sont les héritiers d'une histoire complexe, souvent tragique. Des militaires autrichiens de l'Empire aux panzers des divisions hitlériennes, des chars russes à l'Union européenne, se lisent les cris et les silences de l'histoire de l'Europe. Le 15 mars 1939, les troupes allemandes pénètrent en Bohême-Moravie. Le 16, elle devient un protectorat allemand où s'appliquent, notamment, les lois de Nuremberg contre les Juifs, qui seront déportés en masse à Theresienstadt, puis à Auschwitz. En 1945, un gouvernement de coalition ouvre progressivement la voie aux forces communistes. La République tchécoslovaque est proclamée république populaire en mai 1948. La dictature du prolétariat est inscrite dans la nouvelle constitution. Elle durera jusqu'à la « révolution de velours » en 1989. Il y a trente ans, seulement. On nous signalera un bâtiment d'où, des grilles d'un soupirail, s'échappaient les cris de torture.

Mais je n'étais pas consciente alors de ces retournements de l'Histoire, ou plutôt, ils n'étaient pas présents à mon esprit. J'étais dans *mon* histoire, celle de mon sujet. J'avais lu, consulté des documents, regardé des photographies de Jihlava. J'avais le plan approximatif de la ville en tête, et une image précise de la Hauptplatz, la place centrale au temps de Gustav Mahler. Nous sommes arrivées à l'heure du déjeuner. Il faisait un soleil magnifique, un ciel d'octobre lumineux. Eh bien, croyez-moi si vous voulez : malgré les travaux du parking, malgré l'affreux bâtiment construit au beau milieu de la place à l'époque soviétique – Alena m'avait prévenue et son ton en disait long –, tout est là. Je suis à Iglau.

Gustav Mahler est né à Kalischt (aujourd'hui Kaliste), un village de Bohême situé à une trentaine de kilomètres d'Iglau. Il avait quelques mois quand ses parents avaient quitté Kalischt.

La neige tombait sans interruption, effaçant les reliefs, ensevelissant les tas de bois devant les maisons, noyant le paysage dans une ombre pâle. On n'était pourtant qu'en octobre. L'été avait été désastreux, l'hiver s'annonçait glacial. Bientôt les étangs gèleraient à leur tour, et les forêts se pareraient de blanc. Dans le village, les masures des Juifs semblaient vouloir se fondre dans la terre humide. Chaque fois qu'on ouvrait la porte, le vent s'engouffrait et balayait le sol. La nuit tombait plus tôt, le jour se levait tard. Pouvait-on encore parler d'aube ? Bernhard Mahler regardait avec impatience par la fenêtre. Tout était prêt pour le départ. Son modeste commerce vendu, leurs quelques biens empaquetés. Où était encore passée sa femme ? Il hurla à nouveau, cette fois en yiddish, comme chaque fois qu'il était en colère. La maison d'habitation n'était pourtant pas bien grande, une salle et une seule chambre sans vitre à la fenêtre. Le reste du bâtiment était réservé à l'auberge. Il faisait glacial, on n'avait pas allumé le feu dans la cheminée. Inutile puisqu'ils allaient partir. Si seulement cette fichue charrette arrivait. Cet imbécile de Jacob savait bien qu'on l'attendait. Marie arriva en claudiquant, le bébé dans les bras. Elle cria à son tour : « Tu n'as pas ranimé le feu ? Tu vas nous faire mourir. Et l'enfant qui tousse déjà. Ça ne te suffit pas, un enfant mort ? » Bernhard lui jeta un regard furieux. Si elle n'avait pas eu le petit dans les bras, il l'aurait frappée. Était-ce à elle de lui donner des conseils, *dumme Frau* ? Un crissement sur la neige, la carriole était là. On hissa les ballots. Marie tenait contre elle Gustav enveloppé dans le châle brun qui couvrait aussi sa longue tresse brune enroulée sur la nuque. Bernhard, sa casquette en fourrure vissée sur la tête, s'installa à côté du vieux Jacob. Les voisins les guettaient par la fenêtre. Nul ne se serait risqué à sortir, au risque de subir les remarques de Bernhard, plus cinglantes que la tempête de neige. Mais Samuel soupira en voyant s'ébranler la carriole. Il prononça à voix basse la prière pour ceux qui partent en voyage. Les Mahler n'étaient pas bien pieux mais, après tout, ils étaient des leurs. Ils n'étaient pas les seuls à partir, du reste : bien d'autres familles juives avaient aussi décidé de tenter leur chance à la ville, puisque l'empereur François-Joseph, béni soit son nom, leur accordait désormais le droit de se déplacer. Un jour, il n'y aura plus de Juifs à Kalischt, songea Samuel. Cet enfant de quelques mois, promesse d'avenir, ne grandirait pas ici. À quelques kilomètres de là, à Gumpolds, aujourd'hui Humpolec, la synagogue et le vaste cimetière, au pied du château fort, témoignaient encore de l'importance de la communauté. Les parents de Bernhard, Marie et Simon, comme tous les Juifs des environs, y seraient enterrés un jour. En attendant, eux aussi, partaient.

De son départ du village, Gustav ne garderait aucun souvenir, bien sûr. Nos représentations du passé sont parfois purement fantasmatiques. Mais les récits de sa mère formeraient le substrat d'une mémoire recréée : les cloches de l'église, les hymnes du shabbat qui résonnaient dans les ruelles le vendredi soir, les rondes des fillettes devant l'école, et les bruits de vaisselle brisée quand son père rentrait le soir. La chaumière était alors une masure si l'on en croit la description qu'il en fit à Natalie. Mais d'après une photographie de l'époque, elle paraît moins misérable, bien que basse, comme écrasée par son toit de chaume. L'établissement est situé sur la route qui traverse le village, il devait être assez fréquenté. Il comportait aussi une distillerie, privilège accordé aux Juifs.

Nous faisons halte à l'auberge de Kaliste au terme d'un périple qui nous a menés, avec Josef et sa belle-fille Dana qui traduit nos échanges en anglais, dans les petites villes de Bohême où se tisse l'histoire des Mahler. Josef, artisan passionné de la présence actuelle du musicien à Jihlava, m'offre un circuit sur mesure, soigneusement préparé. L'accueil des Poukarovi, leur générosité sont exceptionnels. Ils sont même venus nous chercher à l'hôtel avec une quantité de documentation qu'ils me laissent.

Le village de Kaliste est resté modeste. Nous l'avons atteint après avoir emprunté l'autoroute, en travaux comme il se doit, mais aussi des petites routes étroites, bordées d'arbres dorés par l'automne. L'église, l'étang et la « chaumière ». Je suis intimidée comme si j'allais rencontrer Gustav lui-même. En cette fin de journée, le soleil a disparu et il fait froid. La maison natale restaurée, agrandie et fraîchement repeinte, propose des chambres d'hôtes. Dans le café aux odeurs appétissantes qui nous évoquent, à ma sœur et à moi, nos vacances familiales au Tyrol, dans la grande salle à manger aux chaises recouvertes de housses blanches, difficile de reconnaître la masure délabrée évoquée par Gustav Mahler. Je sais combien l'imaginaire doit parfois suppléer à la réalité. Mais peut-être était-il fidèle aux souvenirs de sa mère, elle qui venait de la ville de Ledetsch (Ledec), et d'un milieu bien plus aisé ? Elle avait dû être très malheureuse dans cet environnement, mariée à un homme qu'elle n'aimait pas.

Nous étions aussi allés, plus tôt dans l'après-midi, à Ledec. L'émotion m'avait saisie dans la synagogue, avec son plafond voûté, décoré de délicats motifs champêtres en stuc jaune et vert amande, avec sa galerie en bois réservée aux femmes, ses murs blancs où apparaissent d'anciennes inscriptions en hébreu, son lustre en verre, et l'emplacement où l'on déposait les rouleaux sacrés de la Torah, protégé par un rideau de velours bleu et encadré par des colonnes en trompe-l'œil. Le rideau ne cache que le vide. Depuis 1942, la communauté a disparu, engloutie avec la déportation des Juifs. La synagogue avait été édifiée en 1739, sur l'emplacement d'une ancienne bâtisse. Après un incendie, elle fut reconstruite dans le même esprit. Elle a servi d'entrepôt après la guerre, puis a été restaurée et inscrite au patrimoine culturel national en 1992. On y donne des concerts, une autre façon de prier, après tout.

Les parents de Mahler s'y marièrent. La cérémonie de la circoncision du petit Gustav s'y déroula le 14 juillet 1860. Une synagogue de village, comme il y a des églises de village, où devaient se réunir les Juifs des environs. Des photographies nous montrent les descendants des rares membres qui ont échappé à la Shoah, en Amérique du Sud ou du Nord, silhouettes vêtues de sombre, le visage grave. Ou bien ai-je rêvé ? Un autre panneau affiche la photographie de Marie, la mère de Gustav. Jeune encore, vêtue d'une robe de soie sombre à col de dentelle, elle pose dans la même attitude qu'Adèle Berncastel, la grand-mère de Proust. Même coiffure, même tenue, même guéridon à sa droite. Une photographie présente en médaillon les grands-parents maternels de Mahler, Abraham et Thérèse Hermann. Sur la place du village où nous nous garons, Josef nous indique la maison de la tante Franceska qui l'initia sans doute à la musique, et dans la rue adjacente, celle des grands-parents, avec le grenier où l'enfant découvrit pour la première fois un piano. Il avait 4 ou 5 ans. Après l'avoir entendu jouer, émerveillé, le grand-père fit transporter le piano chez les Mahler à Iglau. Les rues et la place sont désertes dans ce faubourg de la ville. Impression étrange d'être à la fois ici et ailleurs, aujourd'hui et hier.

C'est dans le cimetière d'Humpolec, alors Gumpolds, qu'il m'a semblé basculer dans un autre temps. Aux abords d'une forêt, à l'écart du village, exactement comme celui de Rosenwiller en Alsace où sont enterrés mes ancêtres paternels, il est l'un des plus importants de cette partie de la Bohême. Un millier de pierres tombales s'y pressent, certaines encore droites, d'autres bancales ou à demi ensevelies. Vladimir Stanek nous rejoint, un épais dossier sous le bras. Il reconstitue minutieusement, les uns après les autres, les arbres généalogiques de tous ceux qui sont enterrés là. Venu de Prague, le jeune érudit au perçant regard bleu nous raconte l'histoire d'un grand nombre d'entre eux. Avec ses petites lunettes rondes et les listes interminables qu'il feuillette, il est tout droit sorti de l'univers de Franz Kafka dont, surprise, les grands-parents maternels sont également enterrés à Humpolec. Kafka et Mahler ! Au fur et à mesure qu'il cite les noms des morts, de leurs ascendants et descendants, je m'attends à ce qu'ils sortent de leur tombe et nous encerclent. Nous sombrons peu à peu sous la masse des informations. Je prends tant bien que mal des notes. Nous nous arrêtons devant la tombe des grands-parents paternels de Mahler, le nom de Marie Mahler se lit sur un monument, entouré de pierres plus anciennes, dont celle de son mari et de proches. La famille d'Emil Freund, également, dans le coin opposé du cimetière. Emil, l'ami dévoué de toute une vie, au nom prédestiné (*Freund* signifie « ami » en allemand), qui a tant compté pour Mahler.

Depuis le début de mes recherches, je suis fascinée par ce personnage secondaire, sans éclat, mais qui incarne le double inversé de Gustav, son pendant, son ombre fidèle. Emil a habité la même rue à Iglau, puis de l'autre côté de la place. Ils vont au même lycée. Son père est directeur de la poste mais possède aussi une distillerie à Seelau (Zeliv), qui se trouve à une trentaine de kilomètres d'Iglau. Emil est le bon camarade, celui sur lequel Gustav s'appuie mais qu'il paraît toujours regarder de haut. C'est l'exécuteur des missions et des corvées, celui qui pendant longtemps fait le lien avec la famille Mahler car il revient plus souvent dans leur province natale. Il fait des études de droit, s'installe comme avocat à Vienne. Il deviendra l'homme de loi de Mahler.

Durant leur adolescence, Gustav Mahler a effectué plusieurs séjours pendant les vacances chez les Freund, à Seelau. Les deux garçons prenaient la diligence pour s'y rendre. Emil avait une cousine de 18 ans, Marie, une jeune fille juive de la campagne que j'imagine avec son foulard sur la tête et sa robe toute simple. Gustav plaisait à la compagnie, des jeunes surtout, par son esprit original, son humour et son talent de pianiste. Marie tomba follement amoureuse de Gustav. Il l'aimait bien, elle lui plaisait mais il « avait un tel sens de la morale qu'il ne se laissa pas tenter par une amourette frivole », écrit Emil Freund après la mort de son ami. Il la mit en garde contre une passion qui risquait de la rendre malheureuse. On la maria contre son gré, comme on avait marié Marie, la mère de Gustav. Mais Marie Freund allait se suicider à 20 ans en se jetant dans la rivière. Emil écrivit à son ami pour le lui dire, et la réponse de Gustav traduit son propre pessimisme : « Si tu connais un seul être heureux sur cette terre, cite-le moi au plus vite, tant que j'ai encore un peu le courage de vivre. » Lui-même est alors amoureux de la blonde Josefa Poisl, la fille du contrôleur de la poste d'Iglau, mais elle ne veut pas de lui. Il en naîtra trois lieder.

J'aimerais voir la tombe de la petite Marie. Je connais la date de sa mort, le 18 octobre 1880. Mais rien. Vladimir a beau consulter ses grimoires, il n'en trouve pas mention et décrète qu'elle n'existe pas. Je n'ose pas insister. Son corps n'a peut-être jamais été retrouvé ? L'histoire continue à me poursuivre tandis que nous nous arrêtons devant d'autres tombes qui ne m'intéressent pas. Mon esprit s'échappe.

J'ai un peu honte, notre érudit kafkaïen se dévoue pour redonner une histoire à toute une communauté et ma mémoire bute, une fois de plus, sur la *disparition*. Comme pour ma propre famille, le vide ne se comble pas. Le dernier Juif a été enterré en 1948. Un survivant.

Marie, sa mère, a déjà perdu un enfant quand Gustav voit le jour, le 7 juillet 1860. L'année de sa naissance, les Juifs ont obtenu pour la première fois le droit de se déplacer librement dans l'Empire et de résider où ils le souhaitaient. Bernhard Mahler n'hésite pas. Il quitte Kalischt et prend la direction d'Iglau avec sa femme et leur bébé âgé de 3 mois. Leurs effets sur une charrette, ils entrent par la porte de la Vierge Marie, longtemps la seule autorisée aux Juifs qui devaient ressortir de la ville à la nuit tombée. Elle est toujours là, cette porte percée dans les remparts, et je la vois se profiler au bout de la rue pavée que nous parcourons dans la fraîcheur d'une fin d'après-midi d'octobre.

Iglau – Jihlava – était une enclave allemande à la frontière entre la Bohême et la Moravie, une ville de garnison pour les troupes impériales, une cité prospère où cohabitaient catholiques, protestants et Juifs, la langue allemande, le tchèque et le yiddish. Rien ou presque n'a changé, et il est aisé d'imaginer, en effet, la vaste Hauptplatz rectangulaire, le kiosque à musique, les maisons colorées, les ruelles, les échoppes et les tavernes, le Gasthof « Zu drei Fürsten » où se garaient les carrioles, la colonne de la Peste, l'église baroque Saint-Ignace, l'imposant hôtel de ville et ses fenêtres ouvragées, son clocheton et son horloge, les fontaines en pierre…

Quand nous arrivons, il fait beau et le marché du vendredi bat son plein. On y vend de tout, des plantes et des friandises, des vêtements de laine et des chapeaux de paille, de la charcuterie et des jouets en bois. Je ne résiste pas au petit cochon rose qui se dandine au bout d'un ressort. À l'époque de Mahler, des paysannes proposaient les fromages et les volailles de leur ferme, des villageoises aux jupes amples, leurs écheveaux de laine, un sabotier exposait ses dernières productions, un rémouleur faisait tourner sa meule, on pouvait acheter des tissus, des fripes, des légumes, des saucisses, des pots en terre, des gâteaux, et sans doute déjà, des jouets en bois pour les enfants…

Il est midi. Après avoir déposé nos bagages dans la petite auberge qu'on m'a recommandée, dans un ancien cabaret appartenant à Bernhard Mahler, nous regagnons la Hauptplatz et choisissons une terrasse au soleil. Magie des rencontres : tandis que nous nous débattons avec le menu en tchèque, une jeune serveuse aux longs cheveux bruns s'adresse à nous dans un français parfait. Elle vit à Bordeaux avec son compagnon et est venue pour quelques semaines afin de rendre visite à sa famille. Je commande une soupe. Le bouillon de pot-au-feu parfumé me ramène chez mes grands-parents où, suivi de la viande et des légumes, il constituait le plat rituel du vendredi soir, veille de shabbat. Dire qu'à l'époque, je détestais cela !

La maison où Gustav Mahler a grandi, Pirnitzergasse se trouve à deux pas. Sans l'avoir jamais vue, j'ai reconnu la façade grise, l'emplacement de la taverne paternelle au rez-de-chaussée, les trois fenêtres du premier étage où ont habité les Mahler. Nous y pénétrons le lendemain grâce à Josef. Un couloir obscur, un escalier à la rampe en fer forgé et, au fond, une porte vitrée s'ouvrant sur un jardin mal entretenu. De l'arrière, le bâtiment est décrépit, un peu lézardé. La fenêtre de la chambre de Gustav et de son frère Ernst donne sur la cour. Le bâtiment qui servait de distillerie au père de Gustav est reconverti en hangar. Bien qu'en pleine ville, il y traîne comme un air de campagne.

Gustav Mahler a vécu là, aîné d'une famille nombreuse peu à peu décimée par la maladie. Des quatorze enfants, seuls six, trois garçons et trois filles, sont restés en vie : Gustav, Leopoldine, Alois, Justine, Otto et Emma. Les parents voient disparaître les petits l'un après l'autre, Isidor, Ernst, Rudolf, Arnold, Friedrich, Karl, Alfred, Konrad. Des garçons. Un hiver, deux bébés, l'un de quelques mois et l'autre de 2 ans, meurent le même jour. On les enterre côte à côte dans le nouveau cimetière juif. Et plus tard, le frère préféré de Gustav, Ernst, un garçon de 13 ans, tombe malade à son tour. Gustav, d'un an plus âgé, lui joue du piano, s'assoit au bord de son lit pour lui raconter des histoires fantastiques. Il le veille jusqu'à la fin. Une fois de plus, l'aile de la mort l'a frôlé. Il n'oubliera jamais Ernst. À 17 ans, il compose un opéra qui porte son prénom. Et germe en lui l'indicible et poignante mélancolie qui dominera plus tard les *Kindertotenlieder*, chants des enfants morts comme ses huit frères enlevés à moins de 2 ans, auxquels s'ajouteront Ernst et plus tard Otto, à peine sortis de l'adolescence, ainsi que sa sœur Leopoldine, toute jeune femme encore. Friedrich Ruckert, l'auteur des poèmes, avait lui-même perdu un enfant. Comme ce sera le cas pour Gustav Mahler, qui perdra sa fille de 5 ans, après les *Kindertotenlieder*.

Devenu l'aîné de la fratrie, Gustav a grandi dans ce climat hanté par la mort. Elle l'habite comme nous le rappellent les marches funèbres de ses symphonies. Il est un survivant. C'est sa force et sa fragilité. Il porte les espoirs de ses parents. Un poids mais aussi une incitation à se dépasser, à les satisfaire. Il ira bien au-delà. La peur de décevoir est la pierre d'angle des grandes ambitions.

La maison que j'observe maintenant du trottoir opposé ne me livre rien des drames de cette famille. Rien ne la distingue. Pas plus que celle d'à côté où les Mahler avaient loué un logis en arrivant en ville. Ils y étaient restés douze ans.

Gustav vénérait sa mère. Dès son plus jeune âge, il l'a sue malheureuse. Sa sensibilité de petit garçon devine ce qui n'est pas dit, et souffre de ce qui se hurle. Il lui caresse le bras, pose un baiser sur sa main, lui apporte un coussin pour sa tête. Il la voit pleurer et lui sourire à travers ses larmes. Un jour, en évoquant devant Natalie l'Adagio de la *Quatrième Symphonie*, il compare Marie à sainte Ursule. En le composant, il a revu le visage de sa mère, « souriant à travers les larmes », elle qui « savait racheter toutes les souffrances par l'amour ». Une autre fois, à propos de la mésentente entre ses parents, il évoque l'impossible mélange du feu et de l'eau.

Son père, Bernhard, doté d'une énergie peu commune, est dès sa jeunesse bien décidé à s'élever dans la société. Il a commencé comme charretier. En menant son cheval, il lit – il sait même un peu de français, s'attirant le sobriquet de *Kutschbockgelehrter* (le cocher lettré). Il devient ensuite employé de commerce, artisan, répétiteur, et finalement cabaretier grâce à son mariage avec Marie, la fille d'Abraham Herrmann, un riche fabricant de savon de Ledetsch. Elle est boîteuse, et l'aînée de sept autres filles à caser. C'est un mariage arrangé, bien sûr. Elle le connaît à peine, elle ne l'aime pas. Les familles se sont mises d'accord. Elle n'a qu'à obéir. On les marie dans la synagogue de Ledetsch. Les femmes sont parquées dans la galerie à l'étage, et leur regard s'égare parfois vers les couronnes vertes et les frises jaunes au-dessus de leur tête. D'autres bavardent à voix basse. La fiancée pleure des larmes invisibles sous son voile.

Pauvre Marie ! Asthmatique et le cœur faible, elle va subir quatorze grossesses et voir ses enfants mourir les uns après les autres. Sa vie est rythmée par les naissances et les décès. Comment survivre à une telle souffrance ? Suis-je une assez bonne mère ? Quel poison leur ai-je inoculé ? Pourquoi ni mon lait ni mon amour ne suffisent-ils pas à les protéger ? Est-ce une fatalité ? Est-ce Dieu ? Bernhard est brutal, tyrannique, et infidèle pour couronner le tout. À peine rentré, il hurle, il frappe. Accablée, Marie courbe l'échine. Elle fait partie des victimes résignées. Très tôt, Gustav a senti tout cela, il fait corps avec sa mère, il partage sa tristesse et ses joies. Il souffre quand il voit son père la rudoyer, il prend mentalement son parti quand ses parents se disputent. Il craint le retour de Bernhard, le soir. Il sait que le moindre détail suffira à déclencher des reproches, une colère qui s'alimente d'elle-même comme un feu dévorant, et les coups qui pleuvent si Marie n'obtempère pas assez vite ou pire, lui répond. Il le craint, ce père si exigeant, il tente d'agir au mieux pour le satisfaire en redoublant lui-même d'efforts. Ne pas attirer son attention ou bien détourner le flux de la lave brûlante sur lui pour protéger sa mère ? Que faut-il faire ? Il est encore trop petit pour la défendre contre le tyran domestique. Il perçoit l'injustice, se cuirasse contre elle. Intérieurement, il se rebelle. Mais ses sentiments sont contradictoires. Il l'admire aussi, ce père tout-puissant qui sait se faire respecter. Il voudrait lui plaire. Son autorité, sa sévérité s'impriment en lui comme des modèles de comportement. Bernhard incarne la loi, une loi sans indulgence, dont les articles valent commandement absolu. On ne discute pas un ordre, on obéit. Il est le chef de famille. Un chef sans concessions, redouté et admiré. Comme le sera Gustav Mahler dans sa direction d'orchestre.

Il a gardé de sa petite enfance le souvenir d'une dispute particulièrement violente. Terrorisé, il s'était enfui dans la rue où il avait entendu un musicien jouer à l'orgue de barbarie un air populaire :

Ach du lieber Augustin, Augustin, Augustin,
Ach du lieber Augustin alles ist hin.
(Ah, mon cher Augustin, tout est vain.)

Bien des années plus tard, il a évoqué cette scène avec Sigmund Freud. Le psychanalyste expliquait par l'épisode de l'orgue de barbarie la présence dans la musique de Mahler des chansons des rues associées à l'émotion, chaque état d'âme faisant invariablement surgir l'autre. Cette musique s'était inscrite dans le psychisme du compositeur comme un contrepoint, il tira de cette opposition les effets dramatiques qui structurent son œuvre. Et c'est probablement le rôle qu'elle joua pour lui dès l'enfance, une évasion dans un monde d'harmonie et de joie, inséparable de la violence : sombre martèlement des percussions, éclats des cuivres, force qui renverse tout...

Comme nous avons l'impression d'être loin de Vienne ! Et comme l'enfance de Natalie et celle de Gustav se ressemblent peu. Deux ans les séparent, et un monde. D'un côté la *Puppele* blonde et bouclée, dans le confort viennois de son enfance bourgeoise, de l'autre le gamin juif aux yeux noirs qui va trouver dans la musique de quoi affronter ses peurs. Natalie Bauer-Lechner lui posera des questions sur son passé, elle essaiera de se le représenter, elle fera la connaissance de son frère Otto et de ses sœurs Justine et Emma. La plupart des anecdotes sur l'enfance du compositeur proviennent de ses *Souvenirs de Gustav Mahler*. Mais au-delà de la compassion, en saisit-elle toute la dimension tragique ? Je ne sais si elle est venue à Iglau, en allant à Prague, par exemple. C'est très vraisemblable, il en est question lors d'un voyage vers Hambourg avec Justine. J'aime me l'imaginer descendant un jour du train, sur une impulsion, pour découvrir la ville de son ami, traversant la place, contemplant la façade de sa maison et marchant le long des remparts de la ville, comme nous.

Il commençait à faire frais. Nous nous sommes arrêtées dans un café en face des remparts pour boire un thé. Le patron, un géant dont nous comprenons difficilement l'allemand, a proposé pour nous réchauffer un grog, au goût étrange dû à un rhum tchèque issu de la betterave. Je ne sais pourquoi, ce rhum provoqua chez nous un fou rire. Deux jeunes femmes échangeaient des confidences en buvant des cocktails multicolores, et riaient de nous voir rire.

Un peu plus loin se trouvait jadis la synagogue d'Iglau, un vaste bâtiment de style mauresque édifié en 1862-1863 et détruit par les nazis dès leur entrée en Tchécoslovaquie, le 30 mars 1939, en violation des accords de Munich. Grâce à Josef, une plaque, en tchèque et en hébreu, rappelle sa mémoire dans un parc où une fontaine à dix jets – comme les dix symphonies –, des oiseaux, des poissons de pierre, et une statue longiligne en bronze de trois mètres, conçue par le sculpteur Jan Koblasa, évoquent Mahler. La présence-absence de la synagogue dont ne demeurent que les fondations, le parc qui porte son nom, le bruit de l'eau et cette silhouette dressée vers le ciel : Gustav Mahler est là. Des enfants jouent, nous déchiffrons les inscriptions. Il me paraît symbolique que ce soit justement là qu'on ait souhaité rappeler l'enfant du pays, à la lisière de ce qui était jadis la ville, cernée par le reste des fortifications.

La porte entrouverte de la synagogue laissait jadis passer des échos discordants, chacun psalmodiant à son rythme. Le tout formait cependant une seule prière, et je souhaite qu'elle soit montée aux cieux car la conjoncture allait être rude. Le petit Gustav a-t-il vraiment protesté un jour contre cette cacophonie, comme on le raconte ? C'est bien possible. Il y avait loin de ce brouhaha à l'harmonie des chœurs dans les églises ou du grand orgue de Saint-Jacob dont on aperçoit le clocher de la Hauptplatz. Dans la synagogue de B. où mon grand-père officiait en l'absence du *hazan*, le chantre, j'étais choquée, moi aussi, par ces prières désordonnées, ces chants inégaux, ces courbettes mal coordonnées. Pourquoi ne chantaient-ils pas tous en même temps, comme à l'église ? Assemblés mais non unis, et même indisciplinés, certains ne se gênant pas pour tourner le dos à l'autel afin de discuter plus commodément avec leurs voisins de derrière.

La dissonance était-elle si déplaisante à Mahler ? Natalie a raconté une promenade sur le Kreutzberg, un jour de fête foraine, en août 1900. Les manèges, les balançoires, les marionnettes, les orgues de barbarie, et même un orphéon militaire et un chœur d'hommes hurlaient sans se soucier les uns des autres. Mahler, enthousiasmé, s'est exclamé : « Écoutez ! Voilà ce qui s'appelle de la polyphonie, et c'est de là que je la tiens ! Déjà quand j'étais tout petit, dans la forêt d'Iglau, ce genre de choses m'impressionnait étrangement et cela s'est gravé en moi. Qu'il s'agisse de vacarme ou de mille oiseaux qui chantent, du hurlement de la tempête, d'un clapotis de vagues ou d'un feu qui crépite : c'est exactement comme cela – de tous côtés – que doivent surgir les thèmes ; ils doivent rester totalement différents dans leurs rythmes et leurs mélodies. La différence, c'est que l'artiste intervient pour ordonner et réunir le tout dans un ensemble musicalement cohérent. »

Créer, c'est faire surgir l'harmonie du désordre, l'unité de la multiplicité.

Pour la douceur, mieux vaut se tourner vers les femmes. Accaparée par ses grossesses à répétition, un enfant dans les bras et un autre dans son ventre, un troisième mourant, la douce Marie n'est pas souvent disponible. Gustav a beau l'adorer, il ne peut pas toujours se réfugier auprès d'elle. Elle compte sur lui pour se montrer raisonnable. Il est l'aîné, un grand garçon. Heureusement, les Mahler ont pu au fil des années engager une nourrice chargée de s'occuper des enfants. Gustav gardera la mémoire de sa nounou tchèque, de sa langue, des airs qu'elle lui chantonne à mi-voix. Autant de sons de la mémoire affective, de rythmes auxquels se joignent les trilles d'un violon, d'une flûte ou d'une clarinette aux accents *klezmerorim*, les refrains des danses paysannes, les fifres et les tambours de la fanfare de la garnison d'Iglau, l'écho d'un orchestre sur la place de la ville, ou d'une troupe de musiciens itinérants. « La musique bohémienne de mon enfance court à travers nombre de mes œuvres », dira le compositeur. Elle l'accompagnera toute sa vie. *Das klagende Lied*, un conte narré par la nourrice de son camarade Theodore Fischer, donnera même naissance à sa première œuvre.

La musique console l'enfant, elle berce ses tristesses et s'en imprègne, elle murmure à son oreille quand il se blottit dans les bras de sa mère, le musique est un paysage, elle continue à vivre dans votre tête même quand elle s'est tue, la musique vous appartient, elle fait partie de votre corps, elle agite vos pieds, elle fait courir vos mains, bouger vos lèvres, palpiter les sons dans votre gosier comme si vous aviez avalé un oiseau magique.

À la pauvreté des débuts a succédé une certaine aisance. Bernhard Mahler acquiert peu à peu plusieurs cabarets et commerces d'alcools d'importation, chartreuse, cognac ou rhum de Jamaïque. Il a obtenu une licence pour les liqueurs et peut même, quelques années plus tard, vendre sa propre production. Il a acheté sa maison et devient enfin citoyen à part entière d'Iglau. Dans la communauté, il est respecté, sinon craint. Ses fils sont circoncis et font leur barmitzva. Rien, pour autant, d'une stricte éducation religieuse. Bernhard Mahler tient à la fois à sa place dans la communauté, et à sa position dans la population allemande. En bon commerçant, il sait naviguer de l'un à l'autre. Dans l'Empire austro-hongrois, c'est la langue parlée qui détermine la nationalité. Les Mahler parlent l'allemand. Donc, ils le sont. Les Juifs de Bohême-Moravie ont tous un peu la même histoire. Un nom de famille apparu sous Joseph II quand il avait fallu prendre un patronyme. Des ancêtres colporteurs, bouchers, aubergistes, épiciers, marchands. Des maisons misérables dans des villages au fin fond de la campagne. Et l'aspiration à réussir, à force de travail. La condition de cette réussite, c'est l'assimilation. Se vêtir comme les Allemands et parler leur langue, adopter leurs valeurs, leur culture, se défaire peu à peu des défroques et de la religion de leurs ancêtres pour se fondre dans la bourgeoisie des villes, faire honneur au mot d'ordre libéral : « Bildung und Besitz », culture et propriété.

Bernhard Mahler ne pouvait mieux choisir qu'Iglau, une ville de culture allemande en pleine expansion, aux mains d'une bourgeoisie libérale qui profite de l'ouverture politique. L'allemand domine à Iglau, mais on parle le tchèque dans les villages environnants. Les frontières sont poreuses, et des expressions yiddish ou tchèques émaillent l'allemand, lui donnent son caractère mêlé – exactement comme la musique de Mahler adoptera la tradition romantique en y mêlant des bouffées prosaïques, des citations, des chants d'oiseaux ou de cloche, des échappées qui lui confèrent sa personnalité mais choqueront ses contemporains comme autant d'impuretés. « Si la musique de Mahler est grande, écrit Adorno, ce n'est pas malgré le kitsch vers lequel elle incline, mais parce que sa construction fait parler le kitsch, libère la nostalgie. »

Gustav Mahler ne garderait du judaïsme ni le souvenir ni l'attachement ? C'est faux selon l'un de ceux qui connaissent le mieux sa musique, Leonard Bernstein. Il se *savait* juif – c'est une part de son identité profonde, toujours vécue chez lui comme conflictuelle. Et quand il essaiera d'oublier, de faire oublier, voire de renier cette identité en se convertissant au catholicisme, on se chargera de la lui rappeler, parfois avec violence. Elle lui colle à la peau, qu'il le veuille ou non. La conversion sera le prix à payer pour obtenir un jour la direction de l'Opéra de Vienne, poste envié entre tous. Mais qu'en sera-t-il du prix à payer pour la conversion elle-même ? Suffit-il de se convertir pour ne plus être juif ? Dans son essai filmé *Le Petit Joueur de tambour* (*The little Drummer Boy*), Bernstein montre comment cette identité juive s'incarne littéralement dans sa musique, à travers notamment l'alliance des tons majeur et mineur de l'accord phrygien. Dans ce « sanglot juif », il entend toute la « yiddishkeit » de Mahler, comme un écho de la diaspora à laquelle il appartient. Il est, selon ce chef d'orchestre américain qui lui offrit sa résurrection après le nazisme, le porteur d'une culture juive et en même temps, l'héritier de la grande musique austro-allemande ainsi que, bien sûr, un créateur original. Je suis très sensible à cette interprétation car je suis entrée dans la biographie de Gustav Mahler par cette voie, en découvrant ses origines que j'ignorais complètement. Comment l'enfant de la famille nombreuse d'un modeste cabaretier juif de Bohême a-t-il pu devenir l'un des plus grands musiciens de son temps et le directeur de l'Opéra le plus prestigieux ? Pouvait-on vivre à la fois en « bon » Allemand et en Juif pieux, comme le faisait mon grand-père ? L'assimilation ouvre-t-elle la voie au reniement de son identité ? Doit-on révéler son origine ou la cacher ? La conversion est-elle une trahison ? Toutes ces questions sont depuis toujours les miennes. On en débattait dans ma famille. Je n'ai pas fini de me les poser à propos de Gustav Mahler.

Le certificat de citoyen d'Iglau de Bernhard Mahler est accroché au mur de la salle à manger comme celui de combattant allemand de 14-18 de mon grand-père, malgré la mort en déportation de presque toute sa famille. Il continuait à prier avec ses *tefilin*. Mais les Mahler ne transmettront à leurs enfants aucune mémoire des rituels. Pourtant, c'est bien au cimetière juif d'Iglau qu'ils reposent. Faute de clef, nous escaladons la clôture avec Josef et Dana pour aller sur leur tombe, exactement comme je l'avais fait jadis en Allemagne, dans la ville natale de mon grand-père. Nous nous recueillons devant les tombes des petits frères et des parents de Mahler.

Un étrange sentiment de familiarité me saisit dans ce cimetière lointain.

Il y a tant de choses que j'aimerais voir encore à Jihlava. Je n'aurai pas le temps de me promener dans les bois qui cernent les remparts et commencent à prendre les teintes de l'automne. Ils étaient si chers au jeune Mahler. Pourtant, ces quelques jours m'ont suffi pour donner des couleurs à ce que je sais de l'enfance de Gustav. Mais, en relisant ces lignes, m'étreint cette nostalgie profonde venue de je ne sais où et dont, oui, la musique de Mahler m'apporte l'écho.

S'il y a bien quelque chose qui rapproche Natalie Lechner et Gustav Mahler, c'est la musique. Malgré leurs origines, leur milieu, leurs cadres de vie si différents, elle fut au cœur de leur enfance à tous deux. Mais si Natalie est une élève appliquée, encouragée par une famille mélomane, Gustav montre dès son plus jeune âge des dons exceptionnels. Il retient instantanément un air et sait bientôt le reproduire sur son petit accordéon. À 3 ans, il en joue déjà. La musique est son île, son refuge, une planète dont il est le petit prince.

Il affirme qu'en matière de création artistique, les impressions reçues entre 4 et 11 ans sont pratiquement les seules décisives et fécondes. Si l'on en croit les anecdotes qu'il raconte à Natalie, c'est plus tôt encore que s'est manifestée sa sensibilité à la musique. Il est bébé quand, lors d'un voyage chez ses grands-parents, ses parents sont obligés de le bercer tour à tour en chantant pour faire cesser ses hurlements. Le chant a sur lui des vertus magiques. À 4 ans, il s'échappe un matin, encore en chemise, pour suivre la fanfare avec son accordéon. Des voisines ont fini par le récupérer et, l'installant sur un éventaire de fruits, elles lui ont demandé de rejouer ce qu'il avait entendu avant de le raccompagner au milieu des rires et des vivats. Un autre jour, il est à ce point fasciné par la musique militaire en sortant de l'école qu'il s'oublie dans son pantalon au grand dégoût de ceux qui sont à côté de lui.

Autant de récits sur l'origine d'une passion qui l'habite très tôt et ne le quittera pas. Quelque chose lui est offert, il va se l'approprier, levant sur son passage les acclamations puis, plus tard, les huées. Acclamations, d'abord. À 6 ans, il donne son premier récital et commence à composer, encouragé par ses parents. Le public ne tarit pas d'éloges à propos de ce petit bonhomme aux yeux noirs, qui se tient droit au piano, ses mains de bébé sur le clavier, si sérieux déjà, si concentré ! Une photo de cette époque, prise chez le photographe d'Iglau dont la maison à façade verte se trouve non loin de notre hôtel : il a 5 ou 6 ans, on a coupé ses cheveux bouclés pour l'occasion, mais une mèche rebelle se dresse sur sa tête. Il est vêtu d'un pantalon long, de bottines, d'une veste courte d'où dépasse un col blanc bordé d'un feston. Il tient son chapeau à la main. Il fixe gravement l'objectif, la main gauche sur ce qui semble être une partition posée sur une chaise. « L'enfant musicien » : il est voué à son art comme d'autres le sont à la Vierge Marie. Ce sera sa prison et son salut.

Comme pour Marcel Proust, je suis fascinée par ces années qui précèdent la création proprement dite, l'enfance des génies. La première biographie que j'ai lue, à 11 ans, racontait la vie de Mozart. J'avais l'impression qu'entre l'enfant prodige et le musicien abandonné de tous, selon l'auteur, et jeté à la fosse commune, il y avait un lien obscur. Le don entraîne la malédiction.

La précocité est-elle toujours un signe de talent ? D'où vient ce don ? Au même âge, Natalie joue aussi d'un instrument. Mais pour elle, c'est encore un jeu, justement, une façon d'imiter ses parents, de leur faire plaisir. « Si l'on n'a pas reçu le gros lot du ciel dès le berceau, aucun hasard aveugle ne vous fera de cadeau », affirme Mahler. Sa première composition est une polka, introduite par une marche funèbre. Déjà une marche funèbre. Sa mère lui a promis deux couronnes s'il la copie sans faire de taches. Il prie Dieu de l'aider et, confiant, trempe sa plume avec entrain dans l'encrier, étalant un gros pâté dès les premières notes. « Ce jour-là, ma foi en Dieu en a pris un coup ! » Sa deuxième composition, une chanson, est une commande de son père, pour deux couronnes aussi, décidément son tarif. Incitation familiale et récompense qui, aux yeux de l'enfant, donnent une valeur à son travail. De quoi générer une carrière...

Sa maîtrise est telle qu'on lui confie à 7 ou 8 ans l'initiation des enfants plus jeunes ; légende ? vérité ? Il est, paraît-il, déjà si exigeant qu'il corrige les erreurs de ses jeunes élèves en leur donnant des gifles. Gustav est un enfant prodige et bientôt, une célébrité locale. La musique est partout à Iglau : dans les églises, certes, mais aussi au théâtre municipal, dans les auberges où l'on chante et l'on danse, et sur la place où se produit la musique militaire. Cette fanfare du 69e régiment d'infanterie est un véritable orchestre, elle ne joue pas seulement des marches militaires, mais donne aussi de véritables concerts de qualité. Iglau est sur la route de Vienne à Prague, des musiciens prestigieux l'ont traversée, comme Mozart ou Beethoven qui séjournait chez son neveu. Bedrich Smetana y a étudié la musique. Ce n'est pas une activité marginale mais une carrière estimée, un art noble issu d'une triple tradition, juive, tchèque et allemande, d'où les encouragements du père de Mahler, sa fierté devant les dons de son fils. Il lui fait donner des cours par les meilleurs professeurs, il croit en lui. « Il était l'idole de la famille », dira sa sœur Justine, qui elle-même le vénère.

Enfant, Gustav chante aussi dans le chœur paroissial, très réputé, l'accompagne au piano et découvre ainsi – premier grand choc ? – le *Requiem* de Mozart. Il donne vers 10 ans son premier vrai concert, suscitant l'admiration générale. On l'applaudit, on le félicite, autant de gratifications associées à la musique pour cet enfant rêveur. Le père de son camarade Theodor, Heinrich Fisher, directeur de la musique municipale, l'a pris sous son aile. Cours de piano, chorale, musique sacrée, orchestre du théâtre, opéra, orchestre municipal : il fait ses classes en puisant à toutes les sources. Oui, dès l'enfance, la musique est une passion et une manière d'être, tout s'organise autour d'elle : ses lectures, sa curiosité, son temps libre. Adolescent, il rapporte des partitions de la bibliothèque et les déchiffre inlassablement au piano. Il prend des cours d'harmonie, de théorie. La musique le sauve.

Bernhard Mahler a d'autres ambitions pour son fils. Il ne veut pas en faire un commerçant. Mais la musique ne suffit pas non plus. Il l'inscrit à l'école, puis au lycée allemand d'Iglau, et enfin, à celui de Prague. Toujours plus haut, plus fort, plus difficile. Gustav a 11 ans, et il impressionne la famille qui l'accueille là-bas par sa capacité à noter immédiatement, à l'oreille, les morceaux de piano les plus complexes. Il paraît que Mozart faisait la même chose, qu'il pouvait même jouer un morceau compliqué de mémoire après l'avoir entendu une seule fois. C'est un signe de génie. Mais curieusement, dans ses études, Gustav se montre un élève médiocre. Il n'arrive pas à s'adapter à Prague. Il se sent mal loin de chez lui, se plaint qu'on le maltraite, et rentre à Iglau. L'ambiance a beau être détestable, il a besoin de son foyer, de ses proches. La famille, pour lui, a toujours été à la fois un refuge et une souffrance.

À 15 ans, alors qu'il séjourne un été chez son camarade Josef Steiner et travaille avec celui-ci à un projet d'opéra, un ami des Steiner l'entend jouer, et sidéré par ses dons, conseille à son père de le faire auditionner par le célèbre pianiste Julius Epstein, professeur au conservatoire. Bernhard Mahler s'exécute et la réponse d'Epstein ne laisse aucune place au doute : « Monsieur Mahler, votre fils est un musicien né. Il a de l'esprit mais ne reprendra jamais votre fabrique de spiritueux. » Le lycéen d'Iglau entre au prestigieux conservatoire de Vienne en septembre 1875. Cette fois, il a bien quitté la maison.

Le destin s'y reprend souvent à plusieurs reprises avant qu'une rencontre prenne tout son sens. Quand Natalie le voit pour la première fois, elle ne sait pas encore la place que Gustav occupera dans sa vie. Elle est une jeune femme mariée depuis quelques mois, et tente honnêtement de faire face le mieux possible à ses obligations. Trois petites filles, ce n'est pas rien. Quelles que soient les raisons pour lesquelles elle a épousé Alexander Bauer – je ne parviens toujours pas à trancher : mariage arrangé ou volontaire ? –, sachant combien elle est consciencieuse, je ne peux imaginer qu'elle traite à la légère ses nouvelles obligations. Le jeune musicien maltraité jadis par le directeur du conservatoire n'a occupé qu'un instant son esprit. Il est encore un enfant à ses yeux, fût-il génial. Même aidée dans les tâches domestiques, il lui faut tenir sa maison, recevoir les relations de son mari qui mène sa carrière universitaire et, bien sûr, s'occuper au mieux des trois fillettes, de leur instruction. Hors de question pour elle de renoncer à la musique qui occupe une place essentielle dans sa vie et à Vienne. Opéras de Mozart, de Wagner, de Donizetti, œuvres de Liszt, de Schubert, de Brahms qui enseigne au conservatoire, la musique dans la capitale de l'Empire est loin de se limiter à Strauss et à ses valses. Les partisans de Brahms s'opposent à ceux de Bruckner au sein même du conservatoire. C'est en suivant le cycle complet des *Sonates* de Beethoven par Anton Rubinstein que Mahler comprend qu'il ne sera jamais un virtuose. Il abandonne la classe de piano malgré un prix d'excellence pour l'interprétation du premier mouvement d'une *Sonate en la mineur* de Schubert, et un concert à Iglau où il donne une *Ballade* de Chopin et son propre *Quintette avec piano*. Je le reconnais bien là : en quête d'excellence, préférant le néant à l'à peu près.

Natalie, elle, transmet sa passion du violon aux petites filles, et leur donne elle-même des cours. Sans le savoir, elle fait son apprentissage de futur professeur. Elle continue à participer aux soirées musicales chez ses parents, Rudolf ou Ellen se mettent au piano, elle joue et, parfois, sa mère chante comme elle le faisait quand elle était enfant. Une vie remplie qui, un jour, l'étouffera.

Le jeune Mahler fait au contraire l'expérience de l'indépendance. Ce garçon de 15 ans, venu de sa petite ville de Bohême, apprend à vivre loin de la nichée familiale et de tout ce qui avait fait sa vie jusqu'ici. Il était un jeune prodige à Iglau. À Vienne, il n'est plus personne. Il est à la fois soulagé d'être indépendant, et projeté dans un univers inconnu, sans repères. Il lui faut se débrouiller seul, décrypter la ville et ses codes, modifier sa façon de se tenir, corriger son accent rocailleux de Moravie. Et surtout, il lui faut apprendre la loi du conservatoire, le travail acharné, l'obéissance aux professeurs, l'autorité qu'il déteste par-dessus tout. Comme beaucoup d'enfants de famille nombreuse, il aime être entouré mais a aussi besoin d'îlots de solitude. Ses dons contrebalancent son indocilité. Il va jusqu'à donner sa démission au bout d'un an, avant de la reprendre en s'excusant. Parallèlement, il poursuit ses études, son père tient à ce qu'il passe sa Matura – l'équivalent de notre baccalauréat – puis s'inscrive à l'université. Le plus souvent, il n'a pas de quoi payer l'entrée des salles de concert et doit se contenter des partitions. Il habite une petite chambre sans confort, sans chauffage. Il ne mange pas assez. Il est seul. Et il compose. En écoutant le mouvement conservé du *Quatuor* écrit à 16 ans, je le vois, penché sur sa feuille, alignant les notes en faisant crisser la plume et cracher l'encre. Musique encore pétrie d'influences romantiques – Brahms, Schumann –, lyrique, débordant de sentiments, d'intentions et de notes, et si belle malgré ses imperfections.

Mes amies musiciennes en résidence à Royaumont la répètent devant moi. Je participe modestement à leur disque *Mahler intime*. C'est grâce à Anne-Lise, la pianiste, et à Virginie, la violoniste, que je me suis lancée dans ce travail. Elles avaient interprété une transcription de l'Adagietto de la *Cinquième Symphonie*, pour remercier le mécène qui avait prêté à Virginie son Montagnana du XVIIIe siècle. J'avais été transportée par ce morceau, si différent de la version symphonique. Petit à petit, le projet a pris forme et je suis, au clavier de mon ordinateur, la sixième membre de la formation. Anne-Lise, Virginie, Diana la violoncelliste, Violaine l'altiste et Jennifer la chanteuse, nous voici toutes les six dans ce lieu féérique de l'abbaye de Royaumont. L'automne lumineux se mire dans les pièces d'eau. Je les écoute, émue, persuadée qu'un peu de la vérité profonde de Gustav Mahler est inscrite dans cette œuvre de jeunesse, maladroite peut-être dans sa sincérité, emportée, alternant la force et la douceur, mais oui, si touchante. « Trop de notes !... Il se cherche... » me disent-elles. Il y a des montées, des cols, des pics, des descentes vertigineuses. Comme il doit être exalté, ce musicien de 15 ans, comme il y met tout son savoir, tout son être !

Le *Quatuor* est joué le 10 juillet 1876 au conservatoire, avec Gustav au piano, puis chez Theodor Billroth, un mélomane ami de Johannes Brahms, et enfin à Iglau, le 12 septembre 1876. J'imagine la fierté du jeune garçon, qui interprète sa propre œuvre devant le public de sa ville natale. Sa vocation s'affirme, comment pourrait-il douter ? Et pourtant il doute, et le *Quatuor en la mineur* est aussi une musique pleine d'interrogations, le tout début d'une quête. L'intensité est déjà présente, elle doit trouver sa forme unique, originale. Tout le chemin est encore à faire, c'est cela qui est beau et nous bouleverse.

Il vit dans des galetas qu'il partage parfois avec ses camarades du conservatoire, Rudolf Krzyzanowski et Hugo Wolf.

Ah, Hugo Wolf ! Tragique destin de ce sublime compositeur de lieder ! Son visage d'ange, ses yeux limpides, ses dons de musicien lui attirent toutes les sympathies. Mais il est d'une susceptibilité maladive. Quelques années après le conservatoire, il se fâchera avec Gustav à propos d'un livret d'opéra. Gustav Mahler avait l'art de susciter la rivalité, comme tous les artistes doués et ambitieux. Wolf ne lui a jamais pardonné. Natalie, bonne fille, voulut en 1884 les inviter ensemble en compagnie de quelques amis, il refusa. J'ai la lettre d'Hugo Wolf sous les yeux, s'y lisent au passage quelques considérations sur les Juifs, trop nombreux au bord de l'Aussee, ce qui lui gâche son séjour : « Leider wimmelt es hier von Juden, ein Umstand, der mich zur Verzweiflung bringt » (Malheureusement, ça grouille ici de Juifs, une circonstance qui me met au désespoir). Un jour – Mahler dirige alors l'orchestre de l'Opéra de Hambourg –, Hugo Wolf se persuade que son ancien colocataire montera son opéra *Der*

Corregidor. Natalie sert à nouveau d'intermédiaire. Mais Mahler refuse en raison des défauts de l'œuvre. En plein délire, Wolf clame partout qu'il est le directeur de l'Opéra. « Je suis Mahler ! » hurle le malheureux. On doit l'interner. Libéré, il tente de se noyer après une dernière audition de ses lieder, son chef-d'œuvre, et il demande à être à nouveau hospitalisé. Il finira misérablement sa vie, six ans plus tard, à l'asile.

Mahler montera l'opéra l'année suivante. Trop tard pour Hugo Wolf.

Revenons au conservatoire où le jeune homme achève des études moins brillantes qu'on ne pourrait l'imaginer malgré deux premiers prix de composition. Il a toujours eu du mal à se plier au modèle imposé. Toute autorité se heurte chez lui à une résistance organique qui n'a d'équivalent que sa propre volonté. De la volonté, il en a besoin, pour affronter la pauvreté, le sentiment d'être étranger, différent. Il faudra du temps pour transformer ce sentiment en force. Parce qu'il fait froid dans leur chambre, que leur logeuse leur reproche de faire du bruit, que l'odeur de la misère et du mauvais tabac s'attache à leurs vêtements, qu'ils sont jeunes et ont envie de rire, de parler, de chanter à tue-tête, de commenter l'actualité, Gustav Mahler et ses amis fréquentent aussi les cafés. Une institution dans la capitale, un mode de vie. Chacun a son établissement préféré, on y vient lire la presse autrichienne et internationale, échanger des idées, bavarder, fumer tranquillement ou même écrire. Les cafés jouent un peu le rôle des clubs anglais, sauf qu'ils sont ouverts à tous, femmes et hommes, pauvres et riches. Les courants de pensée s'y forment et s'y diffusent.

Son père, après tout, possède des tavernes mais, bien sûr, un cabaret à Iglau n'a pas grand-chose à voir avec ces hauts lieux viennois. Mahler a beaucoup fréquenté le *Zur schönen Schäferin*, dans la Floriangasse où se réunissait le club de végétariens dont il a fait partie. Il aimait aussi le *Zum roten Igel*, le café des musiciens et de la Société des Amis de la musique. On était sûr d'y rencontrer Brahms qui y dînait tous les soirs à la même table d'un goulasch arrosé de tokay. Et avant lui, Schubert, Schumann, Mendelssohn. Rendez-vous compte ! Pour un jeune musicien comme Gustav, un lieu mythique. Il se rend aussi au *Griensteidl*, sur la Michaelerplatz, à deux pas de la Hofburg, le palais royal. Avec ses grandes tables rondes en marbre et ses chaises cannelées, ses lustres en porcelaine, il est l'un des centres de la vie viennoise. L'élite intellectuelle et l'avant-garde de la « Jeune Vienne » s'y retrouveront dans les années 1890. Toutes les générations d'artistes s'y succèderont même si, en 1897, on l'a démoli, puis reconstruit : Hugo von Hofmannsthal, Gustav Klimt, Alexandre Zemlinsky, et plus tard, Arnold Schönberg, Arthur Schnitzler et tant d'autres. Natalie y estelle venue ? Sans aucun doute, il se trouve tout près de chez elle et elle fréquente les cercles progressistes qui s'y donnent rendez-vous. Des gravures et des photographies montrent les clients feuilletant les journaux et discutant autour des tables. Des hommes, en grande majorité, moustachus ou barbus. Quelques-uns dégustent leur café, posé comme il se doit sur un petit plateau d'argent, avec le pot miniature de *Sahne* et le verre d'eau. En cherchant bien, on aperçoit une dame ou deux, chapeautées, debout près de l'entrée. Si les femmes veulent être libres, elles doivent fréquenter des endroits mixtes, affirme Natalie, en un temps où elles sont confinées. Elle-même ne s'en prive pas.

Hélas, quand je cherche à y retourner (je me souviens y être allée il y a quelques années), je ne le retrouve pas. Je commence à douter quand j'aperçois *Griensteidl* au-dessus de la porte vitrée. Mais cet endroit qui fait partie de la mémoire de Vienne est devenu le *Café Klimt* (Gustav Klimt est le grand homme de la Vienne touristique en ce moment), les décors ont été en majeure partie détruits, c'est une horreur, une sorte de cafétéria pseudo-branchée, les serveurs portent des T-shirts noirs avec *Café Klimt* écrit en blanc, la nourriture ferait fuir n'importe qui. Je ressors pour vérifier l'inscription au-dessus de la porte. Hélas, aucun doute. Les gérants précédents l'avaient appelé le *Rien* (en français dans le texte). Ils ne croyaient pas si bien dire : il est actuellement fermé et l'on parle d'un rachat par une chaîne de supermarchés.

Ni le restaurant *Ramharter*, où plus tard, Gustav dînerait avec Siegfried Lipiner, alors tout jeune philosophe et porte-parole du groupe végétarien, ni le *Gerstenbrand*, dans l'Augustinerstrasse où il lui arrive de passer une partie de la nuit en compagnie des frères Rudolf et Heinrich Krzyzanowski, de Hans Rott et de Hans Richter, n'existent plus. En quelques années, les cafés traditionnels qui faisaient la réputation de Vienne se sont figés en sites touristiques, ont été transformés ou ont disparu. Heureusement, il reste le *Café Central* et le *Restaurant Landtmann*, sur la Ringstrasse, à deux pas du Burgtheater. Il ouvre en 1873, et sa situation le met très vite à la mode. Gustav Mahler le fréquentera quand il sera devenu directeur de l'Opéra. Sigmund Freud, Stefan Zweig ou Karl Kraus feront sa réputation. On y vient surtout pour l'ambiance, le plaisir raffiné de ses nappes blanches, son service impeccable, ses serveurs en tenue, et bien sûr, la table. J'y déguste un *Tafelspitz*, l'un des meilleurs de Vienne, croyez-moi. Ce bœuf bouilli coupé en fines tranches avec sa sauce au raifort, sa crème d'épinard et ses légumes, accompagné d'une compote de pommes est un délice. Et bien sûr, le *Kaiserschmarrn*, la crêpe-omelette soufflée et sucrée, bien épaisse et coupée en morceaux, avec sa gelée de groseille. Les plats germaniques, décidément, caressent ma mémoire gustative.

Le jeune Mahler déménage sans arrêt – en trois ans, il change une vingtaine de fois de domicile – il ne se plaît nulle part, ou presque. En lui, grouille une instabilité chronique. Son caractère est changeant. L'université ne lui convient pas. Il s'interroge parfois sur sa vocation, sa famille lui manque mais, dès qu'il la revoit, il n'a qu'une envie : la quitter. Pourtant, il compose, sans jamais mener à terme ses projets, un mouvement du *Quatuor avec piano* et un *Scherzo* inachevé, un *Nocturne pour violon*, une *Sonate pour piano et violon*. Tous, à part le premier mouvement du *Quatuor*, ont disparu. Ses camarades sont persuadés qu'il ne parviendra jamais à aller au bout d'une œuvre. Ce n'est pas seulement un manque de persévérance ou de patience mais un trop-plein de créativité désordonnée. À peine a-t-il commencé qu'il en voit les limites, et songe à autre chose, explique-t-il à Natalie. Qui peut imaginer qu'il sera un jour capable de composer des œuvres ambitieuses ? Sa petite taille, ses yeux sombres, ses cheveux bouclés et sa barbe noire, sa curieuse démarche sautillante : on l'appelle avec mépris « le musicien bohémien ».

À quel moment les choses ont-elles commencé à se détériorer dans le couple de Natalie ? Peut-être quand son aspiration à l'indépendance est devenue plus forte que son attachement, et que l'attachement a ressemblé à une prison. Le compagnonnage peut être un esclavage et, au bout d'un moment, Natalie s'est sentie enfermée « dans une cage, secouant les barreaux comme un animal sauvage ». Les trois quarts des couples mariés sont malheureux, affirme-t-elle. Elle préconise un « mariage à l'essai » de deux ans avant d'avoir des enfants, pour limiter les dégâts, et ne changera pas d'avis sur ce point. Est-ce le temps qu'il lui a fallu pour perdre tout espoir d'être heureuse avec Alexander Bauer ? Et puis, Vienne offre tant de tentations. Dès la fin des années 1870, la ville bouillonne. Une nouvelle culture commence à se faire jour. Natalie a continué à voir ses camarades du conservatoire et , de rencontre en rencontre, elle s'éloigne de son foyer. Cette vie confinée n'est pas faite pour elle.

Les frontières entre les groupes sont floues. On se retrouve au café, mais aussi chez les uns et les autres pour un thé ou un dîner. Je tente de recouper les dates, un puzzle dont il me manque des pièces dans ce réseau serré d'affinités politiques et d'amitiés, d'amours et de désamours, de ruptures et de fidélités. La plupart resteront ses amis. D'autres changeront d'orientation politique ou s'éloigneront pour des raisons sentimentales. C'est la Vienne des « intellectuels de gauche », encore souterraine – *underground* – sans être pour autant clandestine. Végétarisme, nationalisme et socialisme : voilà ce qui anime les membres du Cercle Pernerstorfer. À quel moment et comment fait-elle leur connaissance ? Peut-être grâce à Albert Spiegler, un jeune médecin, chercheur en chimie comme son mari dont il a pu être l'étudiant. Oui, cette hypothèse me plaît, elle est la plus vraisemblable. C'est aussi par Albert Spiegler que Gustav Mahler rencontrera Siegfried Lipiner. La trame se tend, les fils se croisent.

Les membres du Cercle se retrouvent le dimanche soir, au 19 de la Berggasse. L'immeuble appartient alors à la famille de Victor Adler. Coïncidence ou non, Sigmund Freud y habitera pendant quarante-sept ans, et les patients du psychanalyste monteront à leur tour le grand escalier à la rampe en fer forgé, éclairé par un vitrail coloré. Victor Adler est médecin, lui aussi, il a étudié la psychiatrie et été l'un des condisciples du futur psychanalyste à l'université. Tout à ses convictions sociales, il soigne gratuitement les pauvres. D'une famille originaire de Moravie, il est né à Prague et a grandi comme Freud à Leopoldstadt, le quartier juif de Vienne. Ses dons lui ont permis de faire ses études au *Schottengymnasium*, une école catholique très prisée. Une grosse moustache à la Friedrich Nietzsche et des petites lunettes ovales : on le surnomme *Der Doktor*. Il vient d'épouser Emma Braun, visage de madone aux longs cheveux bruns, ils sont inséparables et leur couple semble follement romantique à Natalie, tellement mieux assorti que le sien. Emma parle couramment quatre langues. Elle traduira *Les Liaisons dangereuses* et *Germinie Lacerteux* des frères Goncourt. Cette jeune femme, bientôt mère de trois enfants, écrit aussi des romans historiques et se passionnera pour *Les Femmes célèbres de la Révolution française*, titre de l'un de ses ouvrages. Natalie ne peut deviner qu'elle souffre de dépression et sera internée un jour pour des troubles psychiatriques. Son mari se consacre entièrement à sa mission sociale et politique et les fait vivre dans une relative pauvreté. « Rien n'est plus difficile que d'être l'épouse d'un homme célèbre », affirmera Emma. Elle a intitulé son autobiographie *Une existence ratée*. C'est tout dire.

Son frère, l'écrivain Heinrich Braun, lui aussi ami de Sigmund Freud, épouse Joséphine, une sœur d'Albert Spiegler. Joséphine est la meilleure amie de Natalie. Tout se tient.

Comme tous les jeunes gens, à toutes les époques, ils réinventent le monde, persuadés que le libéralisme au pouvoir a fait son temps, qu'il ne profite qu'aux nantis. La plupart d'entre eux sont issus de la bourgeoisie, à l'exception d'Engelbert Pernerstorfer qui a donné son nom au Cercle. Né dans la pauvreté, fils d'un révolutionnaire, il jouit d'une autorité indiscutable. Lui aussi a fait ses études au *Schottengymnasium*. Il y avait créé une revue avec Victor Adler et Max Gruber. À l'université, ils avaient ensuite fondé le *Lesenverein der deutschen Studenten Wiens*, un cercle de lecture très populaire parmi les étudiants.

Quand le *Lesenverein* fut interdit et dissous, le groupe s'est retrouvé dans les cafés. Certains, comme Adler et Pernerstorfer, militent pour un activisme politique. Les uns ont été conduits par leur admiration pour Wagner, les autres ne jurent que par Nietzsche ou Schopenhauer. Enfin, il y a ceux qui, comme Siegfried Lipiner et, plus tard, Hugo Wolf et Gustav Mahler, vouent à Wagner et à Nietzsche une admiration égale et plaident pour une communion dans l'esthétisme. La plupart défendent l'idée d'une nation allemande élargie, résurgence supposée de la Grèce antique. Bien sûr, pour nous, ces notions éveillent d'autres échos. Mais ils se battent pour un idéal de justice sociale, les droits des travailleurs, la culture et la beauté pour tous, notamment par la musique et ce qu'ils appellent, à la suite de Nietzsche, une

« métaphysique de l'artiste ». Victor Adler le proclame : « La musique a le pouvoir de nous guider vers les plus hautes cimes du sentiment, où toutes les particularités disparaissent et où notre regard ne rencontre plus que ce qui est grand et sublime. Le sens le plus élevé de notre solidarité, l'enthousiasme pour la cause sacrée où les masses s'unissent dans la fraternité, ne peuvent s'exprimer par des mots : ils doivent se chanter. »

Comment Natalie ne serait-elle pas d'accord, elle qui ne respire que par la musique ? Elle adore leurs soirées animées, la fumée des pipes et des cigarettes, les pichets de vin blanc, les discussions acharnées d'où dépend à leurs yeux le sort du monde et qui s'achèvent en *witz*, en rires, en disputes. Elle entrevoit une autre vie. Et parce qu'ils sont viennois, il vient toujours un moment où l'un se met au piano et un autre prend son violon. Ils chantent à tue-tête, ivres de paroles et de musique. Le sentiment, l'émotion doivent être les vecteurs du changement politique et social dans une communion lyrique. Le Cercle s'agrandit par affinités électives. De ces affinités aux élans du cœur, il n'y a qu'un pas. Toute sa vie va en être changée.

Elle est encore mariée et déjà follement éprise de Siegfried Lipiner qui se prénomme alors Salomon, moins martial mais plus biblique. Elle ne voit, elle n'entend que lui. Tout ce qu'il dit – et il parle beaucoup – lui semble d'or. Elle découvre un monde en l'écoutant, celui d'une philosophie incarnée. Lipiner est bien oublié aujourd'hui, mais à l'époque il jouit de la réputation d'un prodige de la philosophie. Même Nietzsche et Wagner ont chanté les louanges du jeune poète. Natalie a dévoré son *Prométhée*, un poème en cinq chants écrit à moins de 20 ans. Le rencontrer a parachevé le processus de cristallisation. Cette passion, encore platonique, la trouble. On la courtise souvent. Sa haute taille, ses manières libres, son regard si expressif séduisent. Jusqu'alors, elle a refusé toutes les avances. Elle est attachée à son mari malgré l'écart d'âge, mais elle sent que cela n'a rien à voir avec la force qui la pousse vers le séduisant Lipiner. Son fin collier de barbe, ses cheveux bouclés, ses yeux verts, sa bouche sensuelle, sa timidité qui disparaît dès qu'il prend la parole, sa mélancolie, son lyrisme, et surtout son *génie* : comment ne pas succomber ? Elle est loin d'être la seule, du reste. Pour certaines femmes, dont je suis, l'intelligence chez un homme peut être très érotique. Quand s'y ajoutent le charme et l'humour, la séduction est garantie. Lipiner gagne sa vie comme traducteur – il a traduit le poète polonais Adam Mickiewicz – et bibliothécaire au Parlement. Tous voient en lui un surdoué. Mais son œuvre, comme souvent dans ces cas-là, tournera court. La maladie, son métier et une vie sentimentale agitée ont peu à peu dispersé et asséché son inspiration. « Sa nature s'opposait à son génie », dira joliment la cantatrice Anna von Mildenburg, avec laquelle il eut aussi une brève liaison.

C'est lui qui a introduit Mahler dans le Cercle de Pernerstorfer et ils sont devenus inséparables, deux frères dont la pensée de l'un complète celle de l'autre : le poète-philosophe et le musicien. Mahler le considère comme un mentor. Jusqu'au jour, bien sûr, où Alma Schindler entrera dans le jeu. Elle déteste Lipiner, traité de sous-Goethe et de bonimenteur juif, et elle l'élimine de l'entourage de Mahler comme elle le fait pour tous ses amis de jeunesse d'origine juive, à l'exception de Bruno Walter, son « disciple », et d'Emil Freund, son homme de loi, parce qu'ils sont indispensables au maestro. Passons. Ils renoueront quand Gustav sera obligé de quitter l'Opéra de Vienne, submergé par les doutes. Il écrit alors à Lipiner pour qu'il l'aide à retrouver un semblant de paix. En vain. Mais ils se revoient à Vienne, leur dialogue reprend et se poursuivra jusqu'à leur mort, à quelques mois l'un de l'autre.

À 21 ans, mariée et en charge de trois enfants qui ne sont pas les siens, Natalie est bien loin d'imaginer tout cela. Elle entend parler de Gustav Mahler de loin en loin par Albert Spiegler, alors tout jeune médecin. Le musicien passe pour doué, mais instable et sauvage. Elle ne l'a pas revu depuis leur première rencontre. Elle le recroise pour la première fois chez un camarade du conservatoire, Rudolf Pichler, dont les parents habitent un grand appartement au 1, Karlgasse, à quelques mètres de l'église Saint-Charles. Johannes Brahms vit au numéro 2 (alors le 4), plus bas dans la rue. Je suis restée un moment à contempler l'immeuble cossu où demeuraient les Pichler. J'imagine Natalie descendant la Kärtnerstrasse et traversant le Resselpark à la nuit tombée pour rejoindre ses amis. Elle soulève ses jupons d'une main pour ne pas les mouiller et tient son étui de l'autre. Elle contourne la fontaine et longe l'église Saint-Charles : c'est juste en face. Hans Rott, les frères Krzyzanowski, Mathilde von Kralik, tous ont étudié au conservatoire de Vienne, à quelques années d'intervalle. Natalie accorde son violon, l'un d'entre eux se met au piano, Madame Pichler propose un thé et des gâteaux. Gustav ne semble pas très à l'aise dans ce milieu raffiné. Le jeune garçon que Natalie a vu se faire humilier par le directeur quelques années auparavant a grandi, forci. Sa barbe a poussé et il porte de fines lunettes cerclées. Mais il paraît toujours aussi farouche et se tient muet, les bras croisés, sur le bord de sa chaise, prêt à se lever d'un bond. Ils n'échangent pas un mot.

Leur deuxième rencontre a lieu quelques mois plus tard. Richard Ritter von Kralik participe aussi au Cercle et sa philosophie socialo-poético-spiritualiste fascine les jeunes gens. Il est un peu plus âgé. Pour ce wagnérien au front immense et au regard concentré, le végétarisme figure la voie vers la religion du futur, un temps où l'on pourra enfin communiquer avec l'au-delà. Il organise même des séances de spiritisme. Tout cela me paraît bien fumeux mais cohérent avec la réaction au rationalisme qui anime tout ce mouvement, son côté psychédélique. Cette époque ressemble par certains côtés à celle de ma jeunesse, dans les années 70 aussi, mais un siècle plus tard. Kralik vit avec sa jeune sœur Mathilde, pianiste, qui a suivi elle aussi les cours du conservatoire et compose sur des textes de son frère. Elle deviendra l'une des artistes les plus célèbres d'Autriche, une fierté pour les féministes comme Natalie.

Les soirées chez les Kralik sont connues pour leur ambiance débridée, à l'unisson de l'exaltation du frère et de la sœur, aussi originaux l'un que l'autre. Le vin coule à flots. On chante à tue-tête le *Deutschland über alles*, accompagné par Mahler au piano. Les conversations sont animées, et le bruit augmente au fil de la nuit. Ce soir-là, Gustav a d'abord paru aussi mal à l'aise que chez les Pichler mais, peu à peu, il s'est détendu et a régalé les convives d'une incroyable interprétation de l'Ouverture des *Maîtres chanteurs*. On dirait sous ses doigts un orchestre entier. Il y a mis une telle passion que, comme le jour du conservatoire, Natalie a deviné un talent exceptionnel. On les a placés côte à côte à table et, après un début hésitant, ils n'ont plus cessé de bavarder. Ils éprouvent le même culte pour le *Wilhelm Meister* de Goethe. Ils se sont trouvés...

Et très vite, reperdus de vue, engloutis dans leurs vies personnelles.

Je ne m'attarderai pas sur l'histoire de Natalie avec Siegfried Lipiner. Ils deviennent amants. Natalie éprouve une véritable passion pour lui. Il est alors marié à la rayonnante Nina Hoffmann, dite Nanna, « le cœur de Pernerstorfer » selon Bruno Walter, qui la décrira plus tard déposant un bouquet de violettes à côté de l'assiette de Mahler au restaurant Hartmann où l'on dîne après le spectacle, toujours active, invitant les uns et les autres, veillant à leur bien-être. Je n'ai pas trouvé de portrait de Nanna, donc je l'imagine à mon gré. Brune, les yeux noirs, fine, charmante.

En juin 1883, Natalie et Alexander Bauer signent une séparation de corps à l'amiable, faute de pouvoir divorcer en raison de la loi autrichienne qui l'interdit aux catholiques. En tout cas, telle est mon hypothèse, en l'absence de tout document officiel permettant de dater de façon certaine leur divorce. La législation civile est alors un labyrinthe inextricable qui tient compte des règles de chaque religion de l'Empire. Sur l'arbre généalogique de la famille Lechner, figure cette mention : « geschieden seit 1883 », ce qui peut signifier « divorcés » mais aussi « séparés depuis 1883 ». Il est tout à fait possible, la législation ayant changé entre-temps, que le divorce officiel date de 1892 comme le précisera le professeur Bauer lui-même, futur conseiller aulique, dans une lettre faisant valoir ses droits à la retraite de l'Université. Après tout, ce scientifique devait savoir de quoi il parlait. Je choisis de le croire. À chaque carrefour, il faut élire une hypothèse. J'aime assez ce jeu des vraisemblances à défaut de celui de la vérité.

Leur couple battait de l'aile depuis longtemps, les amours de Natalie avec Siegfried Lipiner l'ont achevé, même si la séparation à l'amiable suppose une entente entre les deux parties. La voici libre, et sans doute un peu ivre de cette liberté. Deux ans plus tard, Siegfried et Nanna se séparent à leur tour, leur mariage a été encore plus bref. Les liaisons se croisent, les couples s'aiment, se déchirent, se quittent, renouent. Nanna se remarie avec Albert Spiegler et Siegfried avec Clémentine, la sœur de celui-ci. Josefine divorce de Heinrich Braun, appelant ses amis à la rescousse pour témoigner au tribunal. Cette ronde des amours est digne d'un Arthur Schnitzler qui a si bien su traduire l'esprit de l'époque...

Natalie a d'abord été attirée par la force spirituelle et l'intelligence de Lipiner, mais avec lui, elle découvre aussi la passion charnelle. C'est une révélation, une jubilation à laquelle elle n'est pas près de renoncer. Dans le groupe d'amis, chacun donne son avis, juge des torts de l'un ou de l'autre. Mais ils défendent aussi l'idée que les sentiments sont au-dessus des lois et que la jalousie doit être abolie. Vive la transparence et l'amour libre ! Voilà qui me rappelle de lointains souvenirs... On baigne dans des océans de paroles, de déclarations théâtrales, de serments, de philosophie, de musique aussi. Et pour couronner le tout, on change de religion, simple passeport d'un mariage à l'autre, certains plusieurs fois comme Siegfried Lipiner, deux fois converti à l'évangélisme après avoir à chaque fois réintégré le judaïsme. Il faut être jeune pour vivre pleinement ces périodes de liberté, avec l'espoir de tout changer, la politique, la société, l'amour, les relations entre hommes et femmes. Sous la lointaine protection de l'empereur, cette génération d'intellectuels se réinvente comme nous le faisions sous l'autorité du général de Gaulle puis de Pompidou. Je sens la même effervescence, le même optimisme, la même créativité, la même folie parfois.

Mais que ce soit dans le couple ou la famille, il vient toujours un moment où Natalie se sent enfermée. Elle doit reprendre ses distances, retrouver le calme et l'équilibre dans l'écriture ou la musique. Elle travaille son violon d'arrache-pied, passant de longues heures à jouer et à étudier des partitions. Son indépendance toute neuve suppose quelques revenus. Ses parents, bien qu'atterrés par sa nouvelle vie, l'aident peut-être un peu. Surtout, elle donne des leçons de violon. Elle s'est découvert une véritable passion pour la pédagogie et cela n'a jamais cessé. Elle continuera à enseigner jusqu'à la fin de sa vie. Elle aime les enfants et les adolescents, elle aime les voir progresser et passer le cap de l'apprentissage sur cet instrument si exigeant. Chaque leçon donnée lui apporte quelque chose, à elle aussi.

Friedrich Löhr avait été le condisciple de Gustav Mahler à l'université. Gustav lui écrivait régulièrement, et ils faisaient ensemble de longues marches dans la Wienerwald qui le libéraient un peu de ses tensions. Il avait même habité un temps chez lui, ou plutôt chez ses parents, à Perchtoldsdorf. Diplômé en philologie, passionné d'archéologie, Löhr prenait des élèves à domicile. Plus tard, Mahler lui confierait ses propres frères et sœurs. Les Löhr adoraient recevoir dans l'appartement un peu bohème de la Breitegasse, à deux pas des jardins de la Maria-Theresien Platz et du quartier des musées. Natalie les fréquentait aussi.

Leurs soirées où se mêlent musiciens, écrivains, artistes et intellectuels sont à l'image des scènes viennoises que peindrait quelques années plus tard Arthur Schnitzler dans son roman, *Vienne au crépuscule*. Les emplois sont distribués : l'homme politique de gauche, le médecin juif, le poète désargenté, l'épouse modèle, la vieille fille amoureuse, le philosophe, le musicien génial mais pauvre, le professeur de lycée aigri, l'officier belliqueux, l'aristocrate, la jeune fille pure, la femme libre... Natalie joue sans doute ce rôle dans l'esprit de ceux qui l'accueillent. Son caractère plutôt réservé ne l'empêche pas de défendre ses idées avec véhémence quand on les attaque. Et elle vit seule, en toute indépendance, assumant le scandale que cela représente dans la bonne société viennoise dont elle est issue.

Elle recroise Gustav chez eux une première fois, il rentre de Leipzig. Déprimé, amaigri, il est sans travail et angoissé. Son séjour dans la ville allemande a bien commencé, pourtant. Il a monté de nombreux opéras, complété *Die drei Pintos*, un opéra-comique en trois actes laissé inachevé par Carl Maria von Weber. Mais en répondant à la commande du petit-fils de Weber, Karl, il est tombé amoureux de son épouse, la douce Marion, mère de trois enfants. Brune et gracile, les cheveux relevés en chignon, vêtue d'une robe de soie noire, sagement assise les mains jointes sur les genoux et les yeux levés vers le ciel, ainsi nous la montre une photographie : « un être lumineux, entièrement dédié au Beau et au Bon », dit Gustav Mahler qui en garde un souvenir idéalisé. Grâce à elle, il a découvert les poèmes du *Knaben Wunderhorn* (*Le Cor magique de l'enfant*) d'Achim von Arnim et de Clemenz Brentano, source de lieder qu'il compose dans la fièvre. Comme souvent, l'ivresse de l'amour sert de catalyseur à l'œuvre qu'il porte en lui. Il se précipite une nuit chez les Weber pour leur jouer le premier mouvement de sa *Première Symphonie*, dont l'encre est encore fraîche sur la partition. « Cela était devenu trop puissant, il fallait que cela sorte de moi, en jaillissant, comme un torrent de montagne », confie-t-il à son ami Friedrich Löhr. Image étrangement semblable à celle du jeune Proust de 17 ans qui écrit à son camarade de classe Robert Dreyfus : « J'ai tant à dire que ça se presse comme des flots. »

Aussi torturé que le Werther de Goethe, il est écartelé entre sa passion pour la vertueuse mère de famille et son amitié pour le mari. Naïfs l'un et l'autre, les jeunes amants se persuadent que le militaire accueillera avec bienveillance l'aveu de leur amour. Hélas, tel le roi Marc de la légende, Karl von Weber est furieux et menace Tristan qui a osé jeter les yeux sur son Iseult. Gustav est désespéré. Il quitte Leipzig. Les deux amants continuent à s'écrire. Puis leur relation s'éteint peu à peu, laissant dans le cœur de Gustav Mahler une éternelle nostalgie. Marion, elle, poursuivra sagement sa vie.

Durant des mois, l'un des principaux sujets de conversation est la mort brutale de l'archiduc Rodolphe et de la jeune Mary Vetsera à Mayerling. Tout Vienne apprend la nouvelle le 30 janvier 1889. Natalie, qu'une secrète empathie lie depuis l'enfance au jeune homme sans jamais l'avoir connu, a suivi les nouvelles dans la *Neue Freie*

Presse. Le quotidien fait le point sur les différentes hypothèses. D'abord les communiqués officiels contradictoires : un empoisonnement du prince par la jeune fille qui se serait fait justice ensuite ; une embolie de Rodolphe suivie du suicide de Mary ; un accident de chasse dû à sa passion pour les armes. Et enfin, la version finale : une double mort volontaire, exécutée par le prince. On connaissait son tempérament dépressif, sa vie dissolue, ses disputes avec son père. Natalie entend dire qu'il a déjà proposé le suicide à une jeune maîtresse, Mitsi Kaspar, qui a refusé. Le 2 février, le rapport d'autopsie publié dans la presse ajoute à la confusion puisqu'il est fait mention d'un « état d'aberration mentale ». La démence, contrairement au suicide, autorise l'enterrement religieux. Les discussions vont bon train. Impossible d'entrer dans une boutique, de s'asseoir dans un café ou de déjeuner en famille sans que quelqu'un aborde le sujet. Chacun a sa théorie. Après tout, songe Natalie, les Wittelsbach sont connus pour leur fragilité psychique. Louis II de Bavière en est la preuve la plus éclatante. Le 5 février, une semaine après le drame, les funérailles ont lieu. La veille, on a enterré Mary à la sauvette, comme pour l'éliminer. Pour l'archiduc, la ville est drapée de noir. Toutes les églises de Vienne sonnent le glas. La dépouille du prince Rodolphe est descendue dans la crypte de l'église des Capucins où reposent les sarcophages de tous les Habsbourgs, une tête de mort en bronze posée sur chaque tombeau. La crypte ou le cœur souterrain de Vienne.

Mais autour de Natalie, dans les milieux progressistes, des rumeurs commencent à circuler : l'archiduc était connu pour ses sympathies libérales, très éloignées de l'autoritarisme incarné par son père. Il avait de nombreux contacts avec ces milieux. Cet homme intelligent, cultivé, penchait pour une fédération des nations composant l'Empire. Ses écrits politiques, publiés sous pseudonyme, mettaient en cause la ligne suivie par Vienne. On parlait même du Français Georges Clemenceau auquel il aurait été lié. On murmure qu'il s'agirait non d'une double mort romantique, mais d'un assassinat politique fomenté par des conspirateurs le jugeant trop « tiède » pour aller jusqu'au bout, à savoir la destitution de son père, et peut-être pire.

Des années plus tard, comme des milliers de Viennois, Natalie se rappellerait encore le moment où elle avait appris la mort de l'archiduc Rodolphe. Elle était sortie avec son violon pour aller donner une leçon, elle était en retard, quand elle se heurta à Nina Hoffmann dans la Kärnerstrasse. Nanna était livide, catastrophée. Natalie la crut malade ou en proie à un souci sentimental. Elle raconta à Natalie ce qu'elle savait (comment ? les journaux n'en avaient pas encore parlé). Le lendemain, *Die Neue Freie Presse*, que Natalie lisait tous les jours, parut avec un encadré noir. L'article, qui occupait toute la une, commençait par ces mots : « Alors c'est vrai, l'incroyable. » La quasi-totalité du quotidien était consacrée à la mort du prince héritier.

J'avoue ne jamais m'être intéressée au drame de Mayerling. J'ai le vague souvenir d'un film de Terence Young avec Omar Sharif et Catherine Deneuve, distribution improbable mais séduisante. La version du double suicide me semblait à la fois très romantique (trop ?) et très viennoise. La version politique, peu claire, me parut néanmoins plus crédible, moins midinette. Mais en 2015, coup de théâtre : trois lettres de Mary Vetsera sont retrouvées, et elles confirment la mort volontaire du couple. Déprimé, syphilitique, l'archiduc avait bien décidé de mettre fin à ses jours et la jeune Mary, âgée de 17 ans, le suivit par amour. Échec de la théorie du complot. Fin de l'histoire. Le romantisme wagnérien a gagné.

Natalie revoit Gustav Mahler en mai 1890, toujours chez les Löhr. Cette fois, il arrive de Budapest où il dirige l'Opéra royal depuis un an et demi. Son front très haut, ses yeux étincelants derrière les montures d'acier, sa bouche mobile dont l'expression change d'une minute à l'autre, son allure un peu dépenaillée : tout participe d'un charme inconscient. Le jeune homme sauvage s'est transformé en un homme cordial, sûr de lui mais toujours aussi lunatique. Il éclate d'un grand rire communicatif et, quelques minutes plus tard, s'absente en lui-même. Son visage se ferme d'un coup, protégeant son âme inaccessible. Après l'avoir bien connu et passé des milliers d'heures avec lui, Natalie saura ce que cachent ces absences. Il ne faut surtout pas essayer de l'en faire sortir mais simplement attendre qu'il veuille bien revenir, ou le puisse, simplement. Dès cet instant, Gustav lui évoque un personnage de Dostoïevski, sans savoir alors que c'est l'un de ses romanciers favoris et qu'il vénère *Les Frères Karamazov*. Ce soir-là, son jeune frère Otto, et ses sœurs, Justi et Emma, l'entourent. Il se sent bien au milieu de sa famille et de ses amis, il rayonne.

Natalie n'ignore pas combien l'année précédente a été épouvantable aussi pour Gustav Mahler. En février, son père, diabétique, est décédé. En septembre, sa sœur Leopoldine est morte brutalement. Durant l'été, elle s'était plainte de névralgies violentes, les médecins n'avaient pas identifié une tumeur au cerveau. Poldi avait 26 ans et deux enfants en bas âge. Et en octobre, on prévient Mahler que sa mère adorée, très éprouvée et affaiblie, est au plus mal. Il se précipite à Iglau puis repart pour Budapest. Son état s'aggrave. Il ne l'a pas assistée dans ses derniers instants, ni suivi l'enterrement au nouveau cimetière juif d'Iglau, où elle se trouve auprès de son mari et de ses enfants morts en bas âge. « Je n'ai pourtant pas eu, dira-t-il plus tard, le manque de conscience d'abandonner ce soir-là *Lohengrin* que je devais diriger mais j'ai enfoui ma douleur en moi-même et je n'ai rien laissé paraître du coup qui m'avait frappé. » La conscience de l'artiste l'a emporté sur les sentiments filiaux.

Après la mort de ses parents et de Poldi, Mahler s'est retrouvé écrasé sous la charge des quatre frères et sœurs qui lui restent : Justine, 21 ans ; Aloïs, 22 ans ; Otto, 17 ans ; et Emma, 15 ans. Il est l'aîné et le chef de famille. Hors de question de les laisser se débrouiller seuls. Son sens des responsabilités très prononcé exige qu'il s'en occupe, les entretienne. Durant des années, il aura le sentiment désespérant de perdre sa vie à la gagner.

Depuis leur rencontre chez les Kralik, en 1880, les engagements se sont succédé pour lui : une saison à Laibach (Ljubljana), un remplacement à Olmütz, une petite ville baroque de Moravie où il vit en solitaire, puis Cassel, où il peine à se plier à la discipline prussienne. Ses frasques avec les chanteuses, son style personnel, sa liberté d'interprétation ne sont du goût ni de sa hiérarchie ni de la critique. Il y fait la connaissance de la cantatrice Johanna Richter, en tombe éperdument amoureux. C'est pour elle qu'il compose les premiers lieder du cycle des *Chants d'un compagnon errant* (*Lieder eines fahrenden Gesellen*). La passion est décidément chez lui un puissant stimulant de la création. Ce thème de l'errance, sa vie même semble l'illustrer. Certes, son métier l'y contraint. Il lui faut sans cesse trouver de nouveaux engagements, les contrats n'excèdent pas la durée de deux ou trois ans. Mais ses exigences, son caractère difficile, son insatisfaction, son ambition grandissante et peut-être quelque chose de plus profond le conduisent à une instabilité, une mobilité permanente. Mahler n'est pas un homme du compromis. Sitôt déçu ou contrarié dans sa volonté de puissance, il se projette ailleurs. Pas de temps à perdre.

Après Cassel d'où il part sans regrets, il signe un engagement au Théâtre allemand de Prague. Il a 25 ans. C'est un retour au pays natal. Symboliquement, il rase sa barbe et ne la portera plus jamais, non plus que les favoris ou la moustache. Il argue que c'est pour rendre sa physionomie plus lisible aux musiciens qu'il dirige mais j'y vois aussi le désir de se distinguer des siens. Qui reconnaîtrait alors un Juif dans ce visage glabre ? Il affirme sa liberté et la met en œuvre dans sa direction d'orchestre, Wagner et Mozart en tête. Que ce soit dans le *Don Giovanni, Cosi fan tutte, Les Maîtres chanteurs, L'Or du Rhin* ou *Fidelio* de Beethoven, l'enthousiasme du public l'emporte sur les réserves de la critique. Ce n'est ni la première ni la dernière fois.

À nouveau, un conflit, cette fois avec la maîtresse de ballet, l'oblige à quitter Prague et c'est alors qu'il signe pour Leipzig où son activité laisse pantois. Durant le seul mois de mars 1887, il a monté treize opéras différents. Puis c'est Budapest. La capitale du royaume de Hongrie, qui avait représenté une formidable progression dans sa carrière, tourne au cauchemar. Tous ses efforts pour doter l'Opéra d'un répertoire wagnérien en hongrois s'avèrent inutiles, malgré quelques beaux succès. Il est trop jeune, trop exigeant, trop autrichien et trop juif. Les musiciens que, à son habitude, il harasse de répétitions – quatre-vingts pour la seule *Walkyrie* – finissent par le haïr. Le comble de cette *annus horribilis* a été atteint le 20 novembre 1889 avec l'interprétation de sa *Première Symphonie*, terminée à Leipzig, et présentée à Pest sous la forme d'un poème symphonie en deux parties et cinq mouvements, la *Titan*. Un four.

Il confie à Natalie: « Dans mon inconscience totale, j'avais alors écrit une de mes œuvres les plus hardies, et je pensais naïvement qu'elle était d'une facilité enfantine, qu'elle allait plaire immédiatement et que j'allais pouvoir vivre tranquillement de mes droits d'auteur. » Hélas. Après bien des refus, la première audition de sa symphonie qu'il dirige lui-même à Budapest provoque la stupeur et les sifflets. Si elle plonge bien dans le monde de l'enfance – éveil de la nature, chant du coucou, procession des animaux de la forêt dans un scherzo plein de fantaisie, musique populaire aux accents bohémiens, évocation d'un conte –, d'autres accents plus sombres, plus méditatifs ou plus lyriques créent des ruptures qui choquent le public et les critiques. Le thème de *Frère Jacques* se mue en marche funèbre. La danse paysanne fait claquer les sabots avec une lourdeur satirique. Les cuivres et les percussions explosent. On fustige un « vacarme assourdissant de dissonances atroces ». Un critique salue ses qualités de chef mais à condition qu'il ne dirige plus ses propres compositions. Atterré par cet accueil, Gustav erre dans la ville de Pest comme « un condamné à mort ». Il remaniera la *Titan* mais elle restera longtemps méconnue. Une blessure. On a toujours un faible pour les œuvres mal aimées du public. « La *Première* est et reste mon enfant de malheur », aimait-il répéter. J'avoue aimer moi aussi cette symphonie si colorée qui marque son entrée dans la « grande » composition.

En ce soir de mai 1890, à la veille de ses 30 ans, tout à la joie de retrouver Vienne et ses amis pour quelques jours, gai et plein d'entrain, Mahler les invite à venir lui rendre visite à Budapest.

DUO

C'est à la suite d'Alena, d'abord dans le petit ascenseur puis dans le couloir étroit de la chambre forte dont elle a ouvert la porte blindée, que j'ai découvert les trésors de la Médiathèque musicale Mahler : manuscrits, correspondances, documents uniques, impeccablement rangés sur des étagères. Les cahiers de Natalie Bauer-Lechner s'y trouvaient, remplis d'une grande écriture anguleuse, curieusement régulière et totalement illisible pour moi, sans doute celle de son amie Vilma Luksch qui avait effectué une copie de son manuscrit. Leur couverture rappelait les cartons à dessin « raisin » vert et noir. Le temps en avait un peu pâli les couleurs mais les étiquettes rectangulaires blanches bordées de rouge étaient bien lisibles. Mon père, qui couvrait mes livres de classe, utilisait les mêmes, et je revoyais son écriture penchée et graphique :

Évelyne Bloch
Allemand
4e 2.

Les étiquettes disaient la précision, le goût de l'ordre de Natalie, et son souci à l'évidence de laisser une trace de sa relation avec Gustav Mahler. Elle avait recopié certaines lettres qu'elle lui adressait – c'était une correspondante volubile, Mahler aimait qu'on lui écrive mais était avare de ses réponses. Sur l'un de ces cahiers, par exemple, elle avait écrit : *Briefe an Gustav Mahler Sommer 1897 1.* (*Lettres à Gustav Mahler Été 1897 1*). En haut à gauche, en plus petit et au stylo à bille, sans doute tracé plus tard mais de sa main : *Wahlheft*. Le temps a passé. Très peu de lettres de Natalie à Mahler ont subsisté en raison, selon elle, de l'autodafé que leur fit subir la sœur de Mahler. Justine craignait les révélations de la trop franche Natalie. De même, pour les notes qu'elle a prises durant les dix ans de leur amitié, document essentiel dont des pages entières ont été arrachées et détruites, et des cahiers entiers disparus.

De mère américaine, Henry-Louis de La Grange étudie la musique au conservatoire de Yale, quand il entend pour la première fois la *Neuvième Symphonie* par le New York Philharmonic sous la direction de Bruno Walter. C'est une révélation. L'interdiction par les nazis de la musique « dégénérée » de Gustav Mahler lui a fait traverser un véritable purgatoire. Il commence à rassembler des documents sur le compositeur, rencontre sa veuve Alma qui vit aux États-Unis, et finalement consacre toute sa vie à Gustav Mahler. Il a miraculeusement retrouvé une partie des manuscrits de Natalie Bauer-Lechner, neuf cahiers sur la trentaine d'origine. « Miraculeusement » est une façon de dire les années de recherche, la passion et le dévouement du plus grand biographe de Mahler. Henry-Louis de La Grange est aussi le fondateur et donateur de la Médiathèque musicale Mahler à laquelle il a légué non seulement son hôtel particulier mais aussi toutes ses collections de disques, de livres, de partitions, de manuscrits et documents divers.

Je vais à la médiathèque le plus souvent possible, ce sont des moments de pur bonheur. Elle doit fermer dans quelques mois pour des travaux importants, et le sentiment d'urgence me donne des ailes. Tout me plaît ici, le côté à la fois fastueux et désuet des lieux, l'odeur vieillotte, la gentillesse de l'accueil, et même le quartier, à deux pas du parc Monceau où je venais jouer enfant. Pendant mes études, je travaillais chaque été dans la société immobilière qui employait mon père, rue de Lisbonne et place de Rio-de-Janeiro : service de comptabilité à l'époque où l'on faisait les additions sans calculatrice, service de gestion où je collais des étiquettes avec les noms des locataires, service de documentation où je découpais pour la direction tous les articles ayant un rapport avec l'immobilier, mon bâton de maréchal, pendant la préparation de l'agrégation. En travaillant à la MMM, il me semble prolonger ce temps-là, les étés parisiens, leur touffeur, les terrasses de café, les rues désertes, le parc Monceau.

En cette année 2018, l'automne est lumineux, je vais déjeuner d'un bagel sur les pelouses du parc. Nous sommes des centaines, employés de bureau, étudiants et lycéens, nounous philippines avec leurs poussettes, à lézarder au soleil. Jadis, les pelouses étaient interdites et un gardien armé d'un sifflet était chargé de faire respecter le règlement. En évitant les joggers branchés et connectés, je me promène sous le portique où ont été photographiés Marcel Proust et Antoinette Faure en 1886 – les Faure habitaient 31 rue de Lisbonne : comme un retour à *Une jeunesse de Marcel Proust*, je passe devant leur immeuble pour rentrer à la médiathèque. Comment ne serais-je pas heureuse ?

L'automne avance et il commence à faire frais. Dans les anciens appartements d'Henry-Louis de La Grange et de son compagnon, au troisième étage, je suis plongée dans les documents que m'a préparés Alena. Peu à peu, la figure de Natalie s'impose. Je travaille sur une version tapuscrite de ses textes. Ce document, assez confus par moments, à la numérotation compliquée, à l'encre parfois effacée et dont des passages entiers sont barrés par Henry-Louis de La Grange au fur et à mesure qu'il les a utilisés pour sa biographie, a l'avantage de tenter un agencement chronologique des notes. Ce n'est pas le cas de l'original, Natalie ayant écrit au fil de ses rencontres avec Gustav

Mahler : telle conversation sur l'enfance a pu par exemple se dérouler bien après des épisodes ultérieurs dans la réalité. Mais la plus grande difficulté pour moi, c'est bien sûr la langue. Son allemand me semble parfois très abstrait, je crois y voir l'influence de ses années « Lipiner ». François, un germaniste qui aide bénévolement Alena, m'assure qu'il est fidèle au style et au vocabulaire de l'époque. Pour certains passages, j'aurai l'aide des versions anglaise et française. Mais d'autres, qui concernent seulement Natalie, n'ont pas été jugés intéressants par les éditeurs et je dois parfois débrouiller, à grand renfort de dictionnaire et de traducteur électronique, ses formules alambiquées ou ses phrases à rallonge.

Il faut dire que l'histoire des *Souvenirs de Gustav Mahler* est édifiante. Durant la dizaine d'années de leur intimité, Natalie interroge Gustav Mahler sur la composition de ses premières œuvres, sur sa conception de la musique, mais aussi sur son enfance, sur ses goûts, ses opinions, ses lectures. En musicienne avertie, elle sait poser des questions qui appellent des réponses précises, approfondies, trésor inestimable pour les mahleriens. Mais elle narre aussi des anecdotes et des épisodes plus intimes. Elle ne cache pas l'existence de ses cahiers, bien au contraire. Elle en parle, ils circulent, elle les fait lire, par exemple, à leur amie commune Henriette Mankiewicz, et lui en offre un exemplaire dédicacé le 31 décembre 1900.

Il est tout à fait improbable que Gustav n'ait pas connu son entreprise. Il dut en être flatté. Elle ne cherche pas l'objectivité, et son admiration pour son œuvre, son adoration même, malgré les aléas de leur relation, ne faibliront pas avec les années. Elle est disciple dans l'âme, ainsi qu'elle l'explique elle-même dans ses *Fragmente*, publiés en 1907. « Comme une plante grimpante, je tire ma nourriture intellectuelle et spirituelle de toutes les racines qui m'attachent à un autre. Mais la plante ne se nourrit pas seulement de l'arbre, elle lui donne aussi la vie. » Et citant Hölderlin : « Les dieux aussi ont besoin du cœur sensible de l'homme. » Quand on a la chance de rencontrer une personnalité exceptionnelle, géniale, ajoute-t-elle, c'est un devoir en quelque sorte de s'en faire l'écho. En Mahler, la musique ne l'emporte pas seulement sur la vie et la mort, mais il *est* la musique, elle s'incarne en lui. Elle lui sera toujours reconnaissante de lui en avoir ouvert l'accès. Elle les nomme ses *Mahleriana*, et se voit comme un nouvel Eckermann, l'ami de Goethe qui avait pieusement noté ses conversations avec cet autre dieu qu'ils admirent tous deux.

Mais le franc-parler de Natalie, sa liberté, sa générosité, sa franchise parfois sans précaution vont lui porter préjudice. Elle prête ses cahiers, les laisse circuler dans son entourage, ils passent de main en main. Son adulation en agace certains. Elle n'est pas peu fière de cette complicité avec lui.

Et la famille de Mahler, sa sœur Justine et sa veuve Alma en tête, craignent une publication. Que va raconter cette irresponsable ? Ainsi Justine écrit à Alma en juin 1911, quelques semaines seulement après la mort de son frère. Tout leur entourage, selon elle, craint une publication de ses souvenirs. Friedrich Löhr serait même capable, dit-on, de « commettre un crime pour l'en empêcher ». Justine s'apprête à mettre les points sur les i, et à rappeler à Natalie la position de Mahler à ce sujet. Elle ajoute, menaçante : « Nous sommes tous tombés d'accord pour la bombarder de lettres afin de l'avertir que cela ne se passera pas comme ça. »

Natalie Bauer-Lechner est bien consciente de leur hostilité et des réactions possibles non seulement des proches du musicien mais aussi de tous ceux qui apparaissent dans ses *Mahleriana*. Elle espère une publication en 1918. En vain. Elle décide donc de ne l'autoriser que vingt ans après sa mort et lègue ses cahiers à sa nièce. Le mari de celle-ci en fera publier une mouture très incomplète deux ans après la mort de Natalie.

Mais, en 2011, surgit un document inédit : une lettre d'une soixantaine de pages écrite en 1917 par Natalie Bauer-Lechner et adressée à un jeune étudiant, Hans Riehl. Le sujet : Gustav Mahler et les femmes. Cette lettre, passée quasi inaperçue aux enchères, acquise par un antiquaire, est rachetée par la Bibliothèque musicale des Archives nationales autrichiennes.

C'est une mine d'informations sur les sentiments de Natalie elle-même, et sa relation personnelle avec Gustav Mahler. J'y reviendrai.

Ce détour par l'histoire des sources me semble nécessaire pour comprendre leur enjeu et leurs lacunes. L'original des *Souvenirs de Gustav Mahler* comportait une trentaine de cahiers. Il en reste donc neuf à ce jour, précieusement gardés dans les réserves de la MMM. D'autres manuscrits, nous le verrons, ont disparu. Pourquoi ? On l'ignore. Certains resurgiront-ils ? Peut-être. Peut-on trouver d'autres sources, actuellement inaccessibles ? Sans doute. Rien n'est jamais fini. Elle a aussi publié un livre, *Fragmente*, très précieux pour la connaître. La musicienne s'exprimait beaucoup par l'écriture. Tout a peut-être commencé avec ces *Mahleriana* qui, après un prologue retraçant rapidement leurs premières rencontres, débute vraiment avec la visite de Natalie Bauer-Lechner à Gustav Mahler, à Budapest, durant l'automne 1890.

Siegfried Lipiner fut la première passion de Natalie. Elle lui a longtemps voué une adoration sans faille, même si, au fil des années, une certaine déception se fera jour face à l'œuvre inaccomplie. Il a été son initiateur, elle a découvert le plaisir avec lui, mais aussi la pensée, la spiritualité et peut-être l'écriture. Nul doute qu'elle a espéré l'épouser. Elle a réalisé avec lui son rêve d'adolescente : servir un grand homme, l'admirer, l'aider à développer son talent tout en apprenant de lui. Elle aura beau être consciente plus tard que cette ambition est en contradiction avec son féminisme et sa certitude qu'un jour les femmes seront les égales des hommes, elle aura beau admirer le talent ou l'action de certaines d'entre elles, telles ses amies la féministe Therese Schlesinger, la violoniste Marie Soldat-Roeger ou la cantatrice Anna von Mildenburg, elle ne se compte pas parmi elles. Elle se voit plutôt comme une sorte d'accoucheuse. Non une créatrice, une muse ou une inspiratrice qu'on idolâtre, mais une femme empathique, compréhensive, dévouée, complice, consolatrice. Elle ne perçoit pas que cette composante maternelle est peut-être, hélas, ce qui tue la séduction pour certains. Elle pense au contraire devenir indispensable au créateur qu'elle protège et encourage, écoute et conseille, tout en menant sa propre vie musicale et professionnelle. Non pas une épouse engluée dans les soucis domestiques mais une femme libre grâce à laquelle le créateur portera au jour son œuvre. Il y a du Lou Salomé chez elle, une Lou modeste, moins brillante, plus généreuse.

Quand elle apprend que Siegfried Lipiner est tombé amoureux de Clementine Spiegler et que, sitôt divorcé de Nina dont il est séparé depuis cinq ans, il va l'épouser, c'est le choc. Clementine a 26 ans, elle en a 32. Quant à son amie Nina, après s'être convertie à l'Église luthérienne, elle doit convoler avec Albert Spiegler, le frère de Clementine. Les deux mariages sont prévus l'été suivant, à quelques semaines d'intervalle. Natalie a l'impression d'être doublement trahie. Brusquement, Vienne lui devient insupportable : comment faire face ? Elle se retrouve seule, malheureuse, malade. Elle ne sait plus où va sa vie. Il faut qu'elle parte.

C'est alors qu'elle se rappelle l'invitation de Gustav Mahler. Elle lui écrit à Budapest. La réponse ne tarde pas :

> Chère amie,
>
> Vous m'ouvrez une perspective charmante et je vais vivre les prochains jours dans la plus

joyeuse attente. Venez donc. Nous avons tant d'amis communs, que nos chemins auraient déjà dû se croiser depuis longtemps si je n'étais pas un tel malchanceux. – Mais je ne voudrais pas que vous veniez à l'une des représentations que je dirige, car alors j'aurais trop peu de vous. Je suis, ces jours-là, inapte à la compagnie. Il sera bien plus agréable de nous asseoir ensemble dans ma loge et d'écouter. [...]

Écrivez-moi en temps voulu le moment de votre arrivée pour que je puisse vous attendre à la gare. Avez-vous une idée précise de logement ou dois-je m'en occuper ? Vous êtes une marcheuse passionnée, n'est-ce pas ? J'ai déjà mon programme pour la ville et la campagne. Je veux vous montrer Pest sous son meilleur jour (il faut pour cela en être loin).

Venez ! Mais bien sûr !

Nous nous connaissons déjà – maintenant je suis curieux de savoir si nous allons beaucoup nous taire, ou beaucoup parler !

Salutations
de votre sincèrement dévoué
Gustav Mahler
Budapest, 14 octobre 1890

Comment résister à une si charmante invitation ? À peine descendue du train à la gare de Pest, elle le voit qui s'avance vers elle. La cravate un peu de travers, le pardessus sur les épaules, il s'est incliné en lui souhaitant la bienvenue. Il a tenu à porter son léger sac de voyage et elle a gardé sous son bras son étui à violon qui ne la quitte jamais. En marchant à son côté, elle a remarqué pour la première fois qu'il est plus petit qu'elle. Ils ne sont pas encore arrivés chez lui que leur dialogue a repris, comme s'ils s'étaient toujours connus. Il lui a galamment proposé d'occuper son appartement pendant que lui-même irait à l'hôtel. Gustav est visiblement heureux de la voir, d'échapper pour quelques jours à sa solitude. « En dehors de ma détestable profession, lui confie-t-il, j'ai presque désappris à parler. » Sa sœur Justine a vécu quelque temps avec lui mais leur cohabitation a été un échec. Elle est repartie à Vienne où il l'a installée avec Otto et Emma, son frère et sa sœur plus jeunes. Otto suit à son tour les cours du conservatoire, ils disposent d'une cuisinière, d'une gouvernante et de professeurs particuliers.

Depuis le 8 juin 1867, date du couronnement de l'empereur d'Autriche François-Joseph à Budapest, la Hongrie fait partie intégrante de l'Empire, au grand dam des Allemands et des populations slaves et tchèques. Le séduisant comte Andrassy, ancien rebelle condamné à mort, est même devenu ministre des Affaires étrangères de l'Autriche-Hongrie. Élisabeth, *Erzébeth*, s'entoure de dames d'honneur hongroises dont elle parle la langue. Ainsi, pendant plus de vingt ans, la comtesse Festevic a veillé sur elle. La reine affectionne le château baroque de Gödölö où elle séjourne souvent. Andrassy, qui avait pris ses distances avec la politique, est mort en février. Mais les foyers de résistance à l'Autriche se multiplient. Et l'hostilité des Hongrois à l'égard de Mahler est telle que des choristes, au nom du patriotisme, l'ont menacé d'un duel qu'il a refusé dans une lettre ouverte publiée dans un journal. Il confie à Natalie: « Ce métier détestable me dévore. Je n'arrive pas à composer, ni même à jouer du piano. Ma vie ici est lamentable. Je perds mon temps. » Il est extraordinairement célèbre, et ne peut faire deux pas dans la rue sans qu'on l'arrête ou qu'on le dévisage, ce qui l'horripile. « Suis-je donc un animal sauvage pour qu'on se plante devant moi et qu'on me fixe comme dans une ménagerie ? » tempête-t-il.

Natalie et Gustav sont tous les deux dans une période difficile, cela contribue à les rapprocher. Ils se sont très vite confiés l'un à l'autre, abandonnant les formules de politesse ampoulées. La compréhension est facile et totale. En plus de la musique, ils partagent le même amour de la nature et de la marche: leurs promenades les entraînent loin de la ville, le long du Danube, encore plus impressionnant dans la campagne hongroise qu'à Vienne. Ils le longent à pied ou parfois le descendent en bateau, admirant les couchers de soleil qui l'embrasent. De la rive de Pest, ils contemplent le palais royal d'Ofen, la citadelle sur les hauteurs de Buda, et le mouvement continuel des bateaux, des vapeurs, des embarcations plus légères qui vont et viennent sur les eaux du fleuve. La conversation se poursuit à Pest, dans le petit appartement de Gustav. Leurs affinités sont évidentes, leurs points communs et leurs différences de caractère la rendent passionnante. Ils peuvent aborder tous les sujets. En parlant, ils revivent tout ce qui a rendu les derniers mois si particuliers, si éprouvants. Gustav peut s'exalter et s'enflammer comme une « mer de feu ». Natalie est plus calme, et comme toujours, le premier moment de souffrance passé, tente de comprendre et d'excuser. La musique est leur univers commun. Cette « camaraderie », comme l'appelle Mahler, est un réconfort et une promesse d'avenir. Oui, elle est son « *guter Kamerade* ». Il existe des coups de foudre d'amitié comme d'amour, je le sais. Le sentiment qui les a liés dès ce séjour n'a sans doute pas l'éclat de la passion, mais il est doux, fondé sur la confiance et la réciprocité, s'émerveille Natalie qui, pour l'instant, n'en attend pas plus.

Ainsi passent ces jours qui tissent des liens d'affection entre Natalie Bauer-Lechner et Gustav Mahler, les habituant l'un à l'autre, intimes comme frère et sœur. Des âmes sœurs ?

Ils se revoient à Bad Gastein l'été suivant. Mahler a quitté Budapest, il dirige l'orchestre de l'Opéra de Hambourg depuis mars. Natalie, elle, s'enfonce dans le marasme : Siegfried a épousé Clementine, elle a perdu ce qu'elle avait de plus précieux sur terre, elle ne distingue plus le sens de son existence. Elle s'interroge. À quoi bon vivre, si ce n'est pas pour être utile à quelqu'un ? Et voilà que Gustav a jailli comme un *deus ex machina* et a sauvé « la frêle embarcation de ma vie », écrit-elle. Sa force est telle, il fait preuve d'une telle empathie, d'une telle conviction qu'il vous emporte dans son orbite et vous fait oublier votre propre fardeau. Son enthousiasme presque enfantin pour tout ce qu'il y a de beau sur terre vous entraîne. Impossible de résister. Il est fou de nature, fait corps avec elle. Les paysages grandioses, les cascades qui semblent descendre du ciel, le transportent à un point inouï. Chaque matin, il vient de son hôtel chercher Natalie au chalet où elle a loué une chambrette bon marché sous les toits, pour une balade qui se finit par un petit déjeuner en tête-à-tête. À midi, il fait à Pollini, le directeur de l'Opéra, ce qu'il appelle sa « visite officielle », pendant qu'elle déjeune à la buvette du Grand Hôtel Straubinger. L'après-midi, ils repartent en randonnée, miraculeusement accordés. Les souvenirs se pressent sous la plume de Natalie, comme cet orage terrible qui les aurait trempés jusqu'aux os si elle n'avait pas aperçu un petit refuge où ils se mettent à l'abri pendant une heure. Ils ont bavardé tranquillement tandis que se déchaînaient dehors les éclairs et la pluie. Moments de bonheur...

Ils évitent le plus possible les allées de la station thermale à la mode, la promenade et les terrasses des Bains, où Gustav rencontre sans cesse des connaissances. Mais un jour où, sur la place la plus fréquentée, l'orchestre joue l'ouverture de l'*Ondine* de Hoffmann, Mahler entre dans une colère folle et tapant du pied, se met à crier : « Trop vite, trop vite, espèce d'âne », sous les regards surpris et les rires.

Les beaux jours arrivent à leur fin, et Gustav, qui ne supporte jamais de rester longtemps au même endroit, a décidé de profiter de ses vacances pour parcourir l'Europe : il met le cap sur la Suède et la Norvège. Quelques jours plus tard, Natalie quitte Bad Gastein à son tour, se demandant à nouveau ce qu'elle va bien pouvoir faire de sa vie.

Mais l'hiver suivant, Mahler passe en coup de vent à Vienne et, pour la première fois, Natalie et lui jouent ensemble. C'est un événement pour elle, une source d'inquiétude aussi, j'imagine. Sera-t-elle à la hauteur ? Ils ont choisi les sonates pour violon et piano de Beethoven. Dès les premières mesures, sa timidité disparaît et elle est toute à la joie de suivre les modulations de la musique. Mahler joue avec passion et il faut s'accorder au tempo qu'il impose. Quand le piano et le violon s'unissent, c'est si beau. Et comme elle est fière quand il s'exclame, tout content : « Mais quel fameux musicien, cette Natalie ! » Curieux comme il emploie le masculin s'agissant d'elle. La voit-il comme un bon copain ? Chaque fois qu'enthousiaste, il le répète à leurs amis, c'est la fête pour Natalie. Il lui fait écouter aussi pour la première fois ses lieder du *Knaben Wunderhorn* et des *Lieder eines fahrenden Gesellen* : un privilège accordé à quelques élus. Pendant son séjour, ils font aussi des plans pour les prochaines vacances et Mahler donne carte blanche à sa sœur Justine et à Natalie pour trouver un lieu de villégiature.

Budapest, Vienne, Bad Gastein, Vienne...

Leur confiance réciproque, leur entente parfaite leur permet de franchir les étapes. Durant l'hiver, Natalie a appris à mieux connaître les frères et sœurs de Gustav. Justine, dite Justi, a 24 ans. Les conditions dans lesquelles elle a été élevée à Iglau, les responsabilités qui ont pesé sur elle, bien trop lourdes pour une fillette de 15 ans – elle avait dû soigner et soutenir ses parents malades – l'ont à la fois mûrie et empêchée de se développer comme elle aurait dû. Elle ressemble beaucoup à son frère qu'elle adore, intelligente, vive, passionnée, mais elle n'a reçu aucune éducation digne de ce nom et souffre en outre d'une santé fragile. Rien ne la destinait à veiller sur ses frères et sa sœur – mission dont elle est cependant chargée. Et quelle équipe ! Alois, plus âgé d'un an, n'en fait qu'à sa tête et finira par disparaître en Amérique sans plus donner de nouvelles. Otto, 19 ans, est doué mais d'une paresse insondable, révolté et mal dans sa peau. Les professeurs se succèdent sans résultat. Quant à la plus jeune, Emma, elle ne s'intéresse pas à grand-chose et se plaint sans cesse. Les Löhr, qui habitent le même immeuble de la Breitegasse, tentent bien de s'occuper d'eux mais, selon Natalie, leur gentillesse idéaliste n'est vraiment pas à la hauteur de cette tribu ingérable. De plus en plus souvent, Gustav lui demande d'intervenir auprès de ses « grenouilles », comme il les appelle affectueusement, et ils échangent des lettres à ce propos. Elle a l'habitude des jeunes. Mais, là, elle reconnaît avoir été souvent dépassée. Otto a été renvoyé du conservatoire, faute de travail. Il devrait passer un examen en candidat libre que « le dernier imbécile pourrait obtenir » mais il ne fiche rien. Elle lui a donné des leçons de violon pour faire plaisir à Gustav, mais c'est sans doute le pire élève qu'elle ait jamais connu. Et si doué, si profond, pourtant. On ne peut rien tirer de lui, hélas. Un gâchis.

Pour Gustav, c'est une inquiétude constante, et une dépense considérable qui l'oblige à travailler comme un fou et le rend souvent furieux contre eux, exaspéré par leur inconscience. « Je commence à me lasser de vivre accroché aux rênes des coursiers ailés de MM. mes frères et de me laisser ainsi traîner par monts et par vaux. [...] Moi aussi, tonnerre ! Moi aussi j'ai mon chemin à suivre ! » vitupère-t-il périodiquement. Mais son sens de la famille et des responsabilités l'empêche de les abandonner. Il est leur frère aîné et un père de substitution.

Le choix des vacances s'est finalement porté sur Berchtesgaden, en Bavière. Mahler aime avoir du monde autour de lui pendant ses loisirs. Toutes ces allées et venues, ces invitations permanentes ne tentent pas Natalie. De toute façon, elle doit passer ses vacances au Tyrol avec sa meilleure amie, Josefine, la sœur d'Albert et de Clementine Spiegler. Leur groupe est resté lié et ses amis sont heureux de cette amitié nouvelle avec Gustav, qui la consolera peut-être de ses déconvenues avec Siegfried Lipiner. À la fin de l'été, alors que Mahler est sur le point de regagner son poste, le choléra a éclaté à Hambourg. L'Opéra a retardé sa réouverture. Il télégraphie à Natalie pour qu'elle les rejoigne à Berchtesgaden où il est revenu. Elle ne se le fait pas dire deux fois, et retrouve les Mahler frère et sœur qui l'attendent à la gare.

Bien sûr, notre image de Berchtesgaden est marquée par les séjours de Hitler dans son chalet au sommet de la montagne. Aujourd'hui encore, le tourisme – des cars entiers de retraités – n'y est pas étranger, et les brochures sur Hitler, sur le nazisme, sur le fameux « nid d'aigle » sont nombreuses. Dommage car la petite ville a gardé un peu de son charme bavarois. J'ai une pensée pour Romy Schneider qui a passé son enfance ici, dans le chalet de ses grands-parents. Un déjeuner rapide dans un *Biergarten*, quelques photos de la place avec sa fontaine mais nous ne nous y attardons pas. Nous sommes arrivés la veille de Munich et non sans stupéfaction avons découvert la Bavière profonde telle qu'en elle-même. À Nussdorf-am-Inn, un village au décor d'opérette avec ses maisons peintes, ses jardins fleuris, son torrent et son moulin à eau, nous sommes accueillis à l'hôtel par un orchestre (accordéon, trombone, contrebasse et harpe) en tenue locale, culottes en cuir, chaussettes hautes, gilet vert. La grande terrasse-jardin est bondée, les serveuses en *dirndl* circulent, des bocks d'un litre sur leur plateau. Sur les broches, rôtissent des jarrets de porcs. On chante, on rit. On nous guide vers une table déjà occupée. Je tente de dérouiller mon allemand en bavardant avec le couple déjà installé. Ils s'amusent de mon air éberlué quand arrive mon assiette copieusement servie d'une choucroute-saucisses-moutarde. Entre deux bouffées de musique et deux bouchées de chou, j'essaye de comprendre leur accent. Bien plus qu'à Vienne, je bascule des décennies en arrière, quand, serrés dans la Dauphine familiale, nous traversions la Bavière pour nous rendre au Tyrol. Les poum poum de la musique me mettent les larmes aux yeux.

À l'époque de Mahler, Berchtesgaden est une villégiature recherchée. Ces vacances inespérées vont jouer un rôle déterminant dans la relation de Natalie et Gustav. L'ambiance est festive dans la villa Hechler, le temps magnifique, et ils retrouvent leurs randonnées en montagne. Quelques invitées, des amies de Hambourg et d'ailleurs, se trouvent encore là, Gustav est d'humeur radieuse, comme toujours quand il trône en père de famille au milieu des siens. Mais pour Natalie, le meilleur moment commence le soir après le dîner. Comme deux adolescents, ils doivent ruser. Il faut surtout échapper à Justi qui ne lâche pas son frère chéri, et attendre qu'elle se soit retirée chez elle. Alors, Gustav accueille Natalie dans sa chambre sous les toits : une pièce minuscule comme une cabine de bateau – elle se souviendra toute sa vie de son plafond en pente, de ses lambris et de son mobilier tout simple – mais dotée d'un balcon d'où l'on a une superbe vue sur toute la vallée. Là, isolés du reste du monde, ils passent souvent la nuit entière à parler jusqu'aux premières lueurs de l'aube. Ils se racontent toute leur vie passée. Leurs confidences à mi-voix, leurs rires étouffés et parfois leurs larmes, se sont peu à peu accompagnés de gestes tendres, puis de baisers jusqu'à la fusion totale, corps et cœur mêlés. L'amour, nous dit-elle, est entré dans leurs cœurs par surprise, en toute liberté, puissant, irrésistible. Au petit matin, il leur faut s'arracher aux bras l'un de l'autre pour éviter les ragots de la cuisinière qui dort juste à côté, et Natalie doit se glisser sans bruit dans sa chambre à l'étage au-dessous, en passant par celle de Justi sans la réveiller. Mais quel délice, ces quelques heures de sommeil après l'amour ! Il n'y a pas de plus grand bonheur, écrit-elle, que de s'éveiller avec la conscience d'aimer et d'être aimée. Et d'échanger ces signes secrets qui permettent aux amants de marcher en plein jour, invisibles parmi les autres. Le moindre geste, le moindre mot, la moindre action ne fait qu'augmenter le désir de se fondre encore l'un dans l'autre, quand le dernier baiser du soir est une promesse de lendemain.

Ces révélations répondent aux interrogations sur la nature de leur relation et expliquent aussi leur développement ultérieur. Au fil de leurs confidences, Natalie a senti qu'elle peut jouer son rôle préféré auprès de Gustav Mahler. Le mauvais accueil de sa *Première Symphonie* et son travail très prenant à Hambourg l'ont stoppé dans sa création : « Chacun de nous deux donnait et prenait des forces dans ces incroyables affinités électives. Ma foi totale dans son génie et mes encouragements enthousiastes permirent à Gustav Mahler de retrouver sa puissance créatrice en sommeil depuis des années. Elle ne s'éteindrait qu'avec sa mort, au terme d'une œuvre considérable. » Elle n'est pas une « groupie » énamourée mais bien une accoucheuse, et peut-être une thérapeute qui libère la créativité entravée.

Elle attribuera cette résurrection du compositeur, après quatre ans de suspension, à la confiance restaurée. En janvier 1892, il reprendra la *Deuxième* commencée en 1888 et l'achèvera en juillet 1894.

Mais la fin des vacances approche. Le directeur de l'Opéra, Nikisch, exige que son chef d'orchestre regagne son poste à Hambourg. Justi et Natalie le raccompagnent jusqu'à Munich. Mahler donne à son amie des instructions pour ses frères et sœurs au cas où il lui arriverait quelque chose à Hambourg où sévit encore l'épidémie. « Une dernière nuit d'amour, écrit Natalie, entre félicité et larmes, et il me fut enlevé ! »

Gustav avait demandé à Natalie de lui rendre visite l'hiver suivant à Hambourg. Mais elle s'était bien rendu compte au fil des dizaines de lettres dont elle le submergeait, et auxquelles il répondait de loin en loin, qu'il avait changé. Ou plutôt, il était revenu à leur relation de camaraderie alors qu'elle continuait sur sa lancée amoureuse. Pour lui, la parenthèse était refermée. « Switch on, switch off » : les garçons sont ainsi, disait-on entre filles dans ma jeunesse. Tout se passait comme si leurs nuits bavaroises n'avaient jamais existé. Si bien qu'en parler ou y faire seulement allusion devenait incongru, déplacé. Le rapide passage de Natalie à Hambourg n'avait fait que confirmer cette impression.

« Je n'ai pas pour habitude de forcer les gens », prétend-elle. De toute façon, que peut-elle y faire ? On comprend qu'elle en a éprouvé un sentiment d'humiliation, comme s'il avait gommé le meilleur de ce qu'ils avaient vécu. Elle s'est sentie moins que rien, rejetée dans tout ce qu'ils avaient partagé. Il n'était même pas question d'en parler : il devenait sourd quand elle y faisait allusion, passait immédiatement à un autre sujet, ou tout simplement ne répondait pas à sa question. C'est si banal, cette situation. Et quand on vient d'essuyer un échec quelque temps auparavant, si douloureux. En ce cas, il y a plusieurs façons de réagir : laisser tomber et rompre ; pleurer et supplier ; ressentir de la colère et l'exprimer ; se résigner. Mais au fond, cela revient au même : on se sent nié dans son être, ses sentiments et ses désirs profonds.

Le caractère versatile, lunatique de Mahler a frappé tous ceux qui l'approchaient. Son cher Bruno Walter lui-même parle de sa « loyauté intermittente ». Ses sautes d'humeur sont légendaires. À ceux qui lui reprochent son instabilité, il rétorque : « Laissez-moi tranquille avec cela et accommodez-vous en ! Vous le savez bien : le matin je suis bleu, je peux devenir rouge l'après-midi et jaune le soir ! » Dans le cas de Natalie, autre chose s'y mêle. La suite de leur histoire, et les relations qu'il entretiendra avec les femmes, confirmeront la profonde ambivalence amoureuse de Gustav, que Natalie décrypte en familière de la toute jeune psychanalyse. Il y a chez lui, écrit-elle, un fond de puritanisme ancré dans son éducation et lié peut-être aux infidélités paternelles qui avaient tant fait souffrir sa mère. Plus il s'interdit la manifestation de son désir, plus il le refoule, plus celui-ci devient puissant. Quand il y cède, c'est avec cette dette accumulée, mais il ne tarde jamais à se reprendre. Ou à faire payer. La musique est la grande rivale de l'amour. Elle jaillit de lui quand ce désir est interdit ou suspendu. Il faudra des années à Natalie pour saisir cela, quand elle sera devenue le témoin et parfois la confidente de ses amours tumultueuses avec les chanteuses, et en particulier avec Anna von Mildenburg. Ce type d'homme est le pire, car la frustration qu'il crée engendre une soif amoureuse sans espoir. Natalie n'a jamais connu cette situation car c'était plutôt l'inverse jusque-là : les hommes étaient fous d'elle. Ses amours avec Siegfried Lipiner avaient duré dix ans, et même si la fin en était amère, ils avaient vécu pleinement cette passion.

Elle s'interroge. D'où vient un changement si rapide ? En exemptant Mahler, elle rejette la faute sur Justine. Celle-ci veille jalousement sur son frère aîné. Cette jeune fille qui peut être si attachante se transforme en véritable cerbère dès qu'elle voit une rivale en une autre femme. Natalie ne lui pardonnera jamais et les années n'adouciront pas sa rancune : Justi pouvait utiliser toutes les armes, les plus sournoises, les plus mensongères, affirme-t-elle. Elle creusait un véritable abîme sous vos pieds, et vous ne vous en aperceviez qu'une fois au fond. Justine Mahler, devenue Justine Rosé, n'a jamais désarmé et sa méfiance a survécu à la mort de Gustav.

Son frère a une confiance totale en elle. Il lui est reconnaissant de s'être occupée de leurs parents, d'y avoir sacrifié, si jeune, ses études et sa santé. Il veille à son tour sur elle et en attend un dévouement total. Quand ils sont séparés, elle doit lui écrire tous les jours ou presque. Elle l'adore, ce grand frère, consacré dans l'enfance comme l'idole de la famille Mahler. Leur couple est fusionnel. Justine, si elle n'avait pas été sa sœur, aurait sans doute figuré l'épouse idéale. Mais, remarque Natalie, ils sont bien obligés de chercher l'objet de leur désir à l'extérieur et cela génère conflits et complications dus à leur jalousie réciproque. Avec quelque exagération, elle les compare au couple incestueux que formait Byron avec sa sœur. Je pense plutôt à celui d'Élisabeth et Friedrich Nietzsche. Les photographies montrent Justi à côté de son frère, lui tenant le bras ou appuyée contre lui, comme une épouse. Très brune, les cheveux frisés, les traits assez durs, de grands yeux noirs qui louchent un peu, elle fixe l'objectif d'un air de défi. On devine une forte personnalité. Sur l'une des photos, ils sont tous les deux vêtus avec élégance, lui d'une redingote grise soigneusement boutonnée, elle d'une veste ajustée et gansée en velours noir et d'une jupe en taffetas de soie. Ils sont chapeautés, gantés de cuir. Sur une autre, sans doute plus ancienne, elle porte un chemisier à manches gigot, avec une cravate en soie. La taille serrée par une large ceinture, son chignon laissant échapper des frisettes, elle est penchée vers un Gustav rêveur, appuyée tout contre lui dans une posture familière qui traduit leur lien étroit.

Toute femme qui s'aventure un peu trop près de Gustav incarne un danger. Tel le serpent de la

Bible, raconte Natalie, elle susurre à son oreille, le met en garde, invente des stratagèmes auxquels, le plus souvent, il prête foi. Le plus intéressant est peut-être l'ambiguïté de la relation entre les deux femmes, durant des années. Quand Justine sent que Natalie s'éloigne ou qu'une autre est plus dangereuse, elle redevient la plus adorable des compagnes et n'hésite pas à l'utiliser contre l'autre rivale. Elle est gaie, rieuse (« un rire argentin », selon son frère), excellente maîtresse de maison. Elles ont même voyagé et habité ensemble en Italie. Il faut dire que dans cette famille compliquée, Gustav Mahler n'est pas en reste, et parfois, c'est lui qui utilise sa sœur pour instaurer une distance avec une femme. Elle est sa messagère, sa porte-parole, son factotum, son double. Je pense que pendant des années – jusqu'à sa rencontre avec Alma Schindler –, il se serait assez bien vu rester toute sa vie célibataire, se consacrant entièrement à sa musique, se contentant de brèves passions et de longues amitiés, avec sa sœur à ses côtés pour prendre en charge les soins du ménage et la vie pratique. Mais le destin allait en décider autrement.

Natalie a donc choisi la voie la plus sage, la plus difficile aussi pour elle : l'amitié. Elle tient trop à tout ce qui les lie, elle l'admire trop pour y renoncer. Elle a mis sa fierté de côté au service de leur passion commune pour la musique. N'oublions pas qu'elle côtoie Gustav Mahler alors qu'il est encore un compositeur maudit. Sa musique désarçonne le public, les critiques et même les autres artistes. Son orgueil souffre mais il fait bonne figure. Il écrit à Natalie : « Il semble que mon destin soit de vivre sans cesse au milieu des luttes et des contrariétés. À condition de garder toujours la tête haute et le cœur droit, j'aime encore mieux cela que de me contenter de la médiocrité. » Comment persister sans une haute idée de soi-même dans de telles conditions ? Le chef d'orchestre Hans von Bülow, qui a découvert Richard Strauss et bien d'autres musiciens, se bouche les oreilles quand le jeune compositeur lui joue un extrait de sa *Première Symphonie*, déclarant : « Si ce que j'ai entendu là est de la musique, alors je ne comprends plus rien à la musique ! » Pour beaucoup, Mahler n'est alors qu'un chef d'orchestre doué. Son erreur est de croire que cela va entraîner sa reconnaissance en tant que compositeur. C'est tout à l'honneur de Natalie Bauer-Lechner d'avoir, dès le début, deviné ses dons de créateur. Elle a décidé de se vouer à son génie, de l'accompagner dans sa carrière de compositeur dont elle sait, comme lui, qu'elle sera difficile mais riche.

Cette complicité qu'elle entretient au fil de leurs rencontres a quelque chose d'asexué : ils vont non seulement parler et faire de la musique ensemble mais marcher, nager, rouler à bicyclette. Malgré elle, derrière l'amitié se profile une sorte de camaraderie. « Guter Kerl », ainsi la nomme-t-il : « bon gars ». Pas de mépris, plutôt un compliment dans ce contexte mais la négation de ce qu'elle aurait sans doute aimé mettre en avant à ses yeux, sa féminité. Quand une femme devient le camarade d'un homme, surtout un « grand homme », c'est en général fini pour le reste. En revanche, cela signe une confiance dont elle va profiter pour approfondir sa connaissance du créateur. Elle-même, dans ses *Fragmente*, se revendique à la fois femme et homme, d'une façon très moderne. Pour la plupart des « individualités fortes » comme la sienne, nous dit-elle, la féminité et la masculinité ne sont qu'une légende. Elle est féminine par le ressenti et l'empathie profonde, une subjectivité à fleur de peau (*mit Haut und Haar*), mais aussi, de façon innée, plus masculine que beaucoup d'hommes par « son désir et son action, son pas ferme et audacieux dans la vie ». A-t-elle complètement renoncé à l'amour avec Gustav ? Bien sûr que non. Ne prône-t-elle pas le droit pour les femmes de manifester leur désir à l'égal des hommes ? Pendant des années, ils vont passer leurs étés et une partie de l'hiver sous le même toit. « Dans de telles circonstances, il n'était pas facile, reconnaîtra-t-elle, de s'en tenir à la décision de vivre seulement en amis. Sans parler de mes propres sentiments et de mon approche anti-ascétique de la vie (apprise et vécue à des sommets exaltants et d'un enrichissement sans fin avec Lipiner durant les dix années de notre liaison faite d'amour suprême et de dévotion) et sans parler de ces convictions profondes et des besoins les plus intimes de ma nature qui favorisaient l'amour vrai : il avait été difficile pour moi de voir que Gustav, lui aussi, souffrait assez souvent dans notre relation qui, par tous les aspects, sauf celui-là, s'apparentait à un mariage... »

Néanmoins, elle se fait momentanément une raison – et sublime son désir en ce qu'elle nommera avec une belle lucidité « les actes silencieux de ma délectation dans l'amour sacrificiel » (*die leisen Taten meiner Liebesopferfreudigkeit*). On ne saurait mieux dire. Peut-on aimer et accepter un homme tel que Mahler sans une once de masochisme ? Contradiction d'une féministe ?

Elle va commencer à tenir le journal de musicien de Gustav Mahler, l'interrogeant, recueillant ses confidences, fixant au jour le jour ses pensées, l'avancée de son travail. Tantôt elle prend des notes pendant qu'il parle, tantôt elle reconstitue leur conversation le soir avant de se coucher. Elle y consigne aussi leurs rencontres, leurs vacances, tout ce qui fait le tissu commun de leurs vies parfois séparées, parfois aussi mêlées, en effet, que s'ils étaient mariés. Elle a l'intuition que ces pages seront un jour un document précieux sur la création malherienne mais aussi sur leur relation. D'une certaine façon, avec modestie mais détermination, elle s'inscrit dans l'histoire de l'homme qu'elle admire et qu'elle aime. Quant au reste...

Faut-il pour le raconter suivre à la trace un personnage ? Et doit-on écrire tout ce que l'on sait de lui ? Sommes-nous le résultat d'une multitude d'actes et de gestes, de lieux et de moments – ou de quelques-uns seulement ? J'allais partir pour Steinbach-am-Attersee, via Munich. En apparence, des critères rationnels avaient présidé à mon choix : Natalie et Gustav Mahler ont passé là leurs vacances d'été à quatre reprises, de 1893 à 1896, durant une période essentielle de leur vie à chacun d'eux. Certes, en m'aidant des sites et des photographies sur Internet, mobilisant mes souvenirs de l'Autriche des années 1960, j'aurais pu restituer l'ambiance des villages, l'émeraude des lacs de montagne, les sentiers qui grimpent à l'assaut des alpages, les cloches au cou des vaches, l'ombre des sapins, les buissons de myrtilles et le parfum des girolles dans les sous-bois, le *dirndl* des femmes et les culottes de peau à bretelles des hommes qu'à ma grande surprise on portait encore lors du Festival Mahler en juillet 2019. Il ne me fallait qu'un peu d'imagination pour voir Natalie, Justine et Emma débarquer du train à Salzbourg, venues en éclaireuses pour organiser le séjour du compositeur.

Mandatées par lui, ce sont elles qui ont trouvé le Gasthof « Zum Höllengebirge », dans le petit village de Steinbach, au bord du lac d'Attersee. Dans ce bâtiment rustique qui tient plus de la ferme que de l'hôtel, ils ont réservé cinq chambres. Ils sont les seuls pensionnaires, quelques touristes s'y arrêtent de temps à autre, c'est tout. Je me le représente un peu comme l'*Alpenhof*, la « pension » de Leutasch où nous avions passé nos premiers étés autrichiens. La raison profonde de mon séjour à l'Attersee, ne serait-ce pas celle-là ? Une écurie et une étable occupaient le rez-de-chaussée, attirant les mouches et générant une odeur puissante dont se plaignait ma mère. Chaque famille préparait ses repas dans la vaste cuisine commune. Nous ramassions des girolles que ma mère ajoutait à l'omelette. Le *speck*, le lard fumé, avait un goût unique. La forêt commençait au bout du pré, un torrent glacé le longeait. Les jambes nues dans l'eau bouillonnante, en équilibre sur les pierres glissantes, nous y attrapions des truites sauvages à la main. Mon père construisait des moulins à eau sous les yeux émerveillés des enfants du coin. Le bois frais débité par la scierie voisine parfumait l'air. Tout est encore si présent à mon esprit… J'avais 11 ans et demi et je tenais dans un carnet orange un journal intitulé, avec mon sens inné des titres : « Mon journal ». Je détestais déjà rédiger les descriptions et je les avais remplacées par des cartes postales, plus parlantes à mon avis. Le caractère littéraire résidait dans un emploi périlleux mais correct du passé simple, hérité des dictées scolaires : « Nous nous dirigeâmes vers un lieu d'où l'on pouvait très bien voir les glaciers. En effet, de là-haut, on voyait les glaciers qui se confondaient avec les nuages. Mais il fallut redescendre, ce que nous fîmes sans attendre car il faisait froid et Martine et moi n'avions que des shorts. Nous passâmes par Seefeld où nous nous arrêtâmes pour acheter des cigarettes. » J'aimais déjà les détails du quotidien. Les cigarettes ne nous étaient pas destinées, dois-je le préciser ?

Les Mahler sont installés eux aussi au lieu-dit Seefeld, le « champ du lac », toponyme banal au bord d'un lac, avouons-le. Si leur « Gasthof » est rustique, ils disposent d'un étage entier et, en plus de leurs chambres, d'une salle à manger, d'une cuisine particulière, leur permettant de se sentir chez eux et d'inviter leurs amis. Le mobilier très simple, en sapin, est recouvert de cretonne, seul un sofa en cuir qu'on déplace de pièce en pièce apporte une touche de luxe. Un instrument d'appoint est mis à la disposition de Mahler par une firme de piano. Le grand balcon donne sur une prairie et le lac.

Mais le luxe, n'est-ce pas plutôt ce paysage paisible, le silence que troublent à peine les chants d'oiseaux et les sons familiers de la campagne ? Encore est-ce trop pour Gustav Mahler qui ne supporte pas le moindre bruit quand il compose. L'année suivante, il demandera à sa sœur de prévoir des bouchons d'oreille et surtout, pour éviter les nuisances inévitables de l'hôtel, il a l'idée de faire construire une maisonnette, à distance de l'hôtel, de ses hôtes parfois bruyants et de la route, dans laquelle il s'enfermera pour composer. Dans la prairie fleurie, tout au bord du lac, il crée les conditions idéales de son inspiration. Bien sûr, c'est Natalie qui va se charger de suivre les travaux, elle le fait avec tout son cœur et toute son énergie. Un accord est vite trouvé avec la propriétaire du terrain et l'aubergiste. On fait appel à un maçon qui dresse un devis de 350 Gulden et 94 Kreuzer pour quatre murs, un toit de chalet, trois fenêtres et, à l'origine, une porte vitrée. À l'automne 1893, un acompte est versé. Mais au printemps, courrier de Natalie qui s'étonne du peu d'avancement des travaux. Tout doit être achevé pour la venue de la famille Mahler à la Pentecôte, prétend-elle, et le directeur sera furieux si ce n'est pas parfait. Le 30 mai, nouveau rappel : le chalet est très bien, mais la fermeture des fenêtres n'est pas au point... Vous n'aurez la totalité du paiement que quand tout sera en ordre. Le 15 juin, Gustav Mahler peut écrire à Arnold Berliner : « Je suis au travail ! C'est le principal ! Ma petite maison (sur la prairie), toute neuve, est un séjour idéal pour moi ! » Ce sanctuaire aura pour surnom « Schnützelputzhäusel », en souvenir d'un vers d'un lied du *Wunderhorn*. Mais les habitués le nommeront le plus souvent la *Häuschen* : la maisonnette.

Cette petite pièce carrée, garnie de doubles fenêtres comme la plupart des chalets de montagne, fait face au lac et à la prairie. Un poêle à bois, une table et deux chaises composent le mobilier, auquel on ajoute chaque été le piano. Cette maisonnette, je l'imaginais comme celle que David Henry Thoreau avait habitée durant deux ans au bord de lac de Walden, à Concord, dans le Massachusetts. Son ami, le philosophe Emerson, lui avait prêté le terrain et Thoreau y avait appliqué ses principes de simplicité en harmonie avec la nature. Il travaillait la terre et plantait les variétés traditionnelles des Indiens : maïs et haricots. J'étais allée en pèlerinage à Walden et avais ajouté ma pierre au tumulus formé de celles de tous ses admirateurs. L'emplacement originel de la cabane en rondins, reconstruite à l'identique un peu plus loin, était délimité par des bornes comme une terre sacrée. On ne le foulait pas. La *Häuschen* de Gustav Mahler, elle, est bien authentique. Les murs extérieurs sont blancs et fraîchement repeints. Toutefois, lui, ne cherchait pas un autre mode de vie à l'écart de la civilisation, mais l'isolement et le silence favorables à sa création que son emploi du temps surchargé à Hambourg lui interdisait. Il ne comptait pas y habiter mais seulement y composer. Avait-il lu Thoreau ? C'est possible.

Levé chaque jour à 6 heures, Mahler se rend directement dans la *Häuschen* où l'on lui apportera son petit déjeuner. Interdiction absolue de le déranger. Seule l'ouverture de la porte vitrée donnera le signal du déjeuner, en principe à midi, souvent plus tard quand il est en plein travail. Le reste de la tribu l'attend, parfois jusqu'à 15 heures. Il règne en maître tout-puissant. Son ascendant sur les trois femmes est évident. Et visiblement, il ne supporte pas qu'on le mette en cause. Comme avec les musiciens de l'orchestre, son culte de la musique, son souci de la perfection, sa « névrose obsessionnelle », pour reprendre les termes de Freud, font régner un climat de respect et de crainte. J'y vois aussi une grande angoisse, celle de ne pas parvenir à composer, de manquer de temps. On guette les signes du dieu : a-t-il bien travaillé ? Il s'octroiera un cigare après déjeuner. S'il reste muet, fermé, mieux vaut ne pas l'affronter. Natalie en sait quelque chose.

Il faut bien le dire, cette « chère et bonne créature » l'horripile parfois. Il a beau reconnaître ses qualités : sa générosité, son dévouement, son talent de musicienne, certaines choses ne passent pas. Natalie ne lâche jamais rien. Si elle s'est mis en tête de le convaincre de l'immortalité de l'âme – un héritage de Lipiner – elle peut, trois semaines durant, le bombarder de lettres pour le convertir. En vain, mais cela ne l'empêchera pas d'être certaine d'avoir réussi. Si elle a décidé de lui rendre visite à Hambourg au risque de faire jaser sur leur relation, impossible de l'en dissuader sans la vexer. L'indifférence de Natalie au qu'en-dira-t-on, l'affichage de sa liberté le choque. Qu'a-t-elle gagné à être libre, s'interroge-t-il, sinon l'incertitude ? Elle a fondé son existence sur des bases bien risquées. Mahler n'envisage pas d'autre rôle pour une femme qu'épouse soumise et mère dévouée, Alma en fera la dure expérience. Même sa sœur chérie, quand elle voudra travailler, se heurtera à son refus. Et quand Justine lui raconte qu'elle a été demandée en mariage en Italie par deux hommes, il la félicite sur le mode badin : « J'imagine que pour une femme c'est quelque chose comme un concert réussi pour moi ! » Le pire, peut-être, selon lui, c'est que malgré les épreuves subies, Natalie s'obstine à faire prédominer son désir sur sa raison. L'été précédent, écrit-il à sa sœur, il lui a clairement expliqué que leur relation devait être purement amicale. Rien d'autre. Mais elle revient à la charge, dépourvue de cette délicatesse toute féminine qui devrait l'empêcher d'insister. C'est insupportable. Périodiquement, elle boude ou prend ses distances quand Mahler ne répond pas à ses demandes, l'immortalité de l'âme, sa venue à Hambourg ou ses avances amoureuses. C'est Justine qui est chargée de jouer la messagère pour les réconcilier. Ou, à l'inverse, de lui faire comprendre en douceur que Natalie n'est pas la bienvenue durant toutes les vacances comme en 1894. « À part le sujet en question (ou peut-être précisément à cause de lui), je déteste son maternage constant, ses froncements de sourcils, sa surveillance, son espionnage », se plaint Gustav. Les grands cœurs, ceux qui veulent à tout prix vous rendre service, sont parfois trop intrusifs. Comme Natalie cache sa déception, il en conclut qu'elle est solide, qu'elle se consolera vite. Il y a les filles qui pleurent et celles qui serrent les dents et qu'on croit insensibles.

Mais quelques jours plus tard, pris de remords, Gustav demande à Justine de ne rien dire à Natalie. Se souvient-il qu'elle a veillé sur la construction de la *Häuschen* ? Son ambivalence est manifeste. Qu'elle vienne mais seulement quelques jours après leur arrivée. Et surtout, qu'elle ne le materne pas. Il n'accepte le contrôle qu'en matière de diététique, nécessaire à sa santé. Et dans ce domaine, elle est championne. Ses conseils ne dépareraient en rien un blog naturopathe actuel : un verre d'eau froide au saut du lit, une alimentation variée essentiellement végétarienne, beaucoup de légumes, en particulier de la salade et du chou, beaucoup de fruits, du lait fermenté, du pain noir style Pumpernickel, de la viande de temps à autre, en accompagnement et non comme plat principal. Décidément, on n'a rien inventé. La référence de Natalie reste Wagner, qui à la fin d'une lettre souhaitait à un ami une bonne digestion. Les migraines et les problèmes intestinaux de Mahler l'obligent à un régime strict auquel il se tient aussi par goût. Quand on part en excursion, seulement alors, on emporte dans les sacs à dos du poulet froid et une thermos de café.

Il n'est pas sûr que Natalie la féministe corresponde au portrait qu'il trace de la compagne idéale : « La femme qui m'épouserait devrait accepter que j'habite loin d'elle, à plusieurs pièces de distance, avec une entrée séparée, elle devrait consentir à n'être avec moi que pendant un certain temps déterminé à l'avance, parfaitement soignée et habillée. En un mot, elle devrait avoir les traits de caractère que même les femmes les meilleures ne possèdent pas. » On rêve...

Cependant, Natalie sera bien présente l'été 1894 à Steinbach ou dans les environs, peut-être chez leurs amis les Adler à Nussdorf. Elle est chargée avant le départ d'aider Justine à trouver les fameux bouchons d'oreille pour le maestro et d'apporter des livres (une biographie de Hölderlin et des ouvrages sur Arnim et Brentano, les auteurs du *Knaben Wunderhorn* qu'il met en musique). Au grand dam de Mahler, en son absence, elle se permettra même de travailler son violon dans la *Häuschen*. Mais, sans doute à cause du refroidissement passager de leurs relations, elle n'écrira rien dans son cahier. Dès l'année suivante, ils passeront à nouveau tout leur temps ensemble, dans la plus parfaite harmonie. Et leurs conversations reprendront de plus belle, nous faisant entrer, grâce à Natalie Bauer-Lechner, dans l'intimité de la création mahlerienne. Durant leurs quatre étés à Steinbach, Gustav Mahler composera en 1893 et 1894 le Scherzo, l'Andante et le Finale de la *Deuxième*, puis en 1895 et 1896, la *Troisième Symphonie*.

L'eau du lac est turquoise, parfois vert pâle, parfois émeraude quand le temps se couvre comme durant notre séjour. Pour ne pas faire mentir la tradition, il fait gris et les nuages ne tardent pas à donner un peu de pluie. Mais quand ils s'écartent, la lumière fait miroiter les eaux et le paysage devient enchanteur. J'aime aussi les moments où le ciel est plus sombre, les mystérieuses forêts de sapins ouvrant alors le passage aux chevreuils au bout de la prairie. De tout côté des sentiers serpentent, parcourant les montagnes du Salzkammergut qui forment un écrin autour de l'Attersee, plus riant que son voisin, le Mondsee. La magie de ce paysage me saisit dès notre arrivée, je comprends instantanément pourquoi tant d'artistes, poètes comme Hugo von Hoffmansthal, peintres comme Gustav Klimt, compositeurs comme Hugo Wolf ou Gustav Mahler se sont plu sur les bords du lac. C'est un lieu de contemplation, de paix, de sérénité. Il donne une impression d'immensité, même si la route qui en fait le tour se parcourt aujourd'hui facilement. Les villas et les chalets fleuris, les églises, les villages laissent place à des pontons et des plages privées ou à des espaces encore vierges. Des voiliers se balancent. Peu de monde en ce début du mois de septembre. Dans les restaurants, le personnel arbore les éternelles culottes de peau pour les hommes et le *dirndl* pour les femmes. Ce n'est pas seulement un déguisement à l'intention des touristes, mais un attachement à l'identité régionale, comme à Salzbourg ou à Bad Ischl où les boutiques de mode exposent leurs modèles les plus récents (et les plus chers) de vestes en loden et de chapeaux à plumets. Nous entrons dans une boutique spécialisée dans les feutres et je ne résiste pas à en essayer un. Mais je renonce à l'acheter de même que les élégantes vestes en laine à boutons argentés qui décidément ne sont pas « mon style ». Sur le marché, des revendeurs proposent des vestes et des manteaux en cuir dont la provenance m'inspire la plus grande méfiance. Tout cela est associé aux images du Troisième Reich, version *Les Damnés* de Visconti, mais également évocateur de mon enfance en Autriche. Ce « en même temps » est troublant. Pourquoi diable nos parents dont tant de membres de la famille « étaient morts en déportation » nous emmenaient-ils là-bas en vacances quinze ans après la guerre ? Leur propre enfance germanophone en Allemagne et en Alsace ? Leur survie envers et contre tout ? Mais j'ai décidé de chasser les évocations et de me laisser prendre au charme du dépaysement. Je suis là pour Natalie Bauer-Lechner et Gustav Mahler, pas autre chose.

Unterach fait le lien entre les deux rives de l'Attersee. À l'époque, on atteignait le village par l'eau, grâce au bateau à vapeur. Son successeur continue à sillonner le lac, permettant de naviguer d'un site à l'autre, d'une rive à l'autre sans emprunter la route. Les courageux peuvent aussi s'y rendre à pied ou à bicyclette comme Gustav et Natalie. Les plus belles villas sont construites sur le rivage et se mirent dans les eaux. Il est facile d'imaginer la vie jadis autour de l'Attersee, de comprendre pourquoi Mahler et les siens l'ont fréquenté durant quatre ans. Instruites par le « bouche à oreille » car plusieurs de leurs relations s'y rendent chaque été, Natalie et Justine, chargées comme toujours d'organiser les séjours d'été, en ont eu l'idée. Mahler se réjouit de pouvoir se baigner et canoter, ainsi que de retrouver des connaissances. En effet, autour du lac, se reconstitue un véritable microcosme de la Vienne artiste et progressiste. Dans un premier temps, c'est donc moins la perspective de travailler qui attire Gustav Mahler au bord de l'Attersee que celle de se reposer de la frénésie hambourgeoise et de profiter de ses vacances dans la nature, en bonne compagnie. Il invite aussi les Löhr et son ami d'enfance Emil Freund à les rejoindre ainsi que des amis de Hambourg. Ce solitaire a besoin de sa tribu autour de lui. Mais bien sûr, le travail ne tardera pas à se rappeler à lui.

Les amis du Cercle végétarien de sa jeunesse sont des habitués de l'Attersee, Engelbert Pernerstorfer et la famille Adler séjournent à Parschallen, près de Nussdorf, un ravissant village sur la rive opposée. Emma a même servi l'année précédente de modèle pour une Vierge à l'enfant exposée dans l'église. La brune jeune femme, juive, socialiste et athée, est peinte dans le style de la Renaissance italienne, assise sur la rive du lac, sous un ciel nuageux, tenant l'enfant Jésus dans les bras. Son visage à l'ovale parfait est songeur et mélancolique. Le compositeur Hugo Wolf, lui, a résidé quelques années plus tôt à Unterach chez d'autres amis de Natalie, la famille Eckstein. Accueilli par ces bourgeois juifs libéraux dans leur villa au bord du lac, Wolf a composé au calme un grand nombre de lieder, ne desserrant les dents qu'en de rares occasions. Toute cette famille est fascinante. Friedrich Eckstein, dilettante de génie, l'oracle omniscient du Café Imperial de Vienne, a été l'élève et le secrétaire du musicien Anton Bruckner. Il était aussi un familier du Cercle végétarien. Ses sœurs, Emma et Therese, sont des figures féminines de l'intelligentsia viennoise. Emma a fait l'objet d'une étude de Sigmund Freud sous le prénom d'*Irma*, après avoir été défigurée par une opération de Wilhelm Fliess, persuadé des liens entre le nez et la névrose. Son histoire est terrible car les psychanalystes masquèrent l'erreur chirurgicale qui faillit lui coûter la vie : Fliess avait oublié cinquante centimètres de gaze dans son nez, provoquant une grave infection. Bien qu'elle eût perdu sa beauté, elle n'en tint pas rigueur à Freud, devint sa première élève et psychanalyste elle-même. Elle s'intéressa particulièrement à la sexualité enfantine, un sujet encore tabou, établissant comme son professeur le lien entre masturbation et activité fantasmatique. Mais ses symptômes « hystériques », selon l'interprétation freudienne, reprirent. Elle éprouvait des difficultés à marcher et restait confinée dans son lit. Elle finit sa vie cloîtrée dans sa chambre. Sa sœur, Therese, a traversé elle aussi des épisodes tragiques. Paralysée après un accouchement difficile, elle doit se déplacer en fauteuil roulant durant des années. Son mari meurt de la tuberculose trois ans après leur mariage. Therese retourne alors vivre avec sa mère, sa sœur et son frère Gustav. Elle s'implique dans le mouvement féministe avant de rejoindre le parti social-démocrate de son ami Victor Adler tout en continuant à plaider la cause des femmes. Au lendemain de la Première Guerre mondiale, elle sera l'une des premières députées du nouveau Parlement autrichien et finira sa carrière au Bundesrat en 1930. Natalie éprouve une grande admiration pour Emma et Therese dont elle partage les idées et les combats.

Les plus belles villas du lac appartiennent souvent à de riches industriels. Ainsi, Julius et Hermine Baum ont pris sous leur protection une jeune fille pauvre, originaire de Silésie, à la voix exceptionnelle. Ils lui font rencontrer le Tout-Vienne artistique, et l'emmènent en vacances à Unterach où ils passent l'été. Elle y vient pour la première fois en 1893, comme Mahler et les siens. Enthousiasmée, la jeune fille de 16 ans écrit à ses parents : « C'est divinement beau ! On passe si agréablement le temps qu'on en oublie ses devoirs. Ici, on est juste terriblement paresseux. » Vêtue du costume local, elle s'essaie au canotage dans la journée et le soir enchante de sa voix veloutée les invités des Baum. Deux ans après, elle confie dans une lettre à la fille de ses hôtes : « Je me suis vraiment réjouie d'apprendre que M. Mahler était à Unterach. Je te prie, s'il est encore là, de demander à ta chère Maman de me recommander à lui, car j'ai entendu qu'il est un homme très puissant à Hambourg. » Quelques années plus tard, grâce à ses protecteurs, la jeune et ravissante cantatrice de 21 ans, Selma Kurz, sera présentée à l'incontournable Gustav Mahler, devenu directeur de l'Opéra de Vienne. Il l'engagera sur-le-champ, lui disant, après l'avoir écoutée : « Mademoiselle, que puis-je vous offrir ? Un peu de champagne ? » Il lui offrira en fait le rôle de Mignon, chasse gardée de la diva Marie Renard, elle aussi une habituée de l'Attersee.

En guise de consolation, un admirateur fortuné fera construire pour Marie Renard une maison sur l'île Litzberg au nord du lac. Quant à Selma Kurz, une belle carrière l'attend ainsi que des amours tumultueuses avec le maestro.

Au Berghof, un ensemble de luxueuses villas à flanc de colline, réside aussi le compositeur et pianiste virtuose Ignaz Brüll. De Karl Goldmark à Johannes Brahms, nombreux sont les musiciens qui se retrouvent dans la propriété, qui tient davantage du château que du chalet. Gustav Mahler s'y rend à bicyclette. Un jour, il apporte la partition achevée de sa *Deuxième Symphonie*, que Brüll joue avec lui devant leurs amis comme s'il l'avait déjà déchiffrée, tandis que sa sœur, Hermine Schwartz, chante le sublime « Urlicht ». Magie des soirées d'été, du ciel étoilé, de la musique célébrée. Tout commence et finit à l'Attersee... Ainsi, durant la belle saison, les artistes et les riches Viennois délaissent les cafés pour les lacs, on s'y retrouve selon les affinités, on y parle musique et politique, droits des femmes et socialisme, littérature et peinture. On y célèbre la fusion des arts et le progrès. On y joue de la musique de chambre et du piano à quatre mains, on chante. Le clapotis du lac accompagne les conversations, les dîners s'éternisent dans le soir qui tombe, et souvent, une sonate, un trio de Schubert ou de Beethoven s'élèvent dans la nuit.

La bonne société traditionaliste préfère Bad Ischl, la résidence d'été de la famille impériale, à une vingtaine de kilomètres. François-Joseph et Élisabeth de Wittelsbach s'y sont rencontrés – c'est là qu'eut lieu le fameux coup de foudre de l'empereur âgé de 23 ans pour la jeune Sissi, alors qu'il devait épouser sa sœur Hélène. Difficile de ne pas l'imaginer sous les traits de Romy Schneider, avec l'adorable voix de sa doublure française ! Ils y ont célébré leurs fiançailles. Cette villa familiale de style palladien est charmante avec ses murs jaunes et ses volets verts, son étage unique et sa balustrade en fer forgé. Une colonnade de marbre rose est le seul signe de noblesse de cette maison de campagne très simple, si on la compare aux centaines de chambres de Schönbrunn ou de la Hofburg. L'empereur viendra dans la *Kaiservilla* jusqu'à l'été 1914. Le train conduit à Bad Ischl les estivants élégants qui fréquentent concerts et salons de thé, dont le célèbre *Zauner* qui, aujourd'hui encore, propose plus de cent pâtisseries différentes. Ils se promènent dans le parc du casino ou se rendent aux bains, tandis que Sissi se tient à l'écart dans son *retiro*, le Marmorschlössl, un pavillon de style Tudor caché dans les immenses bois de la propriété qui grimpent le long de la colline. Elle apprécie la liberté dont elle y jouit, loin de la foule et des ors de Vienne. De l'autre côté de la Traun aux eaux vertes qu'enjambe un pont de fer, la musique de

Johann Strauss et les opérettes de Franz Lehar charment la petite ville thermale. Anton Bruckner tient les orgues de l'église paroissiale, et Johannes Brahms se rend chaque été dans sa villa où il compose la plupart de ses dernières œuvres.

Pour ma part, je visite tranquillement les villages, me promène dans le parc de Sissi, assiste à la sortie d'un mariage en costume traditionnel devant l'église d'Anton Bruckner, flâne le long du lac Attersee, parcours des yeux les panneaux qui font la part belle à Gustav Klimt qui y séjourna durant une quinzaine d'années. Il a peint le lac et les paysages du nord de l'Attersee, à Kammer et Seewalchen, ou ensuite, au sud, à Weissenbach et Unterach. Sa compagne, Emilie Flöge, est la créatrice de leurs tenues excentriques, ces larges robes tuniques d'inspiration orientale qui rappellent la mode hippie. Sur certaines photos, on les dirait échappés d'une secte californienne, lui avec sa barbe mal taillée et elle ses cheveux bouclés.

Mais le but de mon voyage est bien sûr Steinbach, ou plutôt le hameau de Seefeld où s'étaient installés Gustav Malhler et sa petite tribu. De la rive opposée où se trouve notre hôtel, je scrute le village juste en face. J'aperçois de loin la petite église blanche, les bateaux sur la rive, les toits des chalets. Étrange émotion, comme si Natalie et Gustav m'attendaient de l'autre côté du lac, et que j'allais franchir en quelques brasses la distance et les années. En réalité, le lac est trop large pour moi et l'eau est glacée en ce mois de septembre. Est-ce à cet endroit que Natalie et Gustav l'ont traversée à la nage ? Quant aux années, seule l'imagination me permet de les franchir. Nous rejoignons donc Steinbach en voiture. Et gagnons à pied Seefeld, le lieu-dit, par un sentier qui longe la forêt et les prés et surplombe la route. L'hôtel se trouve de l'autre côté. Je presse le pas, angoissée à l'idée de me retrouver au milieu d'un groupe de touristes. *Zum Höllengebirge* est devenu l'hôtel *Föttinger*, un bel établissement bien différent où il faut aller chercher la clef de la cabane de Gustav Mahler. Oublions le camping, désert en ce début du mois de septembre, et dirigeons-nous vers la petite maison blanche au bord du lac : la *Häuschen*. Mon cœur bat. C'est ici. J'ouvre la porte. Nous sommes seuls, avec le piano et le lac turquoise.

Le problème avec les géants, c'est que leur ombre recouvre tout. Ceux qui les côtoient possèdent pourtant leur propre vie, leur propre devenir. Natalie Bauer-Lechner a 35 ans, et à défaut de la première jeunesse, elle jouit d'une santé robuste qui éclate dans ses traits réguliers, l'arc sensuel de sa bouche, son épaisse chevelure dégageant son front et ses yeux gris, la souplesse de son corps. Sur les quelques photos dont je dispose, je suis frappée par le calme, la solidité qui émane d'elle. C'est une femme à qui l'on a envie de se confier, de donner la main. Grande, plutôt charpentée, vêtue le plus souvent de couleurs claires, de jupes longues et de blouses à col montant et manches larges serrées au poignet, elle est sportive, pratique le patin à glace en virtuose, la luge et les sports de montagne, la natation, la marche, la bicyclette. Ennemie jurée du corset qui étouffe les femmes, elle est adepte des pratiques naturistes qui se développent alors : médecine naturelle, vertus de l'eau froide, gymnastique dans le plus simple appareil, grand air et soleil, hygiène, nourriture équilibrée et saine, à dominante végétarienne. Même pour jouer d'un instrument, elle conseille de se vêtir le plus légèrement possible, de laisser le corps libre de ses mouvements. Elle applique cette règle non seulement à elle-même mais aussi aux élèves dont elle a la charge, faisant desserrer les ceintures et retirer les vestes trop ajustées. Respirez, respirez ! Ce culte de la nature et d'un bien-être en harmonie avec elle va de pair avec la condamnation des mœurs urbaines frelatées et trépidantes, de l'enfermement, de la décoration étouffante des appartements sans lumière, ainsi que de l'exploitation de l'individu au nom de la production de masse. En vivant en symbiose avec la nature, sans avoir honte de son corps, on est plus ouvert aux autres, on crée des relations plus égalitaires. Le caractère hygiéniste de ces pratiques ne doit pas masquer leur potentiel révolutionnaire. Stefan Zweig rappelle combien la société viennoise d'avant 1914 était pondérée, éprise de dignité, conservatrice, « un monde ordonné aux stratifications claires et aux transitions tranquilles, un monde sans hâte ». À l'opposé de cette société masquant le corps et niant le désir, réprimant les pulsions, le naturisme défend l'épanouissement total de l'individu. Natalie Bauer-Lechner consacre plusieurs chapitres de son ouvrage *Fragmente* à toutes les facettes de cette philosophie de la vie. Elle y déplore l'habillement compliqué des femmes qui les empêche de respirer, les tissus lourds, les bottines étroites ou les talons qui gênent leur marche et les mutilent, autant de freins à leur libération et à leur santé. Ainsi, pour celles qui travaillent ou pratiquent un sport, Natalie recommande le pantalon, qu'elle porte elle-même quand elle veut être libre de ses mouvements. Une fois de plus, elle cite à l'appui de ses thèses George Sand mais aussi la peintre Rosa Bonheur qui ont adopté le pantalon non pour se déguiser mais pour circuler librement dans Paris et être à l'aise chez elles. Et pourquoi traîner avec soi un sac à main qui encombre alors que les hommes se débrouillent très bien sans ? Il suffit d'avoir de grandes poches sous sa jupe et d'y fourrer ses clefs, son porte-monnaie et son mouchoir. Quelle modernité quand on songe qu'un siècle plus tard nous arborons encore des sacs à main dont se passent très bien les hommes !

Sa philosophie de la vie forme un tout qui a pour but la liberté de l'individu, une existence saine, l'épanouissement du corps et de l'âme au sein d'une société plus égalitaire et plus solidaire. Natalie est aussi une fervente adepte de la médecine naturelle, et possède des recettes pour toutes les affections du quotidien. De la douche froide au lavage du nez et des yeux, du brossage du corps à la respiration profonde, elle défend des pratiques qu'on retrouve aujourd'hui dans les manuels de développement personnel inspirés du Japon ou de la naturopathie.

En vogue dans les cercles anarchistes et socialistes, le naturisme développe alors une contre-culture d'avant-garde à laquelle elle adhère car elle y voit un facteur de bonheur individuel et de progrès social. N'est-ce pas aussi, après tout, la contre-culture des années 1970 qui nous avait fait prendre en horreur les talons hauts, les soutien-gorge et les porte-jarretelles, adopter pantalons à pattes d'éléphant, sandales et chemises indiennes, nous enduire d'huile de germe de blé pour bronzer, pratiquer le yoga, manger du pilpil, des légumes bios et nous baigner nus en toute liberté ?

Le végétarisme, le naturisme, la glorification de la santé et du corps vont de pair avec le développement de l'hygiénisme, de la prophylaxie à une époque où l'on fait la découverte des microbes et de la contagion. On sait le rôle qu'ils joueront sous la République de Weimar, puis, avec le nazisme, dans une Allemagne encline au culte de la nature. Dans la Vienne fin de siècle, nous en sommes aux prémices, un mode de vie moderne qui s'épanouit dans les cercles intellectuels et progressistes. Aux profondeurs obscures explorées par la psychanalyse viennoise répond la conquête des sommets et du grand air. On découvre les joies de la montagne, de l'alpinisme, de l'air pur, de la pratique des sports de glisse en hiver, de la natation et de la randonnée en été. Natalie y voit une façon de vivre en harmonie avec son corps, et de mieux se connaître. Les plaisirs du corps, tous les plaisirs du corps, font partie pour elle d'une même célébration de la vie.

Certes, les matinées à Seefeld sont consacrées au travail, Mahler compose dans sa maisonnette et Natalie joue dans une maison voisine inhabitée. Mais l'après-midi, on s'adonne aux joies de la montagne et du lac. Grand marcheur, Gustav Mahler, grosses chaussures, knickers, chemise en coton et veste grise sur l'épaule, entraîne sa famille et ses amis dans des randonnées autour de l'Attersee, on grimpe vers le sommet de la Höllengebirge, juste derrière l'hôtel auquel le massif a donné son nom, on marche autour du lac ou l'on enfourche les bicyclettes pour de longues randonnées. La « petite reine » est à la mode, et nombreux sont les estivants qui s'y adonnent avec passion. Parfois, on se contente de se promener dans la prairie en fleurs, ou de paresser au bord de l'eau. On lit, on rêve, on parle à bâtons rompus, on somnole unis dans une douce tendresse. Natalie, vêtue de blanc, se protège sous son ombrelle ou prend des bains de soleil avec Gustav qui s'expose torse nu. Bien que petit, environ 1,60 mètre, il est loin d'être malingre. Sportif, très actif, il est vigoureux. Son corps mince et parfaitement proportionné, ses épaules larges, ses hanches étroites, sa poitrine lisse, son ventre plat, sa peau dorée, son dos musclé doivent le rendre infiniment désirable à la jeune femme. Tous deux se baignent ensemble, parfois tôt le matin, ou avant le dîner. Il plonge et nage sous l'eau avant de réapparaître plus loin. Elle le suit dans le lac comme elle le suit dans leurs marches en montagne, du même rythme rapide.

Mais ils consacrent aussi de longs moments au projet de Natalie: interroger Mahler sur sa musique, recueillir ses réponses, ses confidences. Ont-ils une heure d'élection pour ces moments d'intimité ? Dans la journée mais surtout pendant la soirée, quand ils se retrouvent seuls. Natalie a toujours de quoi noter sur elle et leurs conversations impromptues ont parfois pour cadre les chemins ombragés du coteau, ou la route qui longe le lac vers le village de Weyregg où se trouve l'embarcadère du bateau à vapeur. Il parle, elle écoute, pose une question, émet une objection, le relance, déclenche ou contourne ses sautes d'humeur, et peu à peu, couche sur le papier l'univers intime du musicien qu'elle admire, de l'homme qu'elle aime.

Natalie, son crayon à la main, son carnet posé sur ses genoux :

— *Au risque de t'impatienter, Gustav, je voudrais savoir comment on compose. Est-ce que tu pars du texte ou bien des sons ?*

— Mon Dieu, comment peut-on demander cela, Natalie ! Sais-tu comment on fabrique une trompette ? On prend un trou et on roule du cuivre autour ; la composition c'est à peu près cela. Non, sérieusement, comment est-ce que je pourrais le dire ? Cela arrive de cent façons différentes. Tantôt c'est le poème qui donne l'impulsion, tantôt c'est la mélodie. Souvent je commence par le milieu, souvent par le début, parfois même par la fin, et le reste se met en place progressivement jusqu'à ce que cela se complète et s'arrondisse en un tout.

— *D'accord, mais pour les lieder et les compositions avec paroles ?*

— As-tu remarqué que, chez moi, la mélodie part toujours du texte, qu'il la génère en quelque sorte, et que ce n'est jamais le contraire ? C'est ainsi chez Beethoven et chez Wagner. Et c'est seulement de cette façon, d'une seule coulée, que l'on parvient à réaliser ce qu'on pourrait appeler l'« identité » entre les notes et les mots.

— *Mais n'est-ce pas en contradiction avec ce que tu m'as dit ?*

— Le processus contraire, où n'importe quelles paroles doivent arbitrairement s'adapter à une mélodie, est en effet une relation conventionnelle, mais ce n'est pas une fusion organique. Tu comprends ?

— *Et comment passe-t-on de l'esquisse au mouvement ?*

— C'est seulement d'un seul trait que l'on crée convenablement. Cela ne vaut rien quand quelqu'un tourne autour d'un misérable petit bout de thème, le varie, construit des fugues dessus, et se montre économe à son égard pendant Dieu sait combien de temps, pour en faire un mouvement. Je ne peux pas supporter le système d'épargne ; tout doit couler abondamment et sans interruption, si cela doit signifier quelque chose. Bien sûr, Dieu seul sait si mon mouvement est aussi bon que je le crois en ce moment. En travaillant, ce qui sort directement de l'âme peut paraître parfois tout à fait différent et meilleur, et après je suis mécontent et déprimé parce que je n'ai pas réussi comme je l'aurais voulu. Ce que je concevais en rêve n'est pas entièrement atteint.

— *Mais n'est-ce pas le cas pour toute œuvre prolongée au-delà de son esquisse ?*

— Cela ne devrait pas être, et notamment dans les compositions de plus petite dimension, on arrive mieux à saisir le tout désiré. Par exemple, il me semble que, dans ma *Vie céleste* (*Das himmlische Leben*), la continuation de l'esquisse est tout à fait adéquate, elle surpasse même le brouillon dans beaucoup de passages.

— *Est-ce qu'il n'y a pas toujours quelque chose de mystérieux dans la création ?*

— Oui, bien sûr. La conception et la création d'une œuvre sont mystiques d'un bout à l'autre; on est poussé inconsciemment comme si on était sous l'emprise d'une volonté extérieure, à créer quelque chose dont on reconnaît à peine l'origine par la suite. Je me sens souvent comme la poule aveugle qui a trouvé un diamant. Mais plus étrangement encore que dans le mouvement tout entier ou dans l'œuvre, cette force inconsciente, mystérieuse, se manifeste dans des passages particuliers, et justement dans les plus difficiles, et les plus significatifs d'entre eux. En général, ce sont ceux dont je ne veux rien savoir, ceux que je voudrais contourner, qui me tiennent et qui forcent finalement leur expression. Cela vient de m'arriver dans le Scherzo de la *Deuxième*, avec un passage que j'ai abandonné et supprimé, mais que j'ai quand même ajouté dans une page latérale. Et maintenant, je vois que c'est la partie la plus indispensable, la plus puissante de tout le mouvement.

— *À ce propos, comment se fait-il que ton lied du* Wunderhorn, *le « Sermon aux poissons », se soit retrouvé dans ce Scherzo de la* Deuxième Symphonie ?

— C'est un étrange processus ! Sans savoir au début où cela mène, on se sent de plus en plus éloigné de la forme originelle, dont le riche contenu restait caché inconsciemment, comme la plante dans le germe. C'est pourquoi je pourrais difficilement me maintenir dans des limites fermement établies, comme l'opéra (il faudrait que je l'aie écrit moi-même), ou bien composer une ouverture pour l'œuvre d'un autre. De plus, dans beaucoup de mes compositions s'est introduite la musique bohémienne de la région où j'ai vécu mon enfance. C'est arrivé en particulier dans le *Sermon aux poissons.* L'élément national se fait entendre dans ces traits rudes, caractéristiques, dans les ritournelles des musiciens ambulants de Bohême.

Natalie, curieuse, apprenant que deux heures après le repas, Gustav a composé un nouveau lied :

— *Est-ce que c'est l'un des textes du* Knaben Wunderhorn *que tu m'as montré l'autre jour ?*

— Non, aucun de ceux-là ! De façon étonnante, j'en prends toujours un autre que ceux que j'apprécie depuis longtemps et que je projette de mettre en musique. J'avais en tête un thème, j'ai feuilleté le livre et j'ai vite trouvé les vers d'une charmante chanson qui correspondait à mon rythme. Je l'appelle *Tanzreime* mais j'aurais pu l'accorder avec un groupe d'autres chansons...

— *Gustav, avec ta façon rapide comme l'éclair et intensive de travailler, tu es fatigué nerveusement. Tu as mauvaise mine. Franchement, tu devrais t'arrêter un peu et t'accorder du repos. Tu ne t'en trouveras que mieux, ensuite.*

— Ne me parle pas de cela, Natalie, ne me dis rien pendant mon travail, si tu ne veux pas me fâcher ! Crois-tu, quand on a quelque chose à dire, qu'il faille se ménager ? Quand ce serait avec les dernières gouttes de son sang, avec son dernier souffle, il faut l'écrire ! Mais si je pouvais seulement écouter une fois ce que je compose, au moins à l'essai pour vérifier si je me fourvoie, ou si ce qui est profond et significatif pour moi l'est aussi pour les autres ! Car si ce n'est pas pour les autres, même seulement pour les quelques isolés sur lesquels l'artiste peut toujours compter, alors j'ai créé en vain. Je suis privé de tout échange vivant entre le monde extérieur et mon monde intérieur, entre mon travail et l'effet de ce travail, tu ne peux pas savoir comme cela me paralyse !

— *N'empêche que tu ne supportes pas qu'on t'écoute ou même qu'on se trouve près de toi quand tu composes...*

— Ne pouvez-vous pas comprendre à quel point c'est gênant, et comme cela empêche toute possibilité de création ? Quelle indiscrétion et quelle indélicatesse, qui froisse la pudeur, que d'offrir aux oreilles étrangères quelque chose qui est encore en élaboration ! Pour moi, c'est comme si la mère se mettait à nu et voulait montrer au monde l'enfant qui est dans son sein avant qu'il ne soit né.

— *Alors tu es condamné à la solitude. Du reste, tu m'as dit une fois que tes œuvres jaillissent toujours de la douleur et de tes expériences intérieures les plus difficiles...*

— Oui, et je pense que c'est ainsi chez la plupart, excepté peut-être les plus grands génies que l'on peut compter sur les doigts d'une main et qui n'ont pas besoin de cela. Mais pour moi la création artistique est comparable à une perle, qui née des grandes souffrances de l'huître, offre au monde son trésor. C'est ainsi que tout se passe toujours en moi : c'est seulement lorsque j'éprouve que je crée et seulement lorsque je crée que j'éprouve.

— *Et comment nommeras-tu cette* Deuxième Symphonie *que tu es en train d'écrire ?*

— Je me suis déjà beaucoup posé la question. Comment faire pour que quelque chose transparaisse de son contenu et commente mon intention au moins en un mot ? Mais puisse-t-elle s'appeler « symphonie » et rien d'autre ! Mes deux symphonies expriment la substance de ma vie ; j'y ai versé ce que j'ai vécu et souffert, elles sont la vérité et la poésie devenues musique. Pour quiconque sait bien écouter, ma vie entière s'éclaire. Ma création et mon expérience sont si étroitement liées, que si mon être devait couler paisiblement comme ce ruisseau dans la prairie, je ne pourrais plus rien produire de valable.

Le 6 février 1895, survient un drame qui bouleverse profondément Gustav Mahler, et tout son entourage : le suicide de son jeune frère Otto. Ils ont passé l'été ensemble à Steinbach et entretenu de longues conversations sur la musique. Quelques mois auparavant, son extrême maigreur a alerté Justine. Otto, toujours fragile et instable, habite alors à Vienne chez une vieille amie de la famille, Nina Hoffmann-Matscheko. Veuve d'un peintre, auteure d'une biographie de Dostoïevski, âgée d'une cinquantaine d'années, Nina a souvent veillé sur les enfants Mahler. Pour des raisons qu'on ignore, peut-être dépressif, il s'est tiré une balle de pistolet chez elle. Il a laissé une note disant qu'il n'a plus envie de vivre et qu'il « rend son ticket ». Le choc est terrible pour Gustav Mahler. La mort tragique de son plus jeune frère, âgé de 21 ans, s'ajoute à toutes celles qui précédent : des quatorze enfants de Bernhard et Marie Mahler, quatre seulement restent désormais en vie. Les rapports compliqués que Gustav entretenait avec

Otto, à la fois d'affection et d'autorité, le soutenant financièrement, se désespérant de son incapacité à travailler malgré ses dons – le jeune garçon venait de quitter le théâtre de Brême où son frère lui avait trouvé une place –, insaisissable pour cet homme du devoir et du labeur qu'est l'aîné, rendent ce décès encore plus insupportable. En désespoir de cause, Gustav lui a même proposé de devenir son archiviste. Mahler prie son ami d'enfance, le juriste Emil Freund, et un notaire d'Iglau de se charger des formalités. Et il se mure dans le silence. Des années plus tard, il confiera seulement : « J'avais un frère qui, lui aussi, était musicien et compositeur, un grand talent, un homme incomparablement plus doué que moi. Il a disparu très tôt... Hélas, hélas ! Il a mis fin à ses jours dans la fleur de son âge... » Ce sera la seule fois où il laissera échapper quelques mots à son sujet.

Trente ans après la mort d'Otto, et bien après celle de son mari, Alma Mahler ouvre la malle contenant les affaires et les manuscrits du jeune homme. Mahler n'a jamais eu le courage de le faire. Elle contient, entre autres choses, le manuscrit de deux mouvements de la *Troisième Symphonie* de Bruckner qu'Otto admirait beaucoup. Une bombe tombée sur la maison d'Alma à la fin de la Seconde Guerre mondiale détruit ensuite la malle. Alma vend ce qu'il reste de ses papiers à la Bibliothèque nationale autrichienne. Quant à sa tombe, dans le carré juif du cimetière central de Vienne, elle est détruite aussi pendant la guerre. Il n'en reste que des fragments.

Peut-on dire que la transfiguration de ce deuil a donné naissance à la *Troisième Symphonie* de Mahler, véritable hymne à la vie, qui devait initialement s'achever sur le sublime *Das himmlische Leben* (ce mouvement sera intégré à la *Quatrième symphonie*), dans une partie intitulée « Ce que me raconte l'enfant » ? Je n'en sais rien. Mais durant l'été 1895, dans sa *Häuschen* de Steinbach, au bord de l'Attersee, Gustav Mahler travaille avec acharnement à sa symphonie, achevant l'esquisse des cinq mouvements qu'elle doit alors comporter, ne s'interrompant que pour rendre visite à Johannes Brahms qui séjourne à Bad Ischl. Une fois de plus, il a puisé dans les profondeurs de la souffrance, dans l'abîme de la perte et sans doute aussi dans son inévitable culpabilité pour créer. À la mort – de l'amour, des êtres chers –, Mahler a répondu cette fois encore par la création.

L'année est marquante aussi pour Natalie. Elle a perdu son père, l'éditeur Rudolf Lechner, auquel elle est très attachée. Décédé le 16 août après de longues souffrances en haute Bavière où la famille passe les vacances, il est enterré le samedi 17 à sa demande, non à Vienne mais à Unterach-am-Attersee. Pourquoi ce choix ? Les Lechner sont-ils eux aussi des habitués du lac ? Natalie y a-t-elle tenu ? Le père et la fille partageaient en tout cas le même amour de ces paysages. Gustav Mahler, encore présent à Steinbach, décale son retour à Hambourg et assiste à l'enterrement du père de son amie.

J'espère que Rudolf Lechner a eu le temps d'apprendre une grande nouvelle et de s'en réjouir : la formation du quatuor féminin Soldat-Roeger auquel sa fille aînée va appartenir en tant qu'altiste. Le 11 mars 1895, en effet, le quatuor a fait ses débuts officiels sur scène. Le 20, il joue en octuor avec le célèbre quatuor Rosé, du nom d'Arnold Rosé, 1er violon du Philharmonique de Vienne, et futur mari de Justine.

Les choses vont bien changer pour Natalie Bauer-Lechner. Oui, une nouvelle vie commence pour elle, faite de répétitions, de concerts, de voyages, et de beaucoup de travail. De musique. De liberté.

QUATUOR

Chaque fois que je retrouve les musiciennes, à deux, trois, quatre ou cinq selon les circonstances, l'émotion s'empare de moi. Elles arrivent chargées de leurs instruments, ouvrent les étuis, en retirent le violon, l'alto ou le violoncelle, et leurs gestes disent tout l'amour qu'elles leur portent, le soin infini qu'elles y mettent. Les manteaux et les sacs sont jetés en vrac sur les chaises mais les étuis sont posés soigneusement et jamais trop loin d'elles. Virginie dort même à portée de main de son précieux Montagnana. J'aime le moment où chacune accorde son instrument, où Anne-Lise au piano règle son tabouret et laisse ses doigts courir sur les touches. « Donne-moi un *la* », demande l'une. « On n'y voit rien », dit l'autre. « On ne peut pas avoir plus de lumière ? » « Je mets la sourdine, ce sera mieux… » Jennifer, la chanteuse, est debout à côté du piano, la partition de *Das himmlische Leben* devant elle, les lunettes sur le nez. Peu à peu les sons discordants s'harmonisent comme si chaque instrument s'éveillait à la présence des autres.

La musique commence, et la beauté tranche net. Rien d'autre n'existe que le lyrisme des cordes, la force du piano, la nudité du chant. Jamais l'écriture ne saura rendre cet élan, cette présence toute-puissante, cette douceur insistante, cet avant et après. Tout d'un coup, alors que je nage en pleine euphorie, ça s'arrête. Un tapotement d'archet. *Mi, mi, mi.* On reprend. D'un bond, la beauté s'installe à nouveau. D'un ajustement à l'autre, d'une nuance à l'autre, souvent imperceptible pour l'ignorante que je suis, le morceau se déroule, et les corps l'accompagnent. Ah, le corps des musiciennes ! Violaine, la jeune altiste au visage botticellien, se balance sur sa chaise ; Virginie, la violoniste, joue avec tout son corps, jambes un peu écartées, elle incarne la force concentrée qui donnera naissance à la finesse extrême du jeu ; Diana, la violoncelliste roumaine et rousse, oscille à peine de temps à autre. Attentive au jeu des autres, la voix profonde de son instrument ne nécessite aucun mouvement. La discrète Anne-Lise se penche vers son piano, libérant une puissance insoupçonnable, Jennifer accompagne le chant de ses mains et il se gonfle comme une voile prête à prendre le large. Puis tout s'arrête à nouveau, et un détail infime doit être repris, repris encore et corrigé. Quelle leçon ! « Il veut trop bien faire, il place trop de notes », entends-je. Mahler a moins de 16 ans, il veut tout mettre dans sa musique. Trop de notes ? Mais je le trouve si mélodieux, ce quatuor, il traduit si bien son attente de la vie, son rêve de musicien, son romantisme adolescent, les hauts et les bas de son tempérament inquiet... Je quitte la salle de répétition aussi épuisée que si j'avais joué moi-même mais bien plus comblée que les musiciennes, me semble-t-il, qui n'en sont qu'au début des répétitions.

En écoutant et en regardant les musiciennes répéter à Royaumont, j'ai compris combien l'alto fait le lien entre le violon et le violoncelle. Plus grave que le premier et moins que le second, pendant longtemps il a été le mal-aimé de l'orchestre. Pourtant, souple, conciliant, il est l'instrument de la médiation, du rapprochement. On n'étudiait pas l'alto dans les conservatoires à l'époque de Natalie. La violoniste a dû apprendre à en jouer et le pratique sans doute depuis d'assez nombreuses années pour qu'elle soit engagée dans le quatuor Soldat-Roeger. Cet instrument lui correspond à la perfection.

Comme Gustav Mahler, Marie Soldat, la fondatrice du groupe que rejoint Natalie, appartient à la catégorie des enfants prodiges, en vogue à l'époque. À la différence de beaucoup, sa carrière ne s'est pas arrêtée à l'adolescence. Excellente pianiste depuis l'âge de 5 ans, elle est encouragée par son père, musicien, qui lui fait apprendre le violon à 9 ans. Rappelons que le « roi des instruments » est majoritairement réservé aux hommes, à l'inverse du piano, partie intégrante de l'éducation des filles. Les sœurs Lechner sont entrées au conservatoire à l'âge de 8 ans, mais elles évoluent dans un milieu plus fortuné et plus cultivé que la provinciale Marie Soldat, originaire de Graz et démunie à la mort de son père. C'est elle qui fera vivre sa famille, grâce à son violon. Elle donne son premier concert à 12 ans. Sa rencontre quelques années plus tard avec Johannes Brahms, alors en tournée, tient du miracle. Ébloui par les dons de l'adolescente, il la recommande à son grand ami le violoniste Joseph Joachim dont elle sera l'élève à Berlin. Elle fait ensuite une très brillante carrière de soliste, devient l'amie de Clara Schumann avec laquelle elle jouera notamment les *Fantasiestücke* de Robert Schumann. Elle est la première femme à interpréter le *Concerto pour violon* de Brahms, en 1885 à la Philharmonie de Vienne, sous la direction de Hans Richter. Johannes Brahms, assis à sa place favorite dans la galerie, assiste au concert. Marie Soldat poursuit ses tournées jusqu'en Angleterre, fonde un premier quatuor, mais son mariage puis la naissance de son fils l'obligent à faire une pause, comme souvent pour les musiciennes. Elle sera de courte durée : elle se sépare à l'amiable de son mari, confie son fils à sa mère et reprend ses concerts en soliste sur les conseils de Clara Schumann, elle-même mère de huit enfants. Brahms, lui aussi, suit de près sa carrière et elle entretient avec lui des relations affectueuses. Elle se produit partout avec le même succès, et le nouveau quatuor qu'elle fonde en 1895 devra beaucoup, au début, à sa renommée personnelle.

Comment Natalie et Marie se sont-elles rencontrées ? Dans le milieu musical de Vienne, entre deux violonistes, cela n'a rien d'exceptionnel. Elles ont pu se croiser au concert, au conservatoire, chez des amis communs. D'autant qu'elles fréquentent les mêmes maisons, par exemple celle de la famille Wittgenstein qui accueille de nombreux musiciens, dont Brahms et Mahler. Fanny Wittgenstein, l'aïeule, était la cousine du violoniste Joseph Joachim qu'elle avait adopté et présenté à Felix Mendelssohn. C'est par l'intermédiaire de son professeur que Marie Soldat a fait la connaissance des Wittgenstein. Cette richissime famille d'industriels viennois est férue de musique et de littérature. Les neuf enfants du magnat de l'acier, le tyrannique Karl, et de son épouse Leopoldine, sont tous doués et marqués par la folie et les pulsions suicidaires. Les plus connus aujourd'hui sont aussi les plus géniaux, le pianiste virtuose Paul Wittgenstein, amputé d'un bras et dédicataire du *Concerto pour la main gauche* de Maurice Ravel, et surtout, le philosophe Ludwig Wittgenstein. Dans cette famille hors normes et déchirée, la musique est le seul langage commun. Sept pianos à queue dont deux Bösendorfer Imperial permettent d'offrir, dans le salon de musique du palais, de somptueux concerts avec les artistes de leur temps, dont Mahler et Brahms. Le quatuor y répétera à de nombreuses reprises. Natalie appartient déjà à l'entourage artistique du compositeur. Dans une lettre du 6 mai 1895 à Marie, qu'elle appelle encore « Chère Madame Roeger », Natalie lui écrit : « Brahms (IV Karlsgasse, qui était chez moi à l'instant) vous serait extrêmement reconnaissant si vous pouviez vous rendre chez lui lundi dans la matinée (entre 8 heures et midi, me semble-t-il). Il aimerait répéter et jouer avec vous les *Sonates pour clarinette* dans leur arrangement pour violon mais cela devrait avoir lieu dans les derniers jours restants avant son départ pour Ischl. »

Le 11 mars 1895, en présence de Johannes Brahms qui suit le concert incognito dans le foyer des artistes, le quatuor Soldat-Roeger se produit pour la première fois dans la Bösendorfer-Saal à Vienne, sa scène attitrée durant les dix-neuf ans de son existence. Brahms a assisté aux répétitions et battu le rappel de ses connaissances viennoises. Clara Schumann lui écrit : « Puisse votre projet avec le quatuor réussir à votre entière satisfaction, je vous le souhaite du fond du cœur. Vos amis à Vienne prennent certainement part à votre entreprise. » Les musiciennes joueront au moins trois fois par saison dans cette salle de 582 places, à l'acoustique exceptionnelle, située dans l'ancien manège du Palais Liechtenstein, qui a accueilli les plus grands artistes, d'Anton Rubinstein à Richard Wagner, de Hans von Bülow à Hugo Wolf. Natalie et les musiciennes du quatuor Soldat-Roeger seront parmi les dernières à y jouer, le 15 mars 1913. Ce sera aussi leur dernier concert ensemble. La Bösendorfer-Saal fermera en mai, au grand désespoir de ses habitués : « [Cette salle] avait la résonance d'un violon ancien, se rappelle Stefan Zweig, elle était pour les amateurs de musique un lieu sanctifié parce que Chopin et Brahms, Liszt et Rubinstein y avaient donné des concerts et que nombre des plus grands quatuors y avaient été joués pour la première fois. [...] Quand expirèrent les dernières mesures de Beethoven, joué plus divinement que jamais par le quatuor Rosé, personne ne quitta sa place. Nous applaudissions à grand bruit, quelques femmes sanglotaient d'émotion, personne ne voulait admettre que ce fût un adieu à jamais. »

La musique est une passion viennoise, et les grands musiciens sont considérés comme des demi-dieux. Zweig, encore lui, décrit son émotion quand, lycéen, il croise Gustav Mahler dans la rue : un événement qu'on rapporte à ses camarades comme « un triomphe personnel » !

Le quatuor Soldat-Roeger n'éveille tout d'abord que la curiosité. « Voyons comment se débrouillent ces dames dans un exercice masculin... » Mais très vite, les critiques les comparent aux meilleurs ensembles parmi lesquels elles vont prendre peu à peu leur place : les quatuors Joachim, Hellmesberger ou Rosé. Pour leur premier concert, elles ont choisi Haydn, Mozart et Mendelssohn. La pianiste Marie Baumayer joue à leurs côtés. Une semaine plus tard, le 20 mars 1895, elles interprètent Mendelssohn, Hummel et Beethoven dans la grande salle du Musikverein avec le quatuor Rosé, le 1er avril, à nouveau au Bösendorfer, le *Quatuor en la mineur op. 29* de Schubert et le *Quatuor op. 18* de Beethoven. Marie Soldat donne en soliste la *Troisième Partita* de Bach.

Les concerts et les engagements vont se succéder non seulement à Vienne mais aussi à Berlin, Prague, Trieste, Zagreb, en Hongrie, en Allemagne, en Angleterre, en Belgique, en Italie, en France, partout avec le même succès. On imagine l'organisation nécessaire pour ces tournées souvent très chargées : les lettres pour solliciter ou accepter les engagements, les dates, les contrats, la location des salles, les transports en train puis en voiture, les hôtels. Parallèlement, l'infatigable Marie Soldat se produit sur les plus grandes scènes d'Europe, en soliste ou accompagnée. Le 11 mars 1900, par exemple, elle est à Paris, au Châtelet, pour les Concerts Colonne, où elle interprète le *Concerto pour violon* de Brahms. Dans le même programme, la cantatrice Lili Lehmann chante Gluck, Massenet et Wagner, et le pianiste Édouard Risler joue le *Concerto en ut mineur* de Mozart, sur une cadence de Reynaldo Hahn. Ce même Édouard Risler, ami de Marcel Proust et modèle dans *À la recherche du temps perdu* du jeune pianiste protégé des Verdurin, Charles Morel ! Marcel Proust a-t-il assisté à ce concert ? Nous n'en avons pas la preuve mais c'est possible.

Marie Soldat rejoint ensuite dans le sud de la France les autres musiciennes du quatuor. Elles se produisent à Marseille, Toulouse, Nice, Monte Carlo, Rome, Milan puis à nouveau Vienne. Le programme est chargé, les jours de repos étant consacrés au voyage ou aux répétitions car, pour ne pas lasser le public, il faut sans cesse se renouveler. Gares enfumées, chambres sans confort, loges exiguës, malles pleines, robes qu'il faut défroisser ou donner à repasser, instruments à accorder, acoustique parfois médiocre... Les musiciens ont des revenus stables, ils peuvent jouer en plus dans les grands orchestres ou enseigner au conservatoire. Pour ces jeunes femmes, rien de tel. Seuls les concerts leur permettent de gagner leur vie. Le succès que rencontre le quatuor, appuyé sur la célébrité de Marie Soldat-Roeger, leur permet durant presque une vingtaine d'années d'obtenir de nombreux engagements à travers toute l'Europe. Leur répertoire de musique de chambre, très riche, exigeant, en grande partie classique (elles intégreront peu à peu des musiciens contemporains tels que Josef Labor, Prinz Reuss, Robert Fuchs ou Hermann Graedener), demande de nombreuses répétitions. Elles se retrouvent dans des maisons amies ou chez Marie à Knittenfeld, en Styrie, au sud de l'Autriche. Mais compte tenu des nombreux concerts de cette dernière, elles ne peuvent vraiment travailler leur programme que durant l'été.

Pour Natalie, qui vit seule, aime voyager, découvrir de nouveaux paysages, faire des rencontres, c'est une existence passionnante. Et pour une musicienne, quel bonheur aussi de jouer avec des interprètes talentueux, admirés, tels le clarinettiste Richard Mühlfeld à Berlin ou, en 1905, son ami Bruno Walter pour le *Quatuor avec piano n° 2* de Brahms à Vienne ! Avec Marie Soldat, elle sera la seule à assurer la continuité du quatuor du début à la fin. À partir de 1898, la violoniste Elise von Planck remplace Ella Finger-Bailetti, et en 1903, la violoncelliste Leontine Gärtner prend la place de Lucy Herbert Campbell qui jouait déjà dans la première formation de Marie Soldat.

Encore moins pratiqué par les femmes en raison de la posture qu'on juge indécente, le violoncelle à la voix grave est encore considéré à cette époque comme un instrument masculin. Tous les ensembles connaissent ces changements de partenaires. Il faut intégrer la nouvelle venue dans le groupe, s'habituer à son jeu, à son caractère... Leur instrument à la main, les quatre musiciennes posent pour un photographe, en robe de soirée claire ou dans une tenue austère, noire, à col montant, qu'égaye seulement une dentelle blanche. Natalie fixe l'objectif d'un air sévère qui ne l'avantage guère mais les autres sont fort jolies. Elles tentent d'éviter qu'on les juge sur autre chose que leur musique. La plupart des orchestres ou ensembles féminins – pas très nombreux – jouaient plutôt une musique légère, de divertissement, dans les lieux publics ou sur des scènes moins prestigieuses. Elles usaient de leur charme, de jolies tenues et parfois d'une gaieté entraînante, très « viennoise ». Le quatuor Soldat-Roeger se mesure aux meilleurs ensembles d'hommes. C'est un autre défi. « Rien de féminin ou de sentimental dans l'interprétation des quatre dames, elles exercent leur talent avec énergie et une grande intelligence musicale, et surmontent excellemment toutes les difficultés techniques », écrit un critique berlinois. Mais en écoutant l'Adagio du concerto de Spohr, enregistré par Marie Soldat-Roeger en 1920, il me semble percevoir toute la douceur d'un fantôme traversant la nuit des temps. Son jeu aérien et précis fait oublier les grattements de l'enregistrement, et le son délicat de son Guarnerius nous parvient, si émouvant.

Comment s'entendent-elles ? J'imagine qu'en presque vingt ans, il dut bien y avoir quelques querelles. Mais Natalie vante la douce autorité de leur leader, et un journaliste note, non sans une pointe de misogynie : « Curieusement, c'est l'harmonie la plus pure qui règne entre ces quatre dames ! Certains messieurs pourraient en prendre des leçons. »

À sa façon, notre altiste donne avec humour quelques clefs : « Le quatuor, c'est comme le mariage : en dépit de tous les antagonismes, il faut parvenir à l'harmonie et à la complétude les plus parfaites. [...] Et parce que la réalisation de tout cela est un problème si difficile à résoudre, les bons quatuors et les bons mariages sont aussi rares les uns que les autres ! »

Il faut croire que ce mariage musical ne fonctionna pas si mal, puisqu'il dura longtemps – en tout cas davantage que les couples de Marie Soldat-Roeger et de Natalie Bauer-Lechner.

Dès janvier 1896, Natalie retrouve Mahler à Hambourg. Elle loge chez lui pendant la première tournée du quatuor dans le nord de l'Allemagne. Le musicien a encore déménagé, cette fois dans un quartier calme, une petite maison avec jardin donnant sur des prés et des arbres fruitiers, où il habite avec ses sœurs et leurs deux domestiques, la cuisinière et une femme de chambre. Il occupe tout le dernier étage : une pièce avec son piano, un bureau et sa chambre à coucher.

Passés les premiers moments de joie des retrouvailles, Natalie éprouve vite son habituel sentiment de nostalgie quand elle est loin de Vienne. Le ciel gris de janvier, le brouillard et la pluie glacée de Hambourg ne sauraient lui faire oublier la lumière bleutée de sa ville natale, la Wienerwald et le Prater enneigés, le soleil d'hiver. Égocentrique comme toujours, Mahler a commencé par lui faire une scène parce qu'elle n'avait pas assisté à la création triomphale de la *Deuxième Symphonie* le 13 décembre précédent à Berlin. Mais c'était l'un des premiers grands concerts du quatuor. Difficile de faire autrement ! Aurait-il un peu de mal à accepter la nouvelle occupation de son amie ?

Natalie adore le chemin de fer, il porte sa liberté du nord au sud, de l'ouest à l'est, et elle ne rechigne jamais aux longs trajets. Elle en profite pour écrire dans ses carnets comme elle le fait dans les omnibus ou le tramway. Enveloppée dans son long manteau d'hiver, toque de fourrure et écharpe de mousseline sur le visage pour se protéger des escarbilles, elle prend le train de nuit avec ses bagages et son instrument, dans la fumée des locomotives et les soubresauts des machines. L'Autriche est une pionnière en matière de voyages modernes : les bateaux à vapeur sillonnent le Danube et, dès 1850, des voies ferrées parcourent des centaines de kilomètres à travers le vaste empire, et au-delà. Le réseau ferré est un moyen de relier les territoires et les populations. Il n'a pas seulement une fonction politique et économique. Il est aussi un élément de prestige. Une ligne relie Vienne à Trieste à travers les Alpes, empruntant tunnels creusés dans la pierre et viaducs surplombant les montagnes. Sa construction a causé des centaines de morts. Quant à l'impératrice, elle a donné son nom à l'axe Vienne-Linz-Salzbourg, qu'empruntent tous les estivants qui se rendent sur les lacs. Le direct Vienne-Hambourg possède des wagons-lits, roule toute la nuit et arrive le lendemain vers 16 heures. Natalie, pour rejoindre le nord de l'Allemagne, peut aussi voyager de jour et, en ce cas, s'arrêter à Berlin en soirée, y passer la nuit et reprendre le lendemain l'express pour Hambourg. C'est probablement ce qu'elle a fait cette fois-là, avec ses trois camarades.

Le 17 janvier, en effet, elles donnent leur premier concert à Berlin, dans la Bechsteinsaal, Linkstrasse, près de la Potsdamer Platz. Cette salle de 500 places, ouverte par le marchand de pianos Bechstein, l'« Erard prussien », est récente mais jouit déjà d'une image prestigieuse puisque c'est Hans von Bülow, alors souffrant d'atroces migraines, qui a donné le concert d'ouverture en octobre 1892. Ce sera aussi sa dernière apparition en tant que pianiste. Il sera suivi du quatuor Joachim, puis du pianiste Anton Rubinstein. Le décor blanc et or, de style renaissance italienne, les décorations à la grecque et la lumière électrique font de cette salle construite par le même architecte que la Philharmonie de Berlin un écrin éclatant pour le quatuor. Elles sont les premières femmes à y jouer. Elles y donnent deux concerts en janvier, devant une salle comble. Les nombreux critiques présents sont enthousiastes. Le jeu de Natalie est apprécié pour son moelleux et sa générosité. Certains s'émerveillent de voir, à la place d'hommes en frac noir, de si « gracieuses créatures ». Mais d'autres saluent de « véritables artistes qui se proposent les buts les plus hauts ». C'est un triomphe.

Le plus étonnant, à mes yeux, est que Natalie Bauer-Lechner ne dise rien de ces concerts et de manière générale, parle très peu du quatuor ou de façon épisodique et sur le mode mineur. Certes, me direz-vous, les *Mahleriana* sont consacrés au compositeur. Mais n'est-il pas caractéristique, justement, que son admiration pour lui prenne le pas sur la juste fierté qu'elle pourrait éprouver, et exprimer, de ses propres réussites ? Les seules lignes où elle met en avant les musiciennes sont consacrées au jugement de Mahler sur leur jeu. Combien de femmes de talent sont encore aujourd'hui, comme Natalie, si fascinées par un homme qu'elles en oublient leurs propres accomplissements ? Leur admiration pour lui prime tout autre sentiment, et elles finissent par accepter le second rôle et s'en sentir même honorée. Le lecteur des *Souvenirs de Gustav Mahler*, surtout dans sa version tronquée, la seule disponible actuellement, ne peut rien deviner du succès du quatuor Soldat-Roeger dans lequel Natalie Bauer-Lechner a sa part. Et même dans la version tapuscrite en allemand, plus complète, que j'utilise, il en est bien peu question. Jamais non plus, dans les biographies de Mahler, il n'est vraiment fait allusion à la carrière personnelle de Natalie Bauer-Lechner. À peine le quatuor est-il mentionné... Dans ses *Fragmente*, elle consacre bien un court chapitre aux « Femmes et la musique » ainsi qu'aux « Compositeurs et interprètes », mais elle reste dans des généralités ou des réflexions théoriques. On aurait tant aimé trouver sous sa plume le récit des tournées, des répétitions, des concerts dans toute l'Europe, et la trace de ses pensées ou de ses émotions !

Car le quatuor ne se contente pas des salles officielles où il se produit régulièrement mais il répond aussi à l'invitation d'amateurs fortunés lors de soirées mondaines ou privées. Deux jours après le concert de Berlin, le 19 janvier, Natalie, revenue à Hambourg, se prépare pour une matinée donnée à 13 heures dans l'atelier d'une peintre, Mme de Bohn, grâce aux bons soins du mécène Pius Warburg. Au programme, le *Quatuor op. 64 n° 5* dit « L'Alouette » de Joseph Haydn et le *Quatuor à cordes op. 18 n° 3* de Beethoven. Grand succès auprès de l'assemblée nombreuse et cultivée. Après avoir remercié son hôtesse, Natalie s'éclipse aussi vite que possible pour rejoindre Gustav et ses invités, le chanteur Hoffmann et le jeune chef d'orchestre Bruno Schlesinger, plus connu sous le nom de Bruno Walter qu'il adoptera ensuite. Enfant prodige né dans une famille juive de Berlin, il est entré au conservatoire à l'âge de 8 ans. Ses dons pianistiques sont éblouissants et il donne son premier concert à 9 ans. C'est en voyant le chef d'orchestre Hans von Bülow diriger qu'il a, adolescent, la révélation de sa vocation. Il est engagé comme répétiteur à l'Opéra de Cologne. Mais son exigence jugée excessive lui vaut d'être renvoyé. Il entre comme répétiteur du chœur à l'Opéra de Hambourg, où Mahler est immédiatement frappé par son talent et sa musicalité. Il lui confie la tâche de chef de chœur et ne tarit pas d'éloges sur ce garçon si doué qui deviendra son proche et son disciple. Quant à Bruno Schlesinger, il est fasciné par l'« intensité » de Mahler. Le jeune homme fait l'unanimité : Natalie le trouve elle aussi génial et adorable. Justine écrit que le ciel le leur avait envoyé pour remplacer le vide laissé par Otto à qui il ressemble physiquement, et qu'ils le considèrent tous comme une sorte de frère de substitution. Emma tombera même amoureuse de lui. Il devient un familier du « clan » Mahler.

À peine le café servi, Gustav et Natalie s'échappent et vont se promener à Hambourg, bavardant de tout et de rien comme ils aiment le faire. Natalie est prise subitement de douleurs d'estomac et de diarrhées. Panique de Gustav, qui a vu les ravages du choléra l'année précédente, sa logeuse ne tardant pas à suivre son enfant dans la mort. Lui-même est tombé malade, au grand désespoir de sa sœur Justine prête à mourir avec lui en se servant de la même cuillère ! Mais la robuste constitution de Mahler lui a permis d'en réchapper. Quant à Natalie, ce n'est qu'une fausse alerte qui nous rappelle que la mort rôde sans cesse en ces années d'épidémie du choléra, responsable de dizaines de milliers de victimes à travers l'Europe. Le professeur Adrien Proust, le père de

Marcel, joue un rôle essentiel dans la compréhension du phénomène de propagation – souvent par les bateaux dans les ports – et dans les moyens de l'arrêter par des cordons sanitaires et des mises en quarantaine.

Le soir, Natalie s'enchante d'écouter Mahler et Bruno Walter jouer à quatre mains les *Variations pour piano* de Schubert. Gustav chante aussi des lieder du *Compagnon errant*, et sa voix sourde, si caractéristique et si expressive lui paraît mille fois plus évocatrice que celle du plus grand ténor ! Après un romantique dîner en tête à tête, ils repartent se promener jusqu'à minuit. Un autre soir, il organise pour lui faire plaisir une audition de la *Deuxième Symphonie*, qu'il interprète au piano avec Bruno Walter, en présence de quelques amis. Natalie l'a déjà entendue en partie à Steinbach mais la symphonie jouée de bout en bout, « d'une manière merveilleusement poétique », l'impressionne vivement. Leur vie n'est que musique, elle rythme leurs jours, elle leur est aussi naturelle que la respiration, elle est leur atmosphère. Et leurs longues conversations, leurs promenades à deux, unis dans un même amour de la marche et de la nature, laissent encore quelques espoirs à Natalie.

D'autant que Gustav Mahler entend enfin le quatuor en concert, à Hambourg le 22 janvier 1896, presque un an après leurs débuts. Mille fois plus qu'un triomphe auprès du public, la réaction de son dieu met Natalie aux anges ; il est emballé et le témoigne avec chaleur : ces musiciennes sont les meilleures ! Aucun quatuor d'hommes ne peut rivaliser, assure-t-il, avec cette précision et cette élaboration dans le moindre détail, ni avec une si merveilleuse harmonie dans la sonorité. Il loue aussi le phrasé et l'interprétation. Chacune a le droit à son compliment : la discrétion et le jeu intelligent de la violoncelliste, l'accompagnement fidèle du second violon et sa façon de se couler dans le jeu du premier. À Natalie, il décerne le titre suprême de « véritable enfant de son école et de son esprit ». Quant à Marie Soldat, il regrette seulement qu'avec son génie musical, elle ne puisse devenir chef d'orchestre. De sa part, il n'est pas de plus grande louange : « Voilà qui pourrait montrer au monde comment on doit concevoir et exécuter, à la place de nos chefs cordonniers ! » Leur succès leur vaut une invitation pour le mois suivant chez l'une des plus riches familles hambourgeoises. On s'arrache les musiciennes.

Trois jours sans répétitions ni concerts permettent à Natalie de se consacrer entièrement à son cher Gustav. Elle l'accompagne en ville car, malgré la distance et la présence d'un tramway, il fait deux fois par jour le trajet à pied, une hygiène salutaire dans son activité incessante. Le dernier soir, elle le rejoint à l'Opéra où il doit diriger le *Werther* de Massenet dont la première a eu lieu en décembre. Assise juste derrière lui, au premier rang, elle peut suivre chacun de ses gestes. Il dirige tout l'orchestre, le chœur et les musiciens du bout des doigts, nous dit-elle, comme entré dans leur âme et leur vie. Une musique expressive et gracieuse – qu'il déteste pourtant : « C'est sans doute le plus méchant ouvrage et le plus repoussant qui me soit tombé sous la main. Tu dois sans faute aller le voir, écrit-il à un ami, pour constater jusqu'où peut descendre la prostitution artistique. » Pour compenser peut-être cette faiblesse, il est plus énergique et impétueux que jamais. Cette fougue a du reste été moquée par les caricaturistes qui l'ont dessiné comme une marionnette désarticulée. Mais Natalie, même de dos, le voit autrement. Dans chaque mouvement de son corps vit la musique, son esprit et son rythme, s'extasie-t-elle. Pour avoir connu cette expérience, juste derrière le chef au premier rang, je sais qu'on prête moins attention à la musique elle-même – la *Troisième Symphonie*, ce soir-là, à la Philharmonie de Paris – qu'aux mouvements de l'orchestre et de celui qui le dirige. J'imagine la jeune femme, musicienne elle-même, faisant corps avec son Gustav, littéralement. Enfin, presque…

Le séjour touche à sa fin. Dans l'obscurité d'un matin brumeux de janvier, Natalie quitte la maison de ses amis encore endormis pour rentrer à Vienne. Ce sera une brève séparation : elle doit revenir le mois prochain.

En effet, à peine évanouis les applaudissements de deux concerts du quatuor à Vienne, le 14 février, la voici de retour à Hambourg chez Gustav. Cette fois, c'est pour un engagement, le lendemain, lors d'une soirée privée. La succession de mésaventures en dit long sur les aléas de la vie d'artiste. Les musiciennes arrivent en catastrophe car Marie Soldat, qui doit passer prendre Natalie, a oublié l'adresse de Mahler. Qualifiée de comédie burlesque, la soirée se déroule chez un parvenu richissime qui a fait fortune dans le guano. En l'honneur de l'engrais naturel, il a réuni tout ce qu'il se fait de plus coûteux et de raffiné dans le domaine artistique, et les musiciennes font partie du programme. Dans une salle étincelante d'or et de marbre, se presse une foule d'invités sur leur trente et un, bardés de bijoux et de décorations. À leur arrivée, les musiciennes ont été accueillies par Max Fiedler, organisateur des festivités, pianiste et chef d'orchestre renommé à Hambourg, en rivalité avec Mahler dont il prendra la succession à la tête du Philharmonique. On devine de quel côté se range Natalie. Il leur donne ses instructions : le quatuor doit jouer le plus vite possible, et sans avoir répété.

À l'entracte, sans état d'âme, Natalie range son alto dans son étui et s'en va. Elle rejoint Mahler, mettant fin à l'épreuve. Le jour suivant, elle récidive : censée partir pour Brême où l'ancien maire les a engagées, elle prétexte une violente migraine pour passer la journée et la soirée avec son Gustav, et ne retrouve les autres musiciennes que le lendemain, pour le concert.

Journée volée et délicieuse d'école buissonnière! Il fait un temps sublime, sans un souffle de vent; le ciel est bleu. Avant la répétition, ils suivent en causant les bords de l'Alster qui miroite au soleil. Natalie entraîne Mahler au port où ils admirent ensemble les bateaux, les rangées de vieilles maisons, et les ruelles « où les matelots, faisant une brève halte entre deux longs voyages, donnaient libre cours, avec sauvagerie, à leur faim passionnée de vivre ». Dans ces quelques mots, se lit sa propre faim de vivre et l'aspiration à laisser, elle aussi, libre cours à son désir, sans cesse relancé par leurs moments d'intimité, et sans cesse déçu. Mais cette fois encore, c'est par la parole que fusionnent les âmes sœurs en évoquant leurs souvenirs. Sentiment du temps passé, angoisse de l'avenir, « présent paisible mais tissant sans fin, avec de nouveaux désirs et de nouvelles peines, la vie inextinguible sur la vie disparue – pauvres de nous, à jamais sans repos ! ».

Rentrée de Brême le 18, elle se réjouit des quatre jours à passer encore avec Gustav. Elle assiste pour la première fois à la représentation de la *Norma* de Puccini, dirigée par Mahler et dont le rôle-titre est interprété par Anna von Mildenburg. Tente-t-il de compenser auprès de Natalie la place grandissante de la cantatrice dans son cœur ? Jamais il n'a tant donné l'impression d'être proche de Natalie. Il lui recopie deux poèmes du *Compagnon errant* écrits à Cassel douze ans plus tôt, ils échangent des confidences sur leurs souffrances passées. « Nous sommes exactement pareils tous les deux, conclut Gustav. Ce que la vie nous apporte de pire ne nous brise pas. Et je peux dire de moi, tu peux dire de toi : même mort, trois jours plus tard, je ressusciterai ! » Des âmes sœurs…

Enfin, il lui arrache la promesse de revenir pour le concert de mars. Il rêve de rentrer ensuite à Vienne avec elle afin de retrouver la ville qu'il aime, ses vieux amis, Josefine, les Lipiner, les Löhr, Nanna et Albert Spiegler et même d'aller manger dans son cher « Igel », le restaurant des musiciens, *Zum roten Igel*. La nostalgie de Vienne ne le lâche pas. Il l'a menacée de perdre son amitié si Natalie saisissait cette fois encore un prétexte pour ne pas venir. C'est mal la connaître ! Afin de ne pas se retrouver piégée par le calendrier du quatuor, elle prévoit même d'inventer un engagement personnel dû à Mahler. On voit où va sa priorité. Elle part sans trop de regret puisque assurée de revenir bientôt à Hambourg, pour la troisième fois cet hiver-là.

Et de fait, un mois plus tard, le 15 mars, la voici de retour à Berlin, après un nouveau concert du quatuor à Vienne avec le clarinettiste Richard Mühlfeld. Mahler, dévoré de trac et déprimé, est venu l'attendre avec ses sœurs à la gare. Dès l'aube, ils se retrouvent tous les deux pour leur promenade rituelle qui dure jusqu'aux répétitions de l'après-midi, ouvrant leur cœur en bavardant. Pendant deux jours, Natalie va suivre d'un bout à l'autre les répétitions du concert qui doit se tenir le 16 mars : *Première Symphonie*, *Chants d'un compagnon errant* et premier mouvement de la *Deuxième*. Assise à une place isolée, elle ne perd pas une note ni un mouvement de Mahler. C'est l'âme même de l'artiste qu'il lui semble saisir à travers sa musique, et elle en est bouleversée. « Tout ce qu'il avait souffert et vécu traversait ces sonorités grandioses, et frappait mon cœur comme la foudre. » Les enregistrements nous ont habitué à écouter et réécouter la musique. Mais Natalie n'a jamais encore entendu les deux symphonies jouées par un orchestre et dirigées par leur compositeur. On imagine la puissance de ces moments, leur force de révélation. « Le but de l'art me paraît toujours être la libération suprême vis-à-vis de la douleur et le moyen de la transcender » : ces mots de Gustav Mahler prennent toute leur signification. Ils partagent la même émotion, lui au pupitre, intransigeant, attentif à la moindre erreur dans le tempo ou dans une simple note, mais les larmes aux yeux quand tout est parfait, elle dans la salle, guettant les gestes de la « silhouette bien aimée, là-bas », s'émerveillant de la clarté de l'interprétation. « C'était comme si son moi caché, profond, venait à saigner en plein jour. »

Hélas, le concert lui-même n'est pas un franc succès ; la salle du Philharmonique est à moitié pleine seulement, pour la plupart des invitations, et Mahler est déçu par l'accueil du public qu'il trouve froid. La fin de la soirée est franchement sinistre malgré un dîner au restaurant. De retour à l'hôtel Palast, chacun regagne sa chambre. Mais Natalie ne peut s'y résoudre. Elle tient à remercier Gustav pour la beauté de sa musique, et le consoler de l'injustice du monde entier. Elle frappe doucement à sa porte, et sur un faible « Entrez » se glisse dans la chambre de Gustav. Avant qu'il ait le temps de réaliser, elle saisit sa main, s'incline et la baise. À peine a-t-il réagi en s'exclamant : « Mais Natalie, que fais-tu ? » que, le cœur battant, elle s'est déjà sauvée chez elle, où elle s'effondre en sanglotant d'émotion...

Le lendemain, après une nuit blanche et des adieux déchirants, elle lui écrit une lettre dans le train qui l'emmène à Vienne. Elle y exprime toute sa reconnaissance et son sentiment d'avoir vécu une expérience unique durant ces derniers jours. Elle le lui doit à lui, à lui seul, et à son œuvre. Elle a déjà ressenti cela une fois, à Gastein, quand il l'avait tirée de son profond marasme après sa rupture avec Siegfried Lipiner. Tous ces sons qui grondaient à son oreille et qu'elle entendait confusément sans pouvoir leur donner une forme, lui, grâce à son génie, il les lui avait offerts.

« Aujourd'hui, alors que j'étais seule et que vos voix aimées s'étaient éloignées, les sons ont rugi et grondé à nouveau si manifestes que je vacillais ivre dans les rues, les sens fermés à l'extérieur, comme ce pauvre vieil homme que tu as rencontré dimanche et sur lequel tu as pleuré dans ma chambre – et dans l'âme j'étais avec toi. »

J'ai le cœur serré, je l'avoue, en lisant ces mots exaltés, cette communion des âmes, et ce sentiment presque mystique d'adoration sous la plume de Natalie. Certes, elle aime Gustav, elle habite chez lui quand elle vient à Hambourg, elle se couche en même temps que lui, elle le croise au petit déjeuner. Ils marchent des heures ensemble. Ils parlent. Quand il est malade, elle le soigne. À l'hôtel à Berlin ou à Steinbach-am-Attersee, leurs chambres sont contiguës. Est-ce pour cette femme amoureuse un plaisir ou un supplice, un espoir ou une frustration ? Depuis Berchtesgaden, cinq ans auparavant, il ne s'est rien passé entre eux. Une sorte de mariage blanc imposé par Mahler. À plusieurs reprises, il lui a mis les points sur les i. Tout pour la musique. C'est supportable tant qu'une autre femme n'entre pas dans le jeu. Or c'est bien ce qui va se passer.

Une jeune soprano de 23 ans, Anna von Mildenburg, a été engagée par Pollini, le directeur de l'Opéra de Hambourg. Le premier contact est difficile mais, rapidement, Gustav Mahler entreprend de former la chanteuse aux grands rôles wagnériens ainsi qu'à ceux de Donna Anna dans *Don Giovanni*, Norma ou la Leonor du *Fidelio* de Beethoven. Les débuts sont redoutables. Le chef fait peur à tous, son exigence de précision, son intransigeance, ses colères, sa manière de se balancer sur sa chaise en dirigeant, tout terrifie la jeune fille au point qu'elle a l'impression que jamais aucun son ne sortira de sa bouche. Le soir de la première de *La Walkyrie*, elle est terrassée par une angine. Mais dès le lendemain, ses dons éclatent sur scène. Gustav Mahler devient son pygmalion, il lui apprend à chanter, ne lui fait grâce d'aucun détail, la bombarde de messages à l'issue des représentations : « Diction presque toujours claire, et en grand progrès, malheureusement aussi incorrecte, par moments. Ainsi, comme auparavant dans *Tannhäuser*, vous avez complètement raté certains passages, particulièrement « Zurück, Elsa ». Notre travail a été trop superficiel et vous n'en avez pas retenu grand-chose. Avant notre prochain *Lohengrin*, nous reprendrons tout avec soin depuis le début. » Elle est grande, massive, gauche dans ses gestes. Il ne lui apprend pas seulement à chanter mais à marcher, à se tenir droite, à maîtriser son corps, à jouer sans grimaces. Elle se prend les pieds dans les robes à traîne jusqu'à ce que Justi lui donne l'idée d'en porter chez elle. Elle fait de la gymnastique pour acquérir souplesse et légèreté. Et elle travaille le chant, bien sûr. Mahler lui fait assimiler le rôle de la comtesse des *Noces de*

Figaro en cinq jours ! Bientôt, les répétitions quotidiennes se transforment en intimité puis en passion amoureuse. Une passion tourmentée de part et d'autre : elle lui reproche de ne penser qu'à son travail, de la négliger, il ne supporte pas son caractère susceptible, son insatisfaction. Entre le maestro et la future diva, le choc des egos le dispute à l'adoration qui éclate dans les 225 lettres du chef d'orchestre que gardera Anna von Mildenburg. Gustav Mahler est fou d'amour. « Tout mon être est si plein de toi, mon amour, mon amour ! Ne comprends-tu pas pourquoi je suis si sérieux, si triste, lorsque je te regarde ! Ne sais-tu pas encore quelle profonde douleur est liée au bonheur de s'abandonner corps et âme à un être qu'on aime ? » Au lyrisme amoureux de Mahler répond parfois le silence ou une indifférence plus ou moins feinte qui le rendent fou. Mais réciproquement, la versatilité et les sautes d'humeur du musicien, son immersion totale dans son travail qui le rend sourd à tout ce qui est extérieur, mettent la jeune femme aux abois. Très amoureux, il songe cependant à l'épouser.

Natalie affirme ne pas avoir été surprise de voir Mahler saisi d'une telle passion pour une jeune fille aussi richement douée. Plus tard, elles deviendront même très amies. On s'est étonné et on lui a presque reproché de ne pas exprimer de jalousie. Mais cela ne signifie pas qu'elle n'en a pas ressenti. Certes, elle le reconnaît, son tempérament paisible ne l'y porte pas, et pendant longtemps elle s'en est même crue incapable. Mais la réalité l'a rattrapée, elle a compris qu'elle n'y échapperait pas et subirait son joug. Le pire, écrit-elle, c'est que non seulement la jalousie empoisonne l'amour mais elle nous rend conscient de notre bassesse: on est triste de la joie de l'aimé, et joyeux de sa tristesse. Toutefois, même au plus profond de la souffrance, son heureuse nature la rend consciente qu'elle finira bien par redevenir maîtresse d'elle-même, aimer la vie et le monde, et s'en réjouir. Rétrospectivement elle trouve même un avantage à cette relation: en l'absence d'une femme à ses côtés, on commençait, paraît-il, à s'interroger à Hambourg sur la sexualité de Gustav Mahler et sur sa relation, en particulier, avec Bruno Walter. L'éclatante liaison avec Anna aura au moins remis les choses en place.

Malgré les orages, la relation amoureuse entre Mahler et Anna von Mildenburg durera jusqu'au départ du compositeur pour Vienne. Anna l'y suit deux ans plus tard mais leur liaison est finie, et seule subsiste une extraordinaire collaboration artistique.

La solide et fidèle Natalie, à l'écoute bienveillante, toujours prête à rendre service, a vraisemblablement servi de contrepoint à ces amours tumultueuses. Mais elle a bien conscience, dit-elle, que son dévouement et son oubli d'elle-même ne lui ont jamais permis d'obtenir longtemps sur les hommes l'influence qu'exercent des natures plus froides, changeantes, voire tyranniques. « Avec moi, on sait toujours où on en est », note-t-elle avec résignation. Elle est faite pour les amitiés profondes et durables, bien plus que pour l'amour passion. Cela ne l'empêche pas d'avoir éprouvé ces sentiments, et les avoir éveillés chez les autres. « Mais avec une éternelle compréhension, on n'avance pas. Les personnes impatientes, égoïstes et despotiques ont bien plus de pouvoir sur leur entourage. » Ces lignes des *Fragmente* sont publiées après l'entrée d'Alma Schindler dans la vie de Mahler. Anna von Mildenburg pourrait bien avoir été l'annonciatrice lointaine d'un danger autrement menaçant.

En attendant, c'est chez Natalie, au 3 Jasomirgottstrasse, que vient habiter Gustav à son arrivée de Hambourg, en juin 1896, avant de rejoindre l'Attersee où il a hâte d'achever sa *Troisième Symphonie*, commencée l'été précédent. Ils passeront une nouvelle fois l'été ensemble.

L'été 1896 occupe une place à part dans les *Souvenirs* de Natalie Bauer-Lechner. Elle en fait un récit circonstancié, consciente que ces moments sont uniques. Elle a noté dans ses carnets toutes ses conversations avec Gustav Mahler. En témoin privilégié et averti de son travail de compositeur, elle suit la gestation du premier mouvement de la *Troisième Symphonie* jour après jour, et témoigne de l'extraordinaire effort de création qui la porta à la lumière.

En ce mois de juin, elle a laissé Mahler et ses sœurs s'installer à l'hôtel, et arrive quelques jours plus tard afin de ne pas paraître trop envahissante, comme le lui avait reproché deux ans auparavant Justi, à la demande de Gustav. Il n'avait pas eu le courage de le lui dire lui-même, et elle s'était sentie doublement blessée. Mais c'était le passé, et, dès l'été 1895, ils avaient repris leurs habitudes de vie commune pendant les vacances. La proximité d'Ischl, la beauté du paysage montagneux, l'eau transparente du lac, tout en fait un site idyllique. Plusieurs de leurs amis séjournent aussi dans la région. Mahler a fait construire sa petite maison, sa *Häuschen* en bas de la prairie, à proximité de l'eau, et à distance de leur hôtel afin de travailler au calme. Ce qu'il appelle « calme » est en réalité le silence absolu, parfois difficile à obtenir dans un village. En période de création, il ne supporte pas le moindre bruit. Natalie est chargée de faire la police avec Justi, en offrant tantôt des bonbons ou des jouets aux enfants pour qu'ils aillent s'amuser ou se baigner ailleurs, tantôt une bière à des paysans qui chantent ou se bagarrent, tantôt de l'argent à des joueurs d'orgue de barbarie ou des musiciens ambulants. Même les chiens, les chats, les poulets, les oies et les oiseaux sont priés de quitter les lieux. Il est arrivé à Natalie de suspendre un corbeau mort aux branches du cerisier pour dissuader ses semblables de croasser autour du refuge de Gustav ! Les jeunes femmes ont aussi installé un gigantesque épouvantail avec un manche à balai pour les bras et une citrouille pour la tête. Elles l'ont vêtu d'un maillot de bain de Justi, d'une jupe d'Emma et coiffé du grand chapeau de Natalie, un résumé cocasse des trois femmes qui veillent sur lui durant ces étés. Un rien perturbe Gustav, malgré ses bouchons d'oreille, et il peut entrer dans des colères monstrueuses s'il est dérangé. Le bruit est une nuisance telle qu'il assure envier le sort de Beethoven qui était sourd.

Pour dissuader les gêneurs, Natalie, faute d'arguments, va jusqu'à prétendre, geste à l'appui, que « le monsieur n'est pas tout à fait bien dans sa tête » !

L'année précédente, dans sa *Häuschen* à Steinbach, il avait donc commencé à travailler sur sa *Troisième Symphonie*, composant une grande partie du deuxième mouvement, le merveilleux *Blumenstück*, un menuet inspiré par la prairie fleurie. Mais cet été, tout a très mal débuté. Le 14 juin, il a pourtant enfin cessé, momentanément, de pleuvoir. Natalie vient à peine d'arriver à bicyclette, ivre de liberté, après avoir flanqué son bagage sur le bateau qui traverse le lac, quand Justi et Emma lui annoncent, l'air catastrophé : « Gustav est de très mauvaise humeur. Il a oublié l'esquisse du premier mouvement de sa symphonie à Hambourg ! Il ne peut pas travailler... Et en plus, le piano n'est pas arrivé de Vienne. Il a demandé qu'on lui envoie son manuscrit, mais il faudra au moins une semaine. » Une semaine ! Mahler n'a que ses vacances d'été pour composer, tant la direction d'orchestre l'absorbe le reste de l'année. Chaque jour compte. Chaque heure est précieuse. Comme il est incapable de rester sans rien faire – l'angoisse est trop forte –, il a profité de ce retard pour composer un lied sur un texte du *Knaben Wunderhorn*, et même esquissé quelques mesures du premier mouvement de la *Troisième*. Dès l'arrivée de son amie, il lui confie : « Ce n'est presque plus de la musique, Natalie, ce ne sont pour ainsi dire plus que des bruits de la Nature. Cela donne le frisson de voir comment la vie se dégage progressivement de la matière inanimée et pétrifiée... »

Les esquisses arrivent enfin de Hambourg. Il se met à l'œuvre. Sa musique procède d'une véritable vision cosmique et, en l'écoutant, Natalie saisit tout le mystère de la création de Gustav Mahler qui s'interroge : « Je l'entends résonner avec mon oreille spirituelle, mais comment trouver les sons matériels qui correspondent ? » Ce passage de la vision intérieure à sa traduction concrète, tel est le travail du compositeur. Quelles sonorités ? Quel rythme ? Quelle construction ? quels liens ? quels instruments ? Toute cette beauté dont ils sont entourés, la prairie qui ondoie sous la brise, l'eau mouvante du lac, les fleurs et les parfums de l'été, le souffle du vent dans les sapins, les nuages dans le ciel, l'hirondelle qui fend l'air... Tout, il veut tout mettre dans sa musique, le donner à voir et à entendre, à sentir même, comme un immense opéra de la nature qui s'éveille de l'immobilité minérale et se met à vibrer. Il est comme possédé, entraînant tout avec lui.

Natalie occupe à nouveau la chambre à côté de la sienne. Elle se lève à l'aube pour travailler son alto dans un chalet voisin qui n'est pas loué. Elle aussi a besoin d'un peu de tranquillité pour jouer. Et avec la famille Mahler, ce n'est pas chose facile ! Vivre avec Gustav et les siens, avoue-t-elle, c'est embarquer sur un navire en pleine tempête. Avant qu'il se lève, elle épingle des petits mots sur ses vêtements, ou en glisse dans ses bottes : « Bois un verre d'eau pour ton estomac à jeun et fais un peu de bicyclette avant le travail, ou au moins grimpe sur la colline. » Ou bien : « Le lac, divin, 14° ! Va plonger, plutôt que de te baigner dans ta chambre ! » Ou bien : « Chauffe-toi dans la *Häuschen* et prends des bottes contre l'humidité. » Se rend-elle compte qu'elle s'occupe de lui comme d'un petit enfant et que cela peut l'agacer ? C'est précisément cela qu'il ne supporte pas chez elle. Mais il s'exécute toujours si docilement et en paraît si reconnaissant. Comment savoir ?

Il travaille de 8 heures à midi, si intensément qu'il arrive au déjeuner comme halluciné, et a parfois besoin de marcher une heure ou de se baigner pour reprendre ses esprits. Même pendant les pauses ou les promenades, il continue à travailler mentalement. La nuit aussi, en dormant. Un jour, alors qu'il peine sur un passage délicat, il confie à Natalie : « Ce matin, pendant que je dormais, une voix m'a appelé (c'était celle de Beethoven ou de Wagner, car j'ai l'habitude en ce moment de passer mes nuits avec eux) : *Mets donc les cors trois mesures plus loin !* C'est ainsi que j'ai résolu la difficulté de la façon la plus simple et la plus merveilleuse, au point que je n'en crois pas mes yeux ! » Justi a éclaté de rire : « Mon pauvre frère, si tu te mets à entendre des voix ! » Il a ri à son tour : « Mais oui, Justi, les dieux de la musique viennent à mon secours. » Natalie n'est pas loin de penser que lui aussi en est un, de dieu.

Deux semaines après son arrivée, Justi accourt à sa rencontre alors que Natalie revient pour déjeuner du chalet où elle travaille : « Tu sais, Gustav a fini l'esquisse de son premier mouvement ! » Il était censé mettre des semaines à l'écrire... Il l'appelle de sa chambre.

— Natalie, Natalie, tu te rends compte, j'ai fini mon brouillon !

— Mais... Comment est-ce possible ?

— Je ne le sais pas moi-même. Bien sûr, ce n'est que l'ossature et il me faudra bien encore un mois pour lui donner sa substance, mais l'essentiel est là. Quel soulagement !

Malgré un travail acharné, le reste des vacances se passe plus calmement. Gustav peut même supporter quelques bruits, c'est dire. Tous les matins, Natalie travaille en prévision de la grande tournée d'automne du quatuor, ils se retrouvent pour le déjeuner, et l'après-midi ils vont se promener, faire du vélo ou se baigner. Cet équilibre entre le travail et les plaisirs du corps est pour elle l'essence de la santé et, même, du bonheur. Tantôt ils roulent à bicyclette vers Unterach et prennent un café à Burgau, tantôt ils se promènent le soir, sur la colline vers la « Maison du paon », ou sur la route de Weyregg, le long du lac sous un ciel constellé d'étoiles... Même quand le vent d'ouest a rabattu sur eux l'horrible pluie et le froid glacial du Salzkammergut, protégés par les parapluies et les imperméables, ils courent sur la route trempée de Weissenbach qu'ils connaissent par cœur, juste pour faire de l'exercice. Ils partagent ce besoin de marcher, de courir, de faire du vélo, de plonger, de nager. Ils sont jeunes, rien ne pourrait les en empêcher.

Mais rien ne peut non plus empêcher Mahler de parler de son travail, parfois inquiet, parfois enthousiaste, parfois effrayé par l'ampleur de sa création. À la lecture des *Souvenirs* de Natalie, je me rends compte à quel point il voyait juste et prenait la mesure exacte du caractère hors normes de sa musique. Il y a cette force qui l'entraîne et le soulève de terre, et cette minutie dans les détails les plus concrets. Doit-il employer ce cor de postillon qu'il adore depuis l'époque où il attendait la diligence avec son ami Emil Freund – au risque de ne pas toujours en trouver pour les représentations ? Vingt violons ! Ne le prendra-t-on pas pour un fou ? Mais il a pleinement conscience aussi de créer une œuvre gigantesque. Il s'exalte en tentant de l'expliquer. Ou de se l'expliquer à lui-même ? Comme une obsession, il répète : « Cela ne peut presque plus s'appeler de la musique, ce n'est plus qu'un bruit de la Nature mystique, monstrueux. Je ne peux pas t'expliquer cela en mots. Pour comprendre, Natalie, tu devrais toi-même plonger dans les profondeurs de la Nature ! Aucun artiste ne souffre autant que le musicien du pouvoir mystique de la Nature quand elle s'empare de lui.

— Mais cela doit être terrifiant, comme quand l'Esprit de la Terre apparaît devant Faust !

— Plus encore, pas seulement l'Esprit de la Terre, le Tout lui-même ! Les espaces éternels ! Ce premier mouvement va durer une demi-heure. On va me traiter de fou ou de mégalomane. Mais je n'y puis rien. C'est comme si le courant de la création, empêché pendant des années, se gonflait de toute sa puissance. Ce torrent m'emporte avec lui. »

Comme souvent, il est à la fois exalté et désespéré, persuadé que, jamais de son vivant, on ne jouera sa symphonie qui nécessite des moyens exceptionnels en instruments et en chœurs. Il se trompe. Mais il a prévu l'incompréhension, les rires et les huées. Peu importe. Il a une si haute idée de son travail, de l'exigence de sa tâche que rien ne peut l'arrêter. Il y pense et en parle sans cesse, usant de métaphores empruntées à cette Nature qu'il aime par-dessus tout :

— La mobilité et le caractère changeant des motifs sont comparables à l'eau joueuse d'un torrent dont les milliers de gouttes sont différentes à chaque instant. Cela fait rage dans un tourbillon ininterrompu, qui touche à peine terre, qui s'élève toujours plus haut et qui écume jusqu'au ciel... Seul le bloquent la matière immobile, les pierres et les éboulis de rochers qui s'opposent à lui et entravent son lit.

Ses yeux étincèlent derrière les verres de ses lunettes. Natalie le regarde, l'écoute. C'est plus fort qu'elle : comment ne pas admirer cette énergie, cette créativité, cette audace ? Autour d'eux, le paysage entier est à l'unisson de ses paroles. Il nourrit ses images, comme sa musique.

Il lui reste seize mesures à écrire, celles de la fanfare géante. « Pourvu que rien ne m'arrive aujourd'hui. Personne ne peut l'écrire à ma place », murmure-t-il.

Il faut croire qu'un démon l'a entendu – ou son inconscient, aurait pensé Freud. Une heure plus tard, sautant les marches comme il en a l'habitude (Gustav n'a jamais su descendre posément un escalier), il s'est foulé le pied et s'est cogné la tête en tombant, au point de perdre connaissance. Justi, terrorisée, l'a aspergé d'eau pour le faire revenir à lui et lui a préparé une soupe au vin pour lui redonner des forces. Après deux heures de sommeil et un bain dans le lac, il est remis.

Le lendemain, quand Natalie revient de sa course matinale à bicyclette et de son heure de cours à Attersee, il l'attend, rayonnant. Il a fini. Il ne lui reste plus qu'à peaufiner l'ensemble et régler les détails.

Et en rentrant dans sa chambre, elle trouve sur sa table les esquisses du premier mouvement, avec ce mot émouvant : « Le 28 juillet 1896 est arrivée cette chose étrange : j'ai pu offrir à mon amie Natalie le noyau d'un arbre qui fleurit et grandit néanmoins dans le monde de toute sa taille, avec ses branches, ses feuilles et ses fruits. »

Quel plus beau cadeau pourrait-il lui faire ?

« Je vais maintenant me reposer un peu et me balader pour quelques jours dans les montagnes », écrit-il à un ami. Le 12 juillet, il s'est rendu à bicyclette à Ischl chez Brahms, très éprouvé par la mort de Clara Schumann le 20 mai précédent. Clara avait été le grand amour de sa jeunesse et ils étaient restés liés par une profonde amitié. Natalie l'accompagne-t-elle ?

Début août, Gustav Mahler est à nouveau à Ischl, avant de prendre le train pour le lac Aussee. Une ligne de la main de Natalie au bas d'une carte postale envoyée à Justine, restée à Steinbach, atteste sa présence à ses côtés. Alors qu'il évoque la tenue d'un dîner de célébration qui devrait avoir lieu selon lui au moment « adéquat », elle ajoute, moqueuse : « C'est-à-dire adéquat pour lui, le tyran de pacotille – voilà ce que c'est supposé signifier ! ça lui donne une chance de marchander et il s'en réjouit. Bien. » L'amour n'empêche pas l'humour.

Au début du mois d'août, Gustav et Natalie peuvent enfin profiter d'une brève accalmie dans le mauvais temps pour se rendre en train au Mondsee, puis à Salzbourg et, de là, en bicyclette à Berchtesgaden où villégiaturent leurs amis Siegfried et Clementine. Lipiner n'est pas en reste quand il s'agit de parler de son travail. Il a gratifié Mahler d'une analyse détaillée de son *Christus*. Comme si cela ne suffisait pas, alors que les deux couples sont allés se promener vers l'étang d'Achau, Lipiner et Mahler replongent tous deux dans une discussion acharnée que la pluie battante ne parvient pas à interrompre. On ne voit même plus les montagnes. Clementine et Natalie courent se réfugier sous la terrasse d'un café. Mais les deux hommes, parapluie à la main, continuent à parler sous l'averse au milieu de la route. Lipiner, penché vers Mahler, gesticule tandis que son compagnon l'écoute, comme planté dans le sol, se contentant de trépigner d'excitation par moments. En les contemplant tous deux, Natalie ne peut s'empêcher de songer que son amour ne peut aller qu'à des êtres exceptionnels. Elle a la chance de côtoyer ces deux hommes étonnants, d'avoir transformé son attachement passionné à Siegfried Lipiner en amitié. Entre-temps, un public de plus en plus nombreux est accouru sur la terrasse pour regarder en riant ces deux petits bonshommes emportés par leur conversation. Si bien qu'au bout d'un moment, Clementine et Natalie ressortent, malgré la pluie, pour les entraîner vers la maison.

Les vacances touchent à leur fin. Ils doivent quitter Steinbach. Les nouveaux propriétaires du chalet réclament des sommes exorbitantes pour un hébergement rudimentaire. Si l'on en croit Natalie, le musicien est déchiré à l'idée de quitter sa *Häuschen* et la prairie au bord du lac. Il monte sur le Wiesenberg pour contempler une dernière fois ces lieux, et fond en larmes. Natalie quittera à son tour Steinbach où elle a été si heureuse. Mais elle se console en pensant que les fleurs de la prairie, les eaux des torrents et du lac, les pierres de la montagne et les nuages dans l'air, tout cela vivra à jamais dans la musique de Gustav Mahler.

Une semaine après le départ de ses amis, Natalie prend à son tour la route, cette fois en direction de Timmendorf, l'une des plus belles plages de la Baltique, à la recherche d'une villégiature pour l'été suivant avec les Mahler. Notre voyageuse a pris le train de Vienne à Prague, puis de Prague à Berlin, puis de Berlin à Lübeck avant de profiter de deux semaines de vacances au bord de la mer, se promenant sur le port, marchant jusqu'au phare ou le long de l'immense plage de sable. Cette excellente nageuse a dû en profiter aussi pour se baigner. Quand il fait beau, elle relit et corrige ses notes, assise dans un *Strandkorb*, ces corbeilles en osier, inventées quinze ans plus tôt par un vannier, qui permettent de se protéger de la brise et du soleil. Rentrée dans sa chambre d'hôtel, elle travaille, après avoir ajusté la sourdine à son alto.

Elle est bientôt de retour à Hambourg où elle restera plus d'un mois chez les Mahler. En ce mois de septembre, le temps est encore assez clément pour se promener, faire de la bicyclette dans les environs, et passer de longues heures à bavarder dans la vaste prairie bordée d'arbres près de la maison. On y accède par un sentier que Justine et Emma ont surnommé « l'allée des soupirs », tant s'y exprime leur nostalgie de Vienne. Ce long séjour va surtout permettre à Natalie de suivre Gustav Mahler dans ses diverses occupations et de livrer le récit détaillé d'une journée type du musicien. Ces pages donnent une image vivante d'un quotidien très organisé.

Levé à 7 heures, malgré l'heure tardive à laquelle il s'est couché, il se douche dans la salle de bains, et sonne impatiemment pour avoir son petit déjeuner qu'il prend déjà tout habillé, seul dans sa chambre. Ce sont les seuls moments qui lui appartiennent entièrement, « les heures divines du matin ». Il lit un peu (Goethe et Nietzsche à cette époque, mais jamais la presse), en buvant son café et en fumant une cigarette. Ensuite, il se met tout de suite au travail et, les bons jours, continue avec efficacité jusqu'à 10 h 30. Pendant le séjour de Natalie, il réussit à achever en détail et à recopier tout le gigantesque premier mouvement de la *Troisième*. Ensuite, il se rend à pied à toute allure en ville – trois quarts d'heure de route – et revient à la maison vers le milieu de l'après-midi ;

la matinée à l'Opéra est occupée par les répétitions avec l'orchestre, le chœur et les solistes. Comme toujours, ces répétitions s'apparentent à une épreuve de force, Mahler se comparant à un dompteur d'animaux, maniant le fouet, exaspéré par ce qu'il nomme la « bête de l'incompétence et l'indolence ». Rentré vers 14 h 30, il s'annonce par les quatre premières notes de la *Huitième* de Beethoven afin que tout le monde soit prêt à se mettre à table ! Après une courte sieste, commence le ballet des visites : musiciens, librettistes, chanteurs, compositeurs d'opéra, journalistes... Puis il se rend chez son copiste, en compagnie de Natalie, et ils en profitent pour aller se promener, soit un peu loin s'ils ont le temps, soit une petite demi-heure dans le voisinage s'il doit diriger le soir. « On revivait et on parlait à fond du premier sujet qui était dans l'air, de l'éternité au quotidien le plus immédiat, de l'infini au plus petit point de la terre. » À 18 heures, retour à l'Opéra dont il rentre le plus souvent d'humeur sombre ou même exécrable : « Une écurie d'Augias qu'Hercule lui-même ne saurait décrasser. » Rien ou presque ne trouve grâce à ses yeux. La soirée se poursuit par des conversations ou de la musique, Gustav au piano et Natalie au violon... Pendant son séjour, elle assiste aussi à plusieurs représentations, telles *Fidelio* ou la *Carmen* de Bizet qu'il admire beaucoup. Mais Natalie, elle, s'enthousiasme surtout pour le premier mouvement de la *Troisième* que lui joue Mahler au piano et dont elle n'avait entendu que des extraits à Steinbach par Bruno Walter. Rêvons un instant à cette soirée d'automne où à demi allongée sur le canapé, un plaid sur les genoux, Natalie écoute Gustav Mahler lui jouer le morceau composé deux ans plus tôt dans la *Häuschen* de l'Attersee…

« La plupart de ceux que j'admire sont juifs », remarque Natalie Bauer-Lechner dans ses *Fragmente*, vantant leur créativité, leur culture, leur force de travail, leurs qualités morales. Certes, ils ne sont pas les seuls mais elle rend hommage à la générosité des mécènes juifs qui ont tant fait pour les artistes. Les deux hommes qu'elle a le plus aimés sont juifs. La part des intellectuels, des artistes, des savants, des médecins juifs dans la Mitteleuropa est considérable. Bien que ne l'étant pas elle-même, écrit-elle, elle ne s'est jamais privée de répondre vertement aux attaques des antisémites, prétendant que les attaquer devant elle revenait à mettre en cause sa propre famille, et réduisant ainsi au silence les aboiements haineux. Ces « aboiements », pour reprendre son expression, font rage dans la Vienne des années 1890, et ils ne sont pas près de se taire.

Ancien membre de l'association étudiante *Lesenverein* à laquelle Mahler et ses amis avaient jadis participé avant de la quitter en raison de sa nouvelle orientation, Georg Schönerer, fils d'un ingénieur des chemins de fer anobli, a su conjuguer nationalisme et antisémitisme dans des discours populistes d'une violence extrême. Malgré sa démagogie, Schönerer ne réussira pas à fédérer les masses mais son style agressif, virulent, attaquant au Reichsrat tout ce qui, de près ou de loin, est censé toucher aux Juifs (la finance, les chemins de fer, la presse, l'immigration, les colporteurs, les « escrocs juifs ») fera école. Dans un empire libéral qui avait fait de l'intégration et de l'assimilation l'un des fers de lance de sa politique, c'est un choc. Les insultes et l'éructation ne faisaient pas partie de la tradition de la noblesse et de la bourgeoisie autrichienne impliquant une souplesse, une tolérance, une dignité et des valeurs très éloignées de ces diatribes. Schönerer finira piteusement sa carrière politique. Mais des artisans, des étudiants et une partie du peuple se sont reconnus dans son message, sinon dans sa violence.

Karl Lueger, avec plus d'habileté, moins de paranoïa et un positionnement politique différent, réussira là où son rival a échoué. D'origine plus modeste mais doué et travailleur, il fait ses études dans l'une des meilleures écoles de Vienne, puis étudie le droit. Il devient avocat, se spécialise dans la défense des pauvres. Élu au Reichsrat, il siège pendant plusieurs années avec les démocrates avant de mettre en avant, comme Schönerer, son opposition à l'immigration juive de l'Est et un antisémitisme dont il comprend qu'il peut fédérer à la fois certains catholiques et les classes moyennes et populaires viennoises. Il fonde le Parti chrétien-social. En 1895, celui-ci obtient la majorité au conseil municipal de Vienne. Mais durant deux ans, l'empereur refuse à Lueger son investiture. Sigmund Freud fuma, dit-on, un cigare pour fêter l'intervention du monarque auquel il était pourtant opposé. Ce n'est que lors du Mardi gras de 1897 que François-Joseph est contraint de capituler. Le « beau Karl » fait une entrée éclatante au Rathaus, la mairie de Vienne. Bon administrateur, il sera réélu en 1903 et en 1909. Cet admirateur d'Édouard Drumont, l'auteur de *La Libre Parole*, s'est engouffré dans la voie brutalement ouverte par Schönerer, et a gagné. Même si, par calcul, il reste relativement tolérant, ses lieutenants professent un antisémitisme forcené qui se répand comme une peste dans la société autrichienne. Ce n'est pas un hasard si Adolf Hitler lui témoigne la même admiration qu'à Schönerer et lui rend hommage dans *Mein Kampf*. Il suivit même son cercueil lors de ses obsèques en 1910.

Voilà donc la Vienne dans laquelle vit Natalie Bauer-Lechner et qu'ambitionne de rejoindre Gustav Mahler. Mais il est juif et, déplore-t-il en 1895 dans une lettre à son ami Friedrich Löhr : « Dans l'état actuel du monde, ma condition de Juif m'interdit l'accès de tous les théâtres de cour. – Ni Vienne, ni Berlin, ni Dresde, ni Munich ne me sont ouvertes. » La ville des intellectuels de toutes origines, la Vienne d'Arthur Schnitzler, l'auteur de *La Ronde*, et du subtil poète Hugo von Hofmannsthal ; de Sigmund Freud qui publie *L'Interprétation des rêves* ; de l'architecte Otto Wagner en charge de la construction du réseau ferré urbain ; de Gustav Klimt qui fonde avec d'autres artistes le groupe de la Sécession ; de Theodor Herzl qui, après avoir suivi la dégradation du capitaine Dreyfus à Paris, crée le mouvement sioniste ; du jeune Stefan Zweig encore lycéen mais déjà à l'affût de toutes les nouveautés artistiques : cette Vienne-là est aussi la ville où, selon la *Neue Freie Presse*, « au lieu de la valse joyeuse, on n'entendait que les hurlements d'une populace excitée et les cris des policiers qui tentaient de disperser les adversaires politiques ». Les certitudes s'effondrent, la violence éclate, les contraires s'affrontent et se mélangent. « Tout se brise en morceaux et ces morceaux se brisent eux-mêmes en mille autres, écrit Hugo von Hofmannsthal, rien ne se laisse plus enfermer dans des concepts. » C'est dans ce surgissement de l'irrationnel que naîtront les plus grandes créations. Mais à quel prix ?

Qu'il s'agisse de Marcel Proust, de Stefan Zweig, de Sigmund Freud ou de Gustav Mahler, bien malin celui qui pourra déterminer leur degré exact de conscience juive. Avec une origine, une éducation, une sensibilité, une histoire différentes, ils racontent chacun à leur façon quelque chose de l'assimilation en Europe au XIXe siècle. On peut fêter Noël autour d'un sapin comme chez les Mahler et de nombreux Juifs allemands, ou assister à la messe à Notre-Dame comme le grand-père maternel de Proust, tous seront d'une façon ou d'une autre confrontés à l'antisémitisme ambiant. On dit généralement que Gustav Mahler n'était pas attaché au judaïsme, que rien dans sa musique ne reflète cette culture. Certains ont vu dans l'ironie, le mélange d'inquiétude et d'attente, d'optimisme et de pessimisme, des traits juifs. Soit. Mais il avait aussi des souvenirs, bons et mauvais sans doute, de la communauté d'Iglau, de son père, de sa mère. Comment ne se serait-il pas rappelé la synagogue de Ledetsch où il se rendait avec son grand-père maternel, le dîner du shabbat avec toute la famille et le cimetière de Gumpolds sous les arbres, au pied de la forteresse ? À l'évidence, il se *savait* juif, et éprouvait sans doute l'ambivalence et peut-être même la culpabilité, si l'on en croit Leonard Bernstein, de celui dont l'origine est un fardeau. Double ou même triple fardeau, dans son cas, puisqu'il vient d'une petite ville de Bohême dont sa musique garde le souvenir: «Je suis trois fois sans patrie: un Bohémien parmi les Autrichiens, un Autrichien parmi les Allemands et un Juif parmi tous les peuples du monde.» Beaucoup de ses amis, Siegfried Lipiner en tête, sont juifs, convertis ou non. Il est perçu comme tel et l'assimilation n'y change rien. Même converti, les antisémites continueront à voir en lui un Juif. « Impossible pour un Juif d'oublier qu'il l'était, résume Arthur Schnitzler, car les autres ne l'oubliaient pas. » Gustav Mahler ne reniera pas pour autant ses origines, éprouvant, certes dans une moindre mesure que Schnitzler ou Freud, une forme d'appartenance à sa communauté d'origine, indépendante de tout sentiment religieux.

Or je me rends compte qu'une grande partie de mes interrogations à propos de Gustav Mahler tournent autour de son judaïsme, du lien avec ses racines et de son identité. Nulle part, je n'ai aussi bien « senti » Gustav Mahler qu'à Jihlava, à la frontière de la Moravie et de la Bohême. Il y est tout de même resté jusqu'à l'âge de 15 ans, jusqu'à son entrée au conservatoire. Sa correspondance familiale montre les liens étroits avec la ville où il a grandi, jusqu'à la mort de sa mère. Il a entendu là pour la première fois toutes sortes de musiques, il est allé à l'école et au lycée allemand, il a fait sa barmitzva et assisté aux fêtes religieuses dans la grande synagogue, mais aussi chanté dans le chœur de l'église, et donné des concerts. Il a traîné sur la place de la ville, écouté la musique militaire comme Arthur Rimbaud à Charleville, a bu l'eau de la fontaine, s'est promené dans la forêt, a rêvé le long des remparts, est tombé amoureux de Josefine, la fille du directeur de la poste. Son attachement au folklore, son goût de la poésie, son romantisme à la *Wunderhorn*, il vient de là.

Pour moi, l'identité de Gustav Mahler n'est pas à chercher à Vienne, même s'il aima cette ville et fait partie de ceux qui l'incarnent, mais bien à Iglau, Gumpolds, Seelau, Kalischt, Ledetsch, toutes ces bourgades où il se rendait en voiture à cheval avec ses parents ou en diligence avec ses camarades. Devant l'auberge de Vlasim, il entendait le cor du postillon au loin, et voyait la poussière soulevée par les sabots des chevaux de poste. Il a certes cherché à échapper à Iglau, porté par la confiance de sa mère et l'ambition de son père, mais toujours reconstitué autour de lui quelque chose de la chaude ambiance des grandes tablées, avec ses sœurs, son frère, ses amis. Il aurait tellement aimé que sa mère puisse venir le voir diriger. Il lui demande de venir à Budapest, imagine l'itinéraire le plus facile pour elle. Mais il est déjà trop tard, elle est malade et ne pourra jamais s'y rendre. Quelquefois, on souhaite réussir pour honorer ses parents disparus. Mentalement, on leur dit : « Regarde ce que je suis devenu ! » Gustav Mahler, dans ses lettres à ses parents, détaille ses gains, leur envoie les coupures de presse qui parlent de lui, grossit ses succès non pour se vanter mais pour qu'ils soient fiers de lui, pour leur faire plaisir. Cela me rappelle le *Yentl* de Barbra Streisand : « Papa, can you see me ? Can you hear me ? » Durant des années, Gustav a entretenu ses frères et sœurs avec son travail, il a porté sur ses épaules la nécessité de réussir. Il ne peut pas se payer le *luxe* d'être un génie méconnu : il est responsable des autres, de son clan. Et pour cela, un seul moyen : la direction d'orchestre et d'opéras, ce qui fait de lui une sorte de fonctionnaire, peu à peu engagé à prix d'or.

Il souhaite vivement quitter l'Opéra de Hambourg où son ancien condisciple du conservatoire Rudolf Krzyzanowski vient d'être engagé et se voit commander la direction des plus grandes œuvres. Il n'est pour lui de salut qu'à Vienne. Il rêve de Vienne. Il se *sent* profondément viennois. Et pour être engagé à la direction de l'Opéra dans la capitale de l'Empire austro-hongrois, un poste officiel qui dépend des plus hautes instances, il doit se convertir. Difficile d'avouer que sa conversion est purement de circonstance, un marchepied pour son ambition. Il commence par mentir, en anticipant sur la date réelle de cette conversion, signe évident d'un malaise chez lui. Mais ce sera chose faite le 23 février 1897 à la Kleine Michaeliskirche de Hambourg. Ses sœurs l'accompagnent dans ce geste symbolique en se convertissant aussi, ne voulant pas qu'il « saute le pas tout seul », écrit Justine à son amie Ernestine Löhr. Après tout, elle était bien prête à partager le choléra avec lui ! Anna von Mildenburg a-t-elle encouragé Gustav Mahler en ce sens, comme on le dit ? Natalie, à l'inverse, a-t-elle prôné la fidélité aux origines ? Après bien des démarches, des espoirs et des obstacles, la nouvelle tombe enfin en avril 1897, un mois après l'accession de Karl Lueger à la mairie : Herr Gustav Mahler est engagé comme *Kappelmeister* à l'Opéra de Vienne. La conversion a payé.

Si Natalie Bauer-Lechner imaginait voir Gustav Mahler plus souvent à Vienne qu'à Hambourg, elle fut sans doute déçue. La tâche qui attend le maestro est immense : d'abord appelé à Vienne pour être l'un des quatre chefs d'orchestre de l'Opéra, il en est nommé en juillet par l'empereur, via son grand chambellan, vice-directeur et, en octobre, directeur. Cela suppose, outre la direction d'orchestre, outre les opéras qu'il va monter et dont il contrôle, avec son perfectionnisme coutumier, le moindre détail, un travail administratif et un regard sur la gestion financière. Un an plus tard lui échoit également la direction des concerts de l'orchestre philharmonique.

Mais Natalie et Gustav trouvent tout de même des moments d'intimité, tel ce soir de printemps où il vient la chercher pour se promener : « Nous avons roulé jusqu'au Sophienbrücke puis avons marché loin dans le "Prater sauvage", avec ses superbes prés, ses forêts vieilles comme le monde, et ses pâturages de rêve sur les bords du Danube, où chaque pas éveillait en nos âmes d'innombrables et exquis souvenirs de jeunesse. » Je songe à la nouvelle du jeune Stefan Zweig *Printemps au Prater*, publiée en 1900 : « Les marronniers centenaires aux larges ramures se dressaient dans un vert profond, pareils à des géants. Et le bruissement de leurs branches qui se frôlaient, toutes chargées de fleurs, ressemblaient à un murmure amoureux, tandis que les flocons blancs et finement ciselés tombaient comme de la neige dans l'herbe d'un vert sombre où les fleurs de toutes les couleurs inscrivaient des motifs singuliers. Et un lourd et suave parfum s'exhalait de la terre en vagues douces, dont le contact était si intense et si proche que l'on n'avait plus une conscience précise du plaisir mais simplement le vague sentiment de quelque chose de savoureux et qui engourdissait. Tel un saphir, la voûte du ciel s'arrondissait au-dessus des arbres dans un bleu étincelant et pur...

Printemps au Prater ! »

L'histoire de Natalie et Gustav s'inscrit dans ces longues promenades, nécessaires à tous deux : à Budapest, à Hambourg, à Vienne, dans les montagnes, partout, ils marchent du même pas, échangeant des confidences, parlant musique, communiant dans une même passion de la nature.

Tandis que Justine et Emma sont encore à Hambourg, Natalie soigne aussi Gustav avec dévouement alors qu'à deux reprises une angine s'infecte et provoque des abcès qu'il faut inciser.

Elle le veille jour et nuit, comme une « excellente infirmière », écrit Gustav à sa sœur. Ou… comme une épouse ? Une mère ?

Aux tâches écrasantes de la direction de l'Opéra s'ajoute l'hostilité de la presse antisémite et de l'orchestre, peu habitué à être ainsi bousculé. Si seulement Mahler pouvait composer durant l'été comme les années précédentes ! Mais il joue de malchance pendant les vacances de 1897 : alors qu'Emma et Justine se sont chargées du déménagement de Hambourg avec la fidèle cuisinière Elise, et que Natalie a rejoint ses amis une semaine plus tard dans une villa paradisiaque à Kitzbühel, au Tyrol, une épidémie de scarlatine les en chasse. Pas question d'attraper cette maladie mortelle après avoir échappé au choléra. Réfugiés près d'Innsbruck, à Steinach am Brenner, ils échouent ensuite à Gries. Puis, alternant marche à pied et bicyclette à 1 400 mètres d'altitude, ils entreprennent une randonnée dans la vallée de Ridnaun près de Sterzing – aujourd'hui Vipiteno en Italie – jusqu'à ce que la pluie et le froid viennent troubler cet été resplendissant, les forçant à s'établir dans le joli village de Vahrn, dans le Tyrol du Sud. Si ce séjour itinérant n'a pas permis à Mahler de travailler comme il l'aurait voulu, au moins, constate Natalie, toujours positive, il a pu se reposer et se détendre comme jamais grâce à la marche en montagne et aux excursions à bicyclette. Sous les yeux horrifiés de son amie, il a même failli y laisser sa vie : incapable de rouler droit, avançant en zigzag, toujours plongé dans ses pensées, toujours impatient et pressé, il a raté un virage sur la route du Brenner et s'est retrouvé précipité dans le vide sans pouvoir redresser son guidon à temps. Heureusement, il a réussi à se retenir à un buisson auquel sa bicyclette est aussi restée accrochée. Plus de peur que de mal, il s'en tire avec des égratignures sanguinolentes aux mains. Rien ne l'exalte comme l'escalade et l'ascension vers les hauteurs, qu'il compare à la composition, donnant l'exemple du dernier mouvement de sa *Deuxième* : après avoir pris son essor, redescendre d'un sommet est toujours un crève-cœur. Il faut repartir à zéro en espérant, la prochaine fois, monter encore plus haut. Ces hauts et ces bas, ces ascensions vertigineuses suivies de brusques retombées, comme elles correspondent à sa musique, jamais étale mais nous entraînant dans ses flux et reflux, ses élans et ses changements de rythmes et de tonalités ! Justement, Mahler reçoit sa nomination de vice-directeur de l'Opéra alors qu'il revient d'une magnifique excursion dans le Pustertal avec Natalie. Il faut rentrer à Vienne. Elle l'accompagne jusqu'à Toblach dans les Dolomites, ce même Toblach où Mahler passera avec Alma les trois derniers étés de sa vie et où il composera ses derniers chefs-d'œuvre dans une nouvelle *Häuschen*, une hutte en bois encore plus rudimentaire.

Natalie est en répétition depuis trois semaines avec le quatuor dans la « solitude forestière » de

Knittelfeld, où habite Marie Soldat, quand Mahler l'invite à assister à la représentation du *Ring des Nibelungen* qu'il met au point. Elle accourt, bien sûr. Pour la première fois à Vienne, on jouera la *Tétralogie* d'un trait, en cinq jours, telle que Wagner l'a voulue. Dans un passage inspiré, Natalie décrit ses impressions : « ... Quand on prenait place derrière Mahler, on croyait assister à la création de l'œuvre. De même qu'un sculpteur éveille la pierre à la vie avec son ciseau et lui imprime la forme et le contenu selon son esprit, de même *L'Or du Rhin* semblait se construire entre les mains de Mahler. Son travail et son geste de créateur était parfaitement visibles à cause du manque préalable de répétitions. Il était donc obligé d'insuffler aux musiciens, dans l'instant même, sa volonté musicale et de transposer cette volonté dans l'œuvre. D'après ses expressions et ses gestes, je pouvais lire ce qui faisait défaut aux exécutants, je voyais et j'entendais (avec mon oreille intérieure) ce qui ne s'entendait pas, mais qui tressaillait et remuait chez Mahler lui-même, dans l'élan et le mouvement de chacun de ses muscles ; tout son être semblait dissous dans le son et le rythme. De même que la mesure s'exprimait dans chaque fibre de son corps, de même les notes et les mots vibraient sur ses lèvres ; il les soufflait aux chanteurs et les anticipait de façon presque ininterrompue. » Jamais regard plus amoureux, jamais écoute plus profonde, plus physique, plus fusionnelle ne seront portés sur

Gustav Mahler. Comment ne pas être émue en imaginant Natalie dans la salle de l'Opéra impérial, transportée par la musique de Wagner, ne faisant qu'un avec l'aimé qui lui offre ces moments uniques ? Il me semble être assise avec elle, dans cet opéra néo-Renaissance où j'ai assisté il y a quelques années à une représentation de *Don Giovanni*, joué jadis à l'inauguration du théâtre. On n'oublie pas l'escalier monumental, les sculptures et les décorations, l'ambiance recueillie voulue par Gustav Mahler qui, selon le vœu de Richard Wagner, avait fait baisser les lumières pour accorder toute leur place à la scène et à la musique, et fermer les portes pour éviter aux artistes d'être dérangés par les retardataires.

Natalie n'est pas la seule à être éblouie. Les quelques détails imparfaits, qui rendent fou de colère Mahler, n'empêchent pas l'ensemble d'être grandiose. Hugo Wolf, qui assiste à toutes les représentations, confie à Natalie : « On entend ici ce qu'on n'a jamais entendu auparavant et tout ce qu'on avait renoncé à entendre, sauf intérieurement en lisant la partition. » Malgré le succès extraordinaire, malgré les ovations du public qui scande son nom à la fin de chaque spectacle, malgré les jeunes musiciens qui l'attendent à la sortie pour l'acclamer, Gustav Mahler reste insatisfait et malheureux, constate tristement Natalie. Son souci de perfection le torture mais le pousse aussi à toujours se dépasser. Il renouvellera ainsi la mise en scène des opéras de Wagner quelques années plus tard, grâce à la contribution du peintre Alfred Roller qui concevra des décors Art nouveau et des harmonies de couleur symboliques. Leur *Tristan et Isolde* sera « l'un des plus grands événements lyriques du début du siècle » (Henry-Louis de La Grange).

Mais quelque chose en Mahler est inaccessible à la satisfaction. Même sa nomination à vie à la direction de l'Opéra, en octobre, ne lui suffit pas. Il a 39 ans. Il gagne désormais beaucoup d'argent car il a signé un contrat très avantageux : un salaire annuel de 12 000 florins (24 000 couronnes) auquel s'ajoute une pension de 3 000 florins. Ce sont des sommes considérables pour l'époque, qui le mettent à l'abri du besoin. Sa notoriété est immense, son visage est connu de tous à Vienne, sa nomination est l'équivalent de celle d'un ministre dans une ville où la musique, l'opéra et le théâtre jouent un rôle de premier plan. Le poste de directeur de l'Opéra est une fonction officielle, dépendant directement de l'empereur, via son grand chambellan, Rudolf von und zu Liechtenstein, responsable de toute la culture. La contrepartie, c'est que Mahler travaille sans arrêt, croule sous les contraintes, et sent sa vie lui échapper. Très dur à l'égard de ceux qu'il doit diriger, y compris l'orchestre qu'il accuse de laisser-aller (selon lui, la « Schlamperei », la négligence viennoise), exigeant, visant une perfection inaccessible, le

Gustav Mahler que nous montre Natalie alterne les moments de doute, de découragement et les bouffées narcissiques comme cette fois où, passant devant l'Opéra, il s'exclame : « Quand je pense que j'y suis le chef et le roi, je crois rêver ! » La création chez lui est hantée par l'urgence, la terreur, parfois même paralysante, de manquer de temps, de ne pas y arriver, de voir le quotidien et les responsabilités dévorer les heures imparties à la composition. Son caractère intraitable, ses sautes d'humeur, son exigence sont aussi liés à cette angoisse. Il est à la fois changeant et rigide, autoritaire et colérique. « Mais enfin, répond-il un jour à Bruno Walter qui lui en fait la remarque, une fois que le moment pénible est passé, je redeviens gentil immédiatement ! » Une réponse enfantine. Rien ne compte vraiment en dehors de son travail qui dévore tout. « Sa vie tout entière, note encore Bruno Walter, formait un cycle artistique : il déversait dans l'art toute son énergie et l'art la lui rendait renouvelée. » Mais lorsque Natalie l'incite à faire exécuter ses propres symphonies, il répond : « En ce moment, cela m'est indifférent que mes œuvres percent quelques années plus tôt ou plus tard ; je suis si étranger à moi-même ces jours-ci ; souvent il me semble que je ne suis vraiment pas le même. »

Au mois de septembre suivant, en 1898, Natalie interrompt une excursion solitaire mais heureuse au château de Wasserburg am Inn, construit par Louis II de Bavière, pour assister au *Ring* de

Wagner. Mais elle apprend que les représentations à l'Opéra sont interrompues à cause de l'assassinat de l'impératrice Élisabeth, le 10, par l'anarchiste Luccheni à Genève. C'est un choc. Même errante et le plus souvent loin de Vienne, Sissi reste aimée. Elle est un symbole. Et quelle étrange coïncidence, alors que Natalie visite justement le château du cousin de l'impératrice, noyé, fou, douze ans plus tôt ! Après la mort tragique de Rodolphe, et avant l'assassinat de l'archiduc Ferdinand à Sarajevo, ce meurtre horrifie les Autrichiens. François-Joseph est plus seul que jamais, et l'Empire entame sa lente désintégration. Les quelques lignes que Natalie consacre à l'événement dans ses *Souvenirs* en témoignent, même si l'essentiel pour elle semble être l'interruption des représentations du *Ring*.

En la lisant, on en oublierait les succès qu'elle-même rencontre avec le quatuor. Jusqu'en 1902, les musiciennes sont sous contrat avec Hermann Wolff, fondateur d'une célèbre agence d'artistes à Berlin, qui est aussi l'impresario de Mahler. Mais c'est Marie Soldat-Roeger elle-même qui se charge de l'organisation des concerts du quatuor.

Depuis la première année, elles ont enchaîné les concerts, y compris à l'étranger, à Berlin ou à Prague. De 1895 à 1898, les archives de Marie Soldat comptabilisent soixante-quatorze critiques internationales (sans la France et l'Angleterre). Ainsi, début novembre 1896, les jeunes femmes embarquent pour l'Angleterre où Marie Soldat jouit déjà d'une grande célébrité, grâce à Clara Schumann qui l'avait encouragée à s'y produire. Elles vont jouer à Manchester, Oxford, Londres, et Huddenfield, accompagnées au piano par les meilleurs musiciens. La saison anglaise se termine pour le quatuor le 28 novembre ; elle a donc duré presque un mois, ce qui suppose de nombreux concerts, toujours avec succès. Marie Soldat poursuit ses récitals jusqu'à la mi-décembre, mais les trois autres musiciennes rentrent en Autriche. En janvier 1897, après les rituelles soirées à la Bösendorfer-Saal, elles donnent deux concerts à Berlin puis deux autres à Liège, un à Giessen en Allemagne et reviennent pour un autre concert le 20 février à Vienne. En plus du *Quatuor à cordes n° 14 en sol majeur* de Mozart et du *Quatuor à cordes « Rosamunde »* de Franz Schubert, elles interprètent pour la première fois une pièce d'un compositeur contemporain, le *Quatuor avec piano en do majeur* de Josef Labor, au piano lui-même sur scène.

Ce pianiste aveugle, né en Bohême et très proche de la famille Wittgenstein, est aussi un grand professeur qui, outre Alma Schindler, compte parmi ses élèves Paul Wittgenstein et Arnold Schönberg. C'est, du reste, d'abord à lui, avant Ravel, que Paul Wittgenstein demande une pièce pour main gauche quand il perdra son bras droit. Il œuvre aussi pour l'accès des malvoyants à l'enseignement musical de haut niveau. Me revient soudain que ma mère, réfugiée pendant la guerre à Chauvigny dans la Vienne (oh ! l'homophonie), apprit à taper à la machine avec un professeur de piano aveugle. Les chemins de l'inconscient sont toujours surprenants.

Le concert obtient des critiques enthousiastes qui saluent ce nouveau pas franchi. Dès le lendemain, les musiciennes se produisent à Prague, dans le cadre du Deutsche Kammermusikverein, et le jour suivant à Reichenberg en Bohême. Le 22 mars 1897, elles retrouvent Vienne avec le *Quatuor op. 59 n° 3* de Beethoven, le *Quintette pour clarinette* de Carl Maria von Weber, un morceau alors oublié auquel elles vont redonner vie, et le *Quatuor pour clarinette, violoncelle et piano* de Walter Rabl, un jeune compositeur dont c'est la première œuvre. Le lendemain, elles interprètent le *Quintette pour clarinette* de Brahms, toujours avec Richard Mühlfeld. Johannes Brahms, déjà très malade, a assisté aux répétitions chez les Wittgenstein. Il mourra peu de temps après, le 3 avril 1897, d'un cancer du foie. En sa mémoire, le *Quintette* sera l'une des œuvres les plus souvent jouées par le quatuor, presque toujours avec Mühlfeld. Elles apprendront la mort du Maître lors de leur tournée, du 30 mars au 4 avril, cette fois vers le sud, à Klagenfurt, Fiume, Trieste et Laibach, et lui rendront hommage lors d'un concert pour le premier anniversaire de sa mort à Graz.

J'écoute les unes après les autres ces œuvres en les imaginant, ces quatre jeunes femmes, la tête légèrement penchée sur leur instrument, les yeux ouverts pour certaines, mi-clos pour d'autres, le corps se balançant pour accompagner l'archet ou le rythme... La gestuelle est-elle différente à l'époque ? Elles sont assises, leurs robes longues cachent leurs pieds, de gauche à droite premier violon, second violon, alto et violoncelle. Elles se regardent à peine, juste un coup d'œil de Marie vers la violoncelliste lors du premier mouvement du *Quatuor Rosamunde*, elles ont l'air d'être chacune dans leur monde mais en fait, elles sont ensemble, attentives aux reprises, au tempo, aux sonorités, à de minuscules détails que nous ne remarquons peut-être pas.

Les programmes qu'elles présentent supposent beaucoup de travail, auquel s'ajoutent les voyages, les répétitions, l'adaptation à un nouveau lieu, une nouvelle acoustique, un nouveau public. En les suivant, il me semble voir un film en noir et blanc, dans lequel se succèdent les images de quais de gares, de locomotives fumantes, avec la mention : *Londres 1896*, *Prague 1897*, *Bruxelles 1898*, *Monte Carlo 1899* et ainsi de suite... Et puis, images suivantes, une salle de concert, le bruissement du public, le silence, l'apparition des quatre jeunes femmes, et la musique de Haydn, de Mozart, de Schubert, de Beethoven, de Brahms...

D'année en année se poursuit la quête d'un séjour idéal pour le « compositeur d'été ». Car ne nous leurrons pas ; la question n'est pas de savoir si Justine, Natalie ou même Gustav passeront de bonnes vacances mais de trouver un lieu assez calme, assez beau, assez isolé où il pourra créer, entouré des proches qui veillent à son bien-être. Sa sœur Emma s'est mariée au violoncelliste Eduard Rosé, le frère aîné d'Arnold Rosé, premier violon de l'orchestre philharmonique de Vienne. Les frères Rosenblum, originaires de Roumanie, ont fondé le quatuor Rosé, l'un des plus célèbres de son temps. Mahler est heureux de ce mariage et soulagé de ne plus avoir à sa charge cette petite sœur avec laquelle il ne s'est jamais senti beaucoup d'affinités. Le couple est parti vivre aux États-Unis, Eduard Rosé ayant été engagé par le Boston Philharmonic Orchestra. Mais Emma ne se plaira pas en Amérique et ils reviendront en Europe pour s'installer à Weimar en Allemagne.

En septembre 1898, Gustav Mahler a été nommé à la tête du Philharmonique de Vienne. On comprend le labeur incessant, les rares moments de détente, l'épuisement parfois de ce musicien qui cumule deux emplois écrasants. Tout son être, durant l'année, est habité par les œuvres des autres compositeurs. Wagner, Mozart, Beethoven qu'il admire tant, et tous les autres. Où, comment trouver en soi les ressources pour composer ? Comment faire le vide pour laisser la place à son chant personnel ? La composition est un art qui exige non seulement l'inspiration mais le concours de toutes les facultés. Hors de question de se trouver parasité par les bruits ambiants ou les soucis domestiques. Natalie en est bien consciente. Et avec Justine, dès le début du printemps, elle se met à la recherche d'un paradis possible pour leurs étés. En 1898, ils sont retournés à Vahrn au Tyrol. Mahler a été opéré d'hémorroïdes très douloureuses et le séjour, à quelques excursions près, ne leur laissera pas de souvenirs impérissables. Natalie vient d'avoir 40 ans, un âge vénérable pour une femme, à l'époque. Elle s'est un peu épaissie, son visage s'est arrondi, mais son sourire est toujours aussi chaleureux : « elle est une incroyable chère et bonne créature », reconnaît Mahler. Attend-elle patiemment un retour de flamme chez son Gustav ? En a-t-elle fait son deuil et sa nature sensuelle trouve-t-elle chez d'autres des plaisirs plus immédiats ? Dans une lettre à sa sœur écrite quelques années plus tôt, Gustav Mahler s'interrogeait : « À la fin, quel genre de bénédiction a-t-elle gagné avec sa "liberté" ? Ce sont des articles de foi bien risqués sur lesquels elle a basé son existence ! Il me semble à moi qu'ils sont branlants de partout et que ce sera de pire en pire. » Tout en lui refusant ce qu'elle désire, il se montre possessif et critique sa sentimentalité, et surtout sa liberté sexuelle. Il est lui-même dans une certaine confusion à son égard, écartelé entre son affection et son manque de désir. Mais Natalie est aussi une femme pragmatique, qui a les pieds sur terre. Elle a cette chance unique de partager durant des semaines entières la vie de Gustav, de recueillir ses confidences, d'être le témoin privilégié de sa création, à la fois amie et disciple. Elle fait partie de sa famille, une grande sœur ou une cousine admirative, dévouée mais critique quand il le faut.

Indéniablement, elle est aussi sous l'emprise de la forte personnalité de Gustav Mahler, fière de partager l'intimité de celui dont la notoriété de chef d'orchestre et de directeur de l'Opéra ont fait une star. À Vienne, comme à Hambourg ou Budapest, tout le monde dans la rue reconnaît Mahler, on le photographie, on le salue, et dans cette ville qui vénère ses artistes, le croiser, lui parler ou, mieux, lui serrer la main est un privilège. Rien chez elle d'intéressé. Elle l'a aimé bien avant cette célébrité. Mais vivre des semaines d'affilée avec lui, l'écouter parler ou, jouer, être autorisée à assister aux répétitions de l'orchestre, tout cela confère à Natalie une place particulière aux yeux du monde et, sans doute, à ses propres yeux : elle joue le rôle d'une épouse. Sans l'être. Elle n'est pas officielle. Ils n'habitent pas ensemble, sauf durant l'été. Beaucoup s'interrogent sur leur relation. Qui *sait* vraiment hors de leur petit cercle ?

En 1899, les voici partis à nouveau en vacances. Leur première location s'étant avérée « réservée aux propriétaires », ils doivent improviser et tentent la villégiature de Bad Aussee, au sud-est de Bad Ischl. Le temps est humide et froid, on est obligé de faire du feu toute la journée, et dès leur arrivée à la villa Kerry (qu'elle appelle Seri), Natalie comprend qu'ils ont fait fausse route. Bien que la maison soit située à une demi-heure à pied de la petite ville thermale et surplombe la place du marché, la musique municipale se fait entendre dès 11 heures du matin et le dimanche, dès 8 heures. Une catastrophe. Mahler est d'une humeur massacrante, et quasi désespéré. Autant dire que ces six semaines ne lui serviront à rien, peste-t-il. Il ne décolère pas. Voilà qui promet des vacances joyeuses, songe Natalie qui, cependant, le plaint de tout son cœur et note pieusement ses récriminations : « Il m'est pénible de faire quelque chose quand je ne suis pas d'humeur à le faire et que je ne le sens pas sortir entièrement et correctement. »

Il s'est réfugié dans une soupente pour échapper le plus possible au bruit. Le matin même, il a pris un laxatif qui va donner son sens littéral à la métaphore : en pleine diatribe, il doit s'éclipser. Et quand il revient, raconte Natalie avec humour, il a dans sa poche *Revelge*, un nouveau lied du *Wunderhorn*, esquissé dans son carnet de notes. « Nous avons bien ri par la suite de la riche récompense due à cette sortie précipitée. Mahler tenait en effet ce lied pour la plus grande de ses compositions dans le genre. » J'aime cette anecdote, je l'avoue. Non à cause de son côté trivial mais par ce qu'elle révèle du processus de création et de la composante psychosomatique qui l'accompagne. Le langage, le corps et la création sont intimement liés. Dans une autre anecdote, Natalie revient sur ce lien, toujours autour de la même question intime. Mahler habitait alors Hambourg et avait expliqué à Marie, sa servante, que personne ne devait le déranger pendant son travail. Si l'on vient, lui dit-il, elle n'aurait qu'à répondre : « Il compose. » Alors qu'une amie, Frau Markus, demande à le voir, la servante répond d'un air mystérieux : « On ne peut parler à Monsieur. Il dépose. » « Dieu sait ce qu'elle s'imaginait ! » conclut en riant Natalie. « À partir de ce moment, le mot "déposer" devint une plaisanterie. Il désignait entre nous cette fonction corporelle qui jouait un rôle gigantesque chez lui et dont dépendait, plus que chez tout autre, le fait de *composer.* » Freud, ou Georg

Groddeck pour lequel toute maladie aura une source psychosomatique, ne sont pas loin.

J'écoute *Revelge* dans l'interprétation de Dietrich Fischer-Dieskau. Difficile de l'associer aux conditions de sa gestation, tant ce lied est bouleversant. Mais n'est-ce pas là le propre de la création, justement ? Ce miracle. En sept minutes, il nous raconte le destin tragique d'un soldat, de l'appel matinal à la mort finale sous les yeux de sa bien-aimée. L'héroïsme du tambour qui, blessé à mort, conduit sa troupe à la victoire transparaît dans la voix du chanteur et l'accompagnement symphonique, tour à tour martial, lyrique et tragique, rythmé par les roulements de tambour et le refrain. Le motif récurrent de la musique militaire, enraciné dans l'enfance de Mahler à Iglau, se teinte d'un accent moins ironique que glaçant car il traduit l'absurdité de la guerre et de la destinée humaine. Cette « fantaisie militaire », au sens où l'entend Alain Baschung dans son bel album, rappelle aussi Kurt Weill, quelque chose de déchiré et d'universel. Les derniers mots du poème m'évoquent encore la pochette du disque de Baschung : « Au matin gisaient là les cadavres, alignés comme des pierres tombales. »

Ces vacances à Aussee, finalement, se révéleront moins stériles que prévu. Une fois libérée par le *Revelge*, l'inspiration se déclenche et submerge Mahler. Il se met à l'écriture de la *Quatrième Symphonie*. Malgré les échos de la musique braillarde de la station thermale, malgré la foule dont le contact lui est insupportable, malgré l'épée de Damoclès de la rentrée, Natalie remarque qu'il s'empare du moindre instant de liberté durant les dix derniers jours pour écrire. Son carnet dans la poche, en promenade, il s'échappe ou reste en arrière pour prendre des notes. La musique coule à flots et l'habite. Aura-t-il le temps de tout consigner ? Plus que jamais, il a la nostalgie de sa *Häuschen* de l'Attersee. Natalie a beau faire : la rumeur de la ville, les bavardages, les allées et venues des estivants en quête d'occupation sont une gêne constante. De là à envier à nouveau Beethoven que sa surdité préservait de l'agitation insupportable du monde, il n'y a qu'un pas…

Si Natalie reste attentive à son compagnon, elle n'en profite pas moins de son séjour. Armée de sa sourdine pour étouffer le son de son alto, elle travaille le plus doucement possible dans sa chambre, profitant des moments où Mahler rejoint sa sœur, lit ou sort en ville. Elle se promène, va boire un café sur la place du village, griffonne sur son carnet, repère des chemins de randonnée pour leur permettre de s'évader, comme le refuge alpin du Pfeiferalm qu'ils rejoignent sans rencontrer – magie de ces moments – âme qui vive. Ils communient dans le silence que Mahler rompt parfois pour penser à voix haute. Elle a emporté son carnet et son crayon, et note les paroles du compositeur : « La musique doit toujours contenir un ardent désir pour ce qui est au-delà de ce monde. Même pendant mon enfance, la musique était pour moi quelque chose de mystérieux, qui me soulevait ; mais à l'époque, je lui rajoutais avec mon imagination des choses insignifiantes qui n'ont rien à voir avec elle. » N'est-ce pas souvent ce que nous faisons tous ?

Mais le trio Gustav, Justine et Natalie rejoint aussi d'autres amis qui séjournent dans la région. Comme toujours en vacances, Gustav éprouve à la fois le besoin de solitude pour créer, et d'animation autour de lui le reste du temps. Cet été, Arnold Rosé est de plus en plus présent dans le sillage de Justi, et ils retrouvent tous ensemble Siegfried et Clementine Lipiner à Sankt Wolfgang, un village de poupée aux maisons colorées, au bord d'un lac turquoise.

S'il a gardé ses chalets typiques et est interdit à la circulation, Sankt Wolfgang est devenu aujourd'hui une caricature de lui-même. Les boutiques de souvenirs, les groupes de Chinois descendus de leurs cars, les fast-foods, les touristes armés de perches pour se photographier devant le *Weisses Rössl*, la mythique auberge du Cheval-Blanc qui a donné son nom à l'opérette, me font rêver de l'époque où Natalie, Gustav et leurs amis s'attablaient, un soir de fin juillet, à la brasserie Peterbräu. La bière devait être bonne car ils étaient de joyeuse humeur et passèrent la soirée à se raconter des anecdotes en éclatant de rire. Par exemple, ce souvenir du « Gartenkaffee », un très chic salon de thé dans le parc de Budapest où la distraction légendaire de Mahler avait fait merveille. Attablé avec Justi contre la balustrade de la terrasse du premier étage, il avait essuyé selon son habitude compulsive chaque assiette et chaque couvert avec sa serviette et rincé son verre à l'eau, avant d'en jeter négligemment le contenu... sur la terrasse en dessous en arrosant quelques dames élégantes ; plein de confusion, il s'était excusé, et on avait pardonné à M. le directeur de l'Opéra. Cinq minutes plus tard, Justine lui ayant demandé à boire, il rinça soigneusement le verre de sa compagne, et la terrasse inférieure reçut une nouvelle douche. Il dut se lever, s'incliner en s'excusant à nouveau sous les rires et les protestations.

Rien de tel dans le petit salon de thé où nous nous sommes réfugiés à cause de la pluie, et où je déguste une Sachertorte avec un chocolat chaud, « mit Sahne, bitte ». L'auberge du Cheval-Blanc me ramène à mon père, amateur d'opérettes. Toute petite, je regardais avec lui, chaque samedi après-midi, une émission en noir et blanc, intitulée « Airs de France ». Il connaissait tous les refrains par cœur, et il m'en reste un bon nombre en mémoire. Magie d'Internet : l'Ina me propose un extrait de *L'Auberge du Cheval-Blanc*, montée au Châtelet en 1960 et présentée par Pierre Tchernia. Tous les plaisirs à la fois, notamment celui de voir Bernard Labourdette à bicyclette, en mini-short tyrolien, chantant l'air célèbre (« À la belle auberge du cheval blanc, séjour aimable et troublant »), tandis que surgissent des ballerines en tutu et corset (tyrolien, bien sûr), un feu d'artifice kitsch ! Nous voilà loin de Gustav Mahler, même si Ralph Benatzky, le compositeur de l'opérette créée à Berlin en 1930, était originaire de Moravie comme lui. Et que, je le découvre, les auteurs de la pièce eurent l'idée d'une comédie en séjournant à l'auberge de Sankt Wolfgang, qui, rappelons-le, ne se trouve pas au Tyrol mais dans le Salzkammergut. La pièce eut du succès puis tomba dans l'oubli avant de renaître sous la forme d'une opérette.

« La vie ici me donne un petit avant-goût et un échantillon de ce que ça sera là-bas. Je n'ai rien vu de plus beau depuis Brissago sur le lac Majeur. Quand je sors sur ma véranda, je vois au loin le lac magiquement ridé de scintillements aux mille formes, qui oscille doucement sur l'ourlet de ses rives ; j'aperçois l'adorable petite église de Maria Wörth qui ne tient que sur le fil de sa presqu'île, les bateaux à voile et les barques qui jouent comme des cygnes blancs, et les rameurs ou les nageurs qui, à partir de leurs garages de bateaux ou cabines de bain, plongent avec joie dans ce miroir resplendissant. »

Cette description enthousiaste du Wörthersee, un lac de Carinthie au sud de l'Autriche, est extraite d'une lettre de Natalie à Gustav datée d'août 1899. À la fin des vacances à Bad Aussee, ils se séparent à Ischl. Il rentre à Vienne malgré la chaleur étouffante, tandis que Natalie fait un détour par la Styrie pour rendre visite à sa mère avant de rejoindre Justine à Klagenfurt. Elles vont se mettre en quête d'un lieu de séjour pour l'année suivante... La quête du Graal ! À l'issue d'une vaine excursion à bicyclette autour du lac, elles ont rencontré sur le vapeur Anna von Mildenburg qui les a invitées à l'accompagner à Maiernigg : c'est l'endroit idéal, elle en est sûre. Il faut croire que la cantatrice a bon goût ou connaît son Mahler sur le bout des doigts, car hébergées au château de Schwarzenfels, elles font la connaissance du maître des lieux, l'architecte Theuer, qui conseille d'acheter un terrain et d'y faire construire une villa. On convoque Mahler par télégramme. Paradis en vue ! Après plusieurs visites décevantes, ils trouvent enfin un terrain boisé et isolé où construire la maison. Il est surplombé par une forêt sur la colline, parfaite pour la sacro-sainte *Häuschen*. L'architecte se chargera de tout, avec l'aide de Justine et Natalie qui resteront jusqu'à l'automne pour veiller aux travaux. Mahler rentre à Vienne et revient pour signer le contrat d'achat en septembre. Natalie est allée l'attendre à Klagenfurt, la ville la plus proche, et tranquillement, en voiture à cheval, ils ont fait route ensemble vers Maiernigg. Ils louent la villa Antonia en attendant la construction de la maison dont les plans suivent les instructions de Mahler. Tout va bien à l'Opéra, la vie est belle. Comment Natalie qui, malgré ses propres concerts à venir, paye une fois de plus de sa personne, ne rêverait-elle pas d'habiter un jour cette maison avec Gustav ? Elle se projette dans leurs étés futurs, au bord du lac scintillant, dans les forêts parfumées où l'on ramasse mûres, fraises des bois et girolles. Elle aura sa chambre pour travailler son violon, ils se baigneront, marcheront et parleront des heures durant. Il sera au calme pour composer. Elle sera à ses côtés, elle veillera sur lui, comme toujours.

Le Wörthersee avait aussi fait partie de nos destinations familiales, une fois épuisés les charmes du Tyrol, souvent pluvieux au mois d'août. Mais à cette époque, je ne partais déjà plus en vacances avec mes parents, bien contente d'échanger la chaleur du nid contre des aventures plus exotiques. Cet été-là, baccalauréat en poche, j'obtins l'autorisation de partir avec un groupe d'étudiants pour travailler dans un kibboutz du Neguev. Mes vacances furent mouvementées, car l'organisation qui nous avait conduits là-bas, via Bari, Chypre et Haïfa, sur un rafiot qui n'avait pas grand-chose à envier à l'*Exodus*, fit une faillite frauduleuse et nous abandonna sur place, à ma grande joie. Au bout d'un mois, le kibboutz se débarrassa de nous, et je vécus en faisant la manche, marchant pieds nus, arrêtant en stop les camions militaires, dormant sur les plages de cet Israël tout jeune, et encore fidèle à ses idéaux. Je n'avais pas regretté le Wörthersee. Une vie nouvelle et excitante se profilait à l'horizon des années 1970.

Gustav Mahler, lui, est hanté par une crainte qu'il confie à Natalie dès le retour de celle-ci à Vienne : ne pas réussir à reprendre le fil de sa

Quatrième Symphonie, esquissée durant les vacances. Dès l'été, l'angoisse a été si forte qu'il a été saisi de vertiges jusqu'à l'évanouissement à l'idée que l'inspiration se tarisse ou soit définitivement perdue. Et si ces vertiges le reprenaient ? Et s'il avait trouvé à Maiernigg le lieu idéal et s'avérait incapable d'y créer ? Elle le rassure tant bien que mal. Mais comment répondre à tous ses doutes ? Obsédé par la musique, il est sourd à tout le reste. Une réduction de sa *Deuxième Symphonie* à huit mains le confirme dans l'idée qu'il est vain de chercher à expliquer ses œuvres. « Je comprends parfaitement maintenant pourquoi Brahms laissait les gens jouer ses œuvres comme ils veulent. Il savait que c'était en vain qu'il leur dirait quoi que ce soit. » C'est justement le *Concerto pour violon* de Brahms que va interpréter Marie Soldat avec le Philharmonique le 17 décembre 1899, Natalie ayant réussi à convaincre Mahler d'inviter aussi le grand Josef Joachim, de passage à Vienne avec son quatuor. Un vieux différend les oppose à propos de Wagner que le violoniste n'aime pas. Ils se rencontrent chez les Wittgenstein et Mahler revient, un fois n'est pas coutume, sur ses préventions, à la grande satisfaction de Natalie. Ce concerto, reconnu comme l'un des plus difficiles pour les violonistes, remporte un triomphe. Au même programme, figure la *Pastorale* de Beethoven dirigée par Gustav Mahler sur un rythme lent, « comme le murmure d'un petit ruisseau ». Deux jours plus tard, Natalie et le quatuor interprètent avec d'autres musiciens l'*Octuor* de Schubert. La saison est commencée, et les étés de Maiernigg sont loin.

Malgré ses humeurs changeantes et son caractère parfois rugueux, Gustav Mahler est un homme profondément fidèle. La fidélité est une des formes de la stabilité, elle-même, chez certains, l'une des conditions de la création. Jusqu'à son mariage avec Alma, le premier cercle de ses amis est formé de ceux qui l'entourent depuis sa jeunesse: Justine, Emil Freund, Friedrich et Uda Löhr, Siegfried Lipiner, Nina (Nanna) et Albert Spiegler. Natalie est apparue un peu plus tard dans sa vie mais elle fréquentait déjà le même groupe. Leurs affinités n'empêchent pas les discussions passionnées. L'affection n'empêche pas les dissensions. Mais tous semblent communier dans une même admiration pour le maestro. Des lettres entières de Natalie à Nanna décrivent par le menu, et non sans humour parfois, les états d'âme de Mahler, son travail, ses activités. D'elle-même, il n'est pas question. Il est le centre de leur intérêt à tous, comme un enfant surdoué qu'il faudrait protéger, dont on se raconterait les frasques et les progrès. Ce n'est pas une cour de flatteurs, ce premier cercle, car la plus grande admiration n'exclut pas les discussions ou une affectueuse dérision à l'égard de celui que Natalie surnomme plaisamment « le tyranneau ». De son côté, il leur fait assez confiance pour discuter avec eux, par exemple, des cinq lieder qu'il choisira pour un concert le 14 janvier 1900. Chacun donne son avis. Ils finissent par se mettre d'accord sur deux des *Chants d'un compagnon errant* et trois du *Cor magique*. Selma Kurz, sa favorite du moment, les a interprétés de sa voix de velours, recueillant l'admiration du public mais une presse peu enthousiaste. Ce n'est rien à côté du scandale que provoque son exécution de la *Neuvième Symphonie* de Beethoven qu'on lui reproche de réinterpréter à sa façon, en forçant les cuivres. Siegfried Lipiner vole à son secours et l'aide à composer un texte d'explication distribué au public : loin d'être une trahison, cette interprétation jugée arbitraire incarne la fidélité aux désirs du compositeur sourd. Nous ne disposons malheureusement d'aucun enregistrement de sa direction d'orchestre. Il n'est pas sûr que notre époque aurait apprécié sa version tonitruante. J'aurais aimé entendre une « Tribune des critiques » sur France Musique, discutant une version anonyme de la *Neuvième* par Gustav Mahler…

C'est le grand événement de ce début de siècle : l'Exposition universelle de Paris. Plus de 48 millions de visiteurs, venus du monde entier, vont parcourir ses allées, découvrir les pavillons des pays invités et ceux de l'Exposition coloniale, admirer le Grand et le Petit Palais dédiés aux arts picturaux, s'envoler du haut de la Grande Roue, emprunter en frissonnant la première ligne du métropolitain de la Porte Maillot à Vincennes ou se déplacer sur le double trottoir roulant qui, à 8 ou 4 kilomètres à l'heure, au choix, longe la Seine du quai d'Orsay à la tour Eiffel. D'avril à novembre 1900, Paris va devenir un gigantesque parc d'attractions mais offrir aussi une échappée sur le futur : le pavillon de la fée Électricité envoie des étincelles multicolores dans la nuit, et le cinéma présente en continu des films tournés par Louis Lumière et Georges Méliès. Des conférences scientifiques font le point sur les dernières découvertes, comme une sorte d'immense université populaire ouverte à tous. Quant aux

Jeux olympiques, ils rassemblent vingt-quatre pays et presque mille athlètes.

À un mois de l'inauguration, c'est dans un Paris en chantier que, le 11 mars, Marie Soldat se produit au Châtelet dans son fameux *Concerto pour violon* de Brahms, avant de rejoindre ses trois musiciennes à Lyon. On attend à Paris l'archiduc François-Ferdinand pour inaugurer le pavillon de l'Autriche et Siegfried Wagner pour diriger un opéra de son père avec les Concerts Colonne. La Comédie-Française, victime d'un incendie, a été rapatriée à l'Opéra et fait un triomphe avec *Andromaque*, en présence du président Loubet et de Madame. On s'inquiète de la réforme du baccalauréat, et des grèves bloquent le tramway à vapeur. C'est la France.

Le quatuor joue à Marseille, où une terrible tempête souffle sur le Vieux Port, puis à Toulouse, Nice et Monte-Carlo avant de rejoindre Côme et Milan. La guerre du Transvaal qui oppose les Boers aux Britanniques en Afrique du Sud a fait craindre une baisse de la fréquentation des estivants anglais, habitués de la Riviera. Mais les Russes, les Allemands et les Italiens affluent de plus en plus nombreux. Le Café de Paris sur la place du Casino de Monte-Carlo ne désemplit pas. À l'Hôtel de Paris, se presse une société cosmopolite : le roi et la reine de Saxe, la duchesse de Mecklembourg, les Vanderbilt, la duchesse de Marlborough et lady Grey... De quoi faire pâlir d'envie la duchesse de Guermantes ! Il fait un temps sublime, et les musiciennes profitent de la Côte d'Azur entre les répétitions et les concerts. Le carnaval de Nice est passé mais la clientèle élégante est là, avide de distractions, de bals, de théâtre, de musique. Un quatuor féminin a de quoi les ravir.

À peine rentrée à Vienne, Natalie retrouve Mahler dans l'appartement qu'il habite depuis 1898 avec sa sœur, Auenbruggergasse, au quatrième étage d'un immeuble dessiné par Otto Wagner, l'architecte du Jugendstil. Les deux amis appareillent ensemble pour Venise, où doit les rejoindre Justine. Mais en route, suite à quelques aventures ferroviaires dues à un glissement de terrain qui bloque la voie, ils doivent repartir en sens inverse. Ils se retrouvent à Klagenfurt avec armes et bagages, sous une pluie diluvienne. Ils y restent une demi-journée avant de reprendre le « Kaiser von Österreich », le train qui descend de Vienne vers le sud. Il les conduit à travers pluie et neige, bien au chaud dans leur wagon privé. Natalie savoure ces heures de tête-à-tête, passées à bavarder, manger et dormir avec son cher Gustav. Nul doute que dans l'intimité douillette de leur « coupé », elle irait avec lui jusqu'au bout du monde. Mais tout a une fin, et à minuit, les voici arrivés à Venise, sous un ciel chargé. Le lendemain matin, miracle, il fait un temps superbe, et tout irait bien si Gustav n'avait pas été gêné toute la nuit par la rumeur incessante venue de la rue. La priorité : changer d'habitation, ce qu'ils feront à deux reprises en quelques jours sans qu'il parvienne à dormir correctement.

Au fil de leurs promenades, ils découvrent avec ravissement la Giudecca. Pas de touristes, aucune de ces foules qui finissent par défigurer Venise, déjà à l'époque. Au comble du ravissement, Mahler décrète que, de tout son séjour, il ne se promènera plus qu'ici. Avec amusement, Natalie raconte une nouvelle anecdote – de celles qui choqueront tant Alma de la part des amis de jeunesse de Gustav, jugés vulgaires. Pris d'un besoin urgent, Mahler cherche des WC publics. Hélas, il faudrait aller jusqu'à la place Saint-Marc ou au Rialto. Où trouver ce que Natalie appelle un « caca privata » ? Comment font les Vénitiens, s'interroge-t-elle, si la lagune doit tout récupérer ? En bon Autrichien, Mahler demande poliment à un passant de lui indiquer un lieu adéquat. Celui-ci le conduit dans une maison où une dame charmante l'accueille et l'installe – chose impensable de la part d'une maîtresse de maison viennoise, précise Natalie – dans son propre salon avec un pot de chambre ! Le musicien ayant péniblement expliqué qu'il lui est difficile de faire comme s'il était chez lui, la *padrona* rassure le *signore* : elle montera la garde dans son appartement juste à côté, il n'a rien à craindre !

En imaginant Mahler errant à la nuit tombée dans les ruelles de Venise, je ne peux m'empêcher de revoir le film de Luchino Visconti, *Mort à Venise*. On sait que la musique de Gustav Mahler accompagne les images dont elle orchestre l'ampleur : l'arrivée de Gustav von Aschenbach, frileusement enveloppé dans son pardessus, une écharpe autour du cou, un chapeau d'hiver sur la tête, m'évoque pourtant plutôt Marcel Proust sur une photographie de 1905. Et j'avais toujours vu jusqu'alors *Mort à Venise* comme l'esquisse d'une *Recherche* que Visconti rêvait de tourner. Certes, sont bien connus l'Adagietto de la *Cinquième Symphonie* devenu le leitmotiv du film ou le chant déchirant du poème de Nietzsche dans la *Troisième Symphonie*, guidant le regard d'Aschenbach sur le jeune Tadzio s'avançant vers la mer. Dans les feux d'un soleil couchant à la Turner, se mêlent avec lyrisme l'amour et la mort, dans « la profonde, profonde éternité ». Jamais cependant, avant de le revoir, je n'avais réalisé tout ce que le personnage du film de Visconti et du roman de Thomas Mann *La Mort à Venise* doivent à Gustav Mahler. Le film fourmille de références, en plus du prénom. Visconti a rendu au héros son métier de compositeur et de chef d'orchestre. Aschenbach souffre du cœur, comme Mahler, il a perdu une petite fille et, si l'on devait encore douter, le choix de 1911, année de sa mort, ainsi que les accords de *Das himmlische Leben* plaqués sur un piano et les paroles de son ami le confirment : « Tu es bien le compositeur de cette musique, pourtant ! » Visconti assume pleinement la référence qui lui a été confirmée par Thomas Mann lui-même. Si de nombreux détails sont autobiographiques, y compris la fascination du romancier pour un adolescent polonais à Venise, Mahler a bien inspiré en grande partie le personnage, comme l'écrira Thomas Mann ultérieurement : Gustav von Aschenbach porte « le masque de Mahler ».

En effet, Thomas et Katia Mann ont assisté en septembre 1910 au triomphe de la *Huitième Symphonie* à Munich et participé à la réception qui a suivi le concert. Deux jours plus tard, Mann adresse en hommage au compositeur un livre accompagné d'une lettre. Celui-ci lui répond en novembre, une fois rentré à New York où il vit désormais une partie de l'année. Il le remercie et exprime sa sincère admiration pour l'œuvre du futur Prix Nobel. Six mois plus tard, le 18 mai 1911, séjournant à l'Hôtel des Bains du Lido comme le héros de *La Mort à Venise*, Thomas Mann apprend par la presse la mort de Gustav Mahler. Son émotion transparaît dans les derniers mots du roman : « Et le jour même, un monde bouleversé accueillit dans un profond respect la nouvelle de sa mort. » Le livre sera publié l'année suivante.

Revenons à Venise en 1900. Ni dans les deux éditions publiées des *Mahleriana*, ni dans la version tapuscrite dont je dispose ne figure la présence d'une autre femme durant ce séjour vénitien de Gustav Mahler et de Natalie Bauer-Lechner : celle de la soprano Selma Kurz. Née en 1874 à Bielitz dans une famille juive de onze enfants, très pauvre, elle avait été élevée dans un couvent. Les nonnes chargées de son éducation avaient découvert sa voix exceptionnelle, et l'encouragèrent à chanter à l'église et à la synagogue. La suite est un conte de fées. Une levée de fonds avait permis de l'envoyer passer une audition à Vienne auprès d'un célèbre professeur qui avait écrit des lettres de recommandation. Elle put ainsi bénéficier de la protection du comte Esterhazy de Galantha qui prit en charge les leçons auprès de Johannes Ress. Selma, la petite chanteuse si merveilleusement douée qui rêvait jadis de rencontrer Herr Mahler en vacances au bord de l'Attersee, avait été engagée par lui à l'Opéra de Vienne. Dûment encadrée et conseillée par le directeur lui-même et par Anna von Mildenburg chargée de la former sur le plan dramatique, cette ravissante jeune fille, brune et menue, fit de rapides progrès et devint l'une des prima donna les plus célébrées, les plus adorées des Viennois. En janvier 1900, Mahler lui avait envoyé ses lieder sans en révéler l'auteur. L'enthousiasme de la jeune cantatrice l'avait conquis (ô narcissisme) et il lui en avait confié l'interprétation. Il était tombé amoureux. Leur idylle semble s'être épanouie durant ce séjour à Venise mais avoir rapidement provoqué des doutes de la part des deux partenaires. Les rumeurs allaient bon train dans le petit monde des coulisses, et au-delà. Natalie suppose que Selma espérait le mariage, interdit cependant entre membres de l'Opéra de la Cour. Mahler était conscient qu'il allait à l'échec. Il craignait aussi qu'elle ne tombe, telle l'héroïne de *Résurrection* de Tolstoï qu'il était en train de lire, d'échec en échec, et ne devienne une femme perdue s'il rompait. Leur liaison s'étiola puis prit fin, Selma Kurz obtint à sa demande un congé exceptionnel de l'Opéra et partit pour Paris où elle devint la maîtresse du baron de Rothschild avant d'épouser, à sa mort, un gynécologue, Josef von Halban, avec lequel elle eut deux enfants. Durant trente ans, elle interpréta tous les grands rôles de soprano mais dut son extraordinaire succès mondial à ses dons de *colorature* qui avait fasciné jusqu'à l'empereur François-Joseph qui la nomma à 29 ans « chanteuse de la Cour royale et impériale ». D'après Natalie, Selma Kurz en voulut toujours à Gustav Mahler de l'échec de leur relation. Elle ne reprit qu'une seule fois les trois lieder, après le départ de Vienne du compositeur.

Mais à Venise, en ce printemps 1900, tout laisse à penser que les duos romantiques se chantent plutôt avec elle qu'avec Natalie. Au cours de ce séjour, le petit groupe visite aussi les musées où, pour la première fois, Mahler apprécie la peinture, art qui lui est étranger – sans doute, avance Natalie, parce qu'il n'y a jamais été confronté dans l'enfance. Ils ont fait la connaissance à Vienne, peu de temps auparavant, de l'artiste peintre Henriette Mankiewicz. Cette femme généreuse les a conquis tous deux. Issue d'une famille juive fortunée, veuve d'un banquier, elle a grandi dans un milieu cultivé et sa vocation de peintre est née dès l'enfance. Comme les écoles d'art étaient fermées aux filles, elle a reçu un enseignement privé de qualité, notamment avec Hans Mackart, le peintre en vogue sous l'Empire dont l'esthétisme va marquer toute l'époque. Le « magicien des couleurs » encourage Henriette dans ses réalisations originales, des collages, des papiers découpés, de la peinture sur soie ou japonisante. Un très beau tableau de Mackart représente Henriette Mankiewicz dans le pur style « historique » qui porte son nom, vêtue de tissus précieux et de joyaux en or. Elle a véritablement initié Mahler à la peinture et, avant Alfred Roller, elle sera un guide précieux, en particulier pour les décors et les costumes de l'Opéra.

C'est un véritable coup de foudre amical entre Natalie et Henriette. Après tout, constatent-elles, elles ont en commun leur admiration et leur amour pour Gustav ! Natalie s'emploie à éclairer aux yeux de sa nouvelle amie tout ce qui pouvait paraître obscur, contradictoire ou même repoussant chez cet être instable et exigeant dont l'art est si difficile d'accès, elle raconte souvenirs et anecdotes, mais surtout elle lui confie ses *Mahleriana*. Henriette Mankiewcz sera la première à les lire, en dehors de sa copiste et amie Vilma Luksch.

La peintre lui propose même d'en réécrire elle-même une version en supprimant tous les côtés sombres de Mahler au nom de l'esthétique. Mais, plaide Natalie, « ils sont importants et participent de la vérité historique. J'y tiens. » « Vous ne vous rendez pas compte que vous avez écrit une œuvre, et qu'il faut seulement enlever ce que nous n'avons pas besoin de savoir, et qui amoindrit la grandeur de Gustav, le diminue », insiste Henriette. Une autre fois, l'artiste s'exclame : « Une telle biographe, voilà ce que je souhaite à tous les grands hommes ! »

Deux conceptions de la biographie s'opposent. Ou plutôt, Natalie n'a jamais prétendu écrire un texte littéraire mais seulement recueillir les propos de Gustav Mahler et le montrer le plus justement possible. Elle se voit et se vit comme un témoin privilégié et non comme une biographe qui viserait à l'organisation du récit, à l'ordre chronologique, aux choix des détails, à la mise en lumière du personnage, en bref, à une vision esthétique ou hagiographique. Ses *Mahleriana* s'apparentent davantage à un journal ou à des souvenirs. Nous la trouvons parfois excessivement indulgente ou admirative. Mais, une fois encore, nous ne disposons pas du texte d'origine intégral et, on l'a vu, elle n'épargne pas les détails triviaux. Il faut croire que ses contemporains en ont jugé autrement et qu'elle n'avait pas craint d'exposer les faiblesses ou les excès de Mahler et de son entourage. Cela expliquerait les nombreuses amputations de ses manuscrits.

Henriette habite tout près de chez Mahler, et à proximité aussi de la Salesianergasse où s'est installée Natalie, dans un bel immeuble à la façade moderne, entre deux parcs. Tous trois se promènent dans le quartier, dans les jardins du Belvédère, ou se retrouvent chez Henriette, souvent handicapée par des douleurs liées au diabète dont elle souffre. Elle mourra quelques années plus tard, à 54 ans. Si Mahler a cessé de la fréquenter à cause d'Alma, Natalie lui restera fidèle jusqu'à la fin et lui dédicacera plusieurs cahiers des *Mahleriana*.

Natalie repart avec le quatuor Soldat-Roeger pour l'Angleterre où les attend à nouveau une grande tournée. En juin 1900, Gustav Mahler se rend à son tour à Paris pour quatre concerts avec le Philharmonique de Vienne dans le cadre de l'Exposition universelle. Il est logé à l'ambassade et représente en quelque sorte son pays. Arnold Rosé l'accompagne. La première impression est plutôt positive : Paris est à Vienne ce que Vienne est à Iglau, confie-t-il à Justine. Ce sera l'occasion d'admirer l'exposition consacrée à Henriette Mankiewicz dans le pavillon autrichien, un vaste panneau de broderie représentant la forêt vierge. L'art du jardin autrichien est présenté dans le pavillon de l'horticulture et conçu par Otto Wagner.

Des vues des parcs de Vienne prises en ballon ont été ensuite reproduites et colorisées par Carl Moll et obtiennent un grand succès. Les concerts sont patronnés par la princesse Pauline Metternich et auront lieu dans la salle du Trocadéro et au Châtelet. Les affiches annoncent « M. Gustav Malheur », ce qui n'est pas de très bon augure !

Le 18 juin, à 14 h 30, le premier concert se déroule en présence de la représentation autrichienne et hongroise et des officiels français. Dans la salle du Châtelet, se trouvent aussi Saint-Saëns, le compositeur Alfred Bruneau, grand ami de Zola et critique au *Figaro*, Charles Ephrussi (l'un des modèles de Swann), et le colonel Picquart, célèbre depuis l'affaire Dreyfus et qui fera grande impression sur Mahler. Malgré le prix élevé des billets, la salle est comble. Les dames ont revêtu des tenues estivales. Wagner, Beethoven, Mozart : le succès est total. Après l'exécution de l'Ouverture de *Leonore* de Beethoven, l'ovation est telle que non seulement Gustav Mahler doit saluer plusieurs fois, mais l'orchestre tout entier se lève et s'incline pour remercier le public.

Mais le musicien, à son habitude, boude son plaisir. Il fait une chaleur étouffante et l'ambiance n'est vraiment pas à la concentration dans ce Paris où les fêtes et les événements se succèdent à un rythme étourdissant. L'Exposition bat son plein, des milliers de visiteurs se pressent dans les restaurants ou dans les manifestations à grand spectacle.

L'atmosphère est littéralement électrique. On se croirait dans les *Mille et Une Nuits*, écrit Mahler à sa sœur. Et de fait, le dimanche 17 juin au soir, le Palais de l'électricité et le Château d'eau s'associent pour créer des fontaines et des cascades lumineuses, tous les pavillons du Champ de Mars, du Trocadéro, des Invalides et des quais sont illuminés et des ballons flamboyants resplendissent dans les arbres des Champs-Élysées et des rues avoisinantes. On ne compte pas les bals, les concerts et les soirées. « Il est incroyablement déplacé, écrit-il à Nina Spiegler, de faire de la musique pour les Français en ce moment de l'Exposition. On ne peut plus faire le moindre commentaire puisque tout n'est que phrase, pose, mensonge... » Il ne profite donc même pas du beau Paris, n'a pas le temps de visiter le Louvre, évite les restaurants et les banquets. C'est bien simple, il a l'impression de se prostituer, affirme-t-il. Les concerts lui ont laissé une « épouvantable gueule de bois ». Seul plaisir : il est allé à Saint-Germain-en-Laye, et le lendemain à Versailles d'où, en deux heures et demie, il s'est rendu à pied, à travers bois et prairies, jusqu'à Marly. Voilà qui me touche et me le rend étrangement familier, comme si la proximité géographique transcendait le temps. En son honneur, je fais mon tour favori du parc de Marly après avoir écrit ces lignes...

Autant dire que Mahler a hâte de retrouver sa maison du Wörthersee, et ses partitions. Une semaine après son arrivée, il est de retour au bord de son lac où l'attendent Justine et Natalie. Le soir même, il se précipite dans sa *Häuschen* et, enthousiasmé, exige que son petit déjeuner y soit désormais apporté chaque matin. Justine est réticente. On la comprend : de la villa Antonia, il faut grimper vingt minutes en forêt pour y accéder. Bien sûr, elle finit par céder à la volonté fraternelle. Sans doute à cause du peu de temps dont il dispose pour composer, Mahler se comporte souvent en véritable tyran domestique. Alma en souffrira. Élevé par une mère soumise, encouragé par un père sévère mais admiratif, l'enfant prodige de la famille Mahler a pris l'habitude de plier son entourage à sa volonté. Son œuvre passe avant tout. Interdit de dire un mot à table s'il est en train de réfléchir ou en phase de création. Des horaires calqués sur sa journée de travail. Des proches soumis à ses changements d'humeur et ses colères. Il affirme à Natalie : « Crois-moi, toute création artistique va étroitement de pair avec l'irritabilité ! » Elle renchérit : « Et le degré auquel il possède cette dernière est indescriptible. Je n'ai jamais vu chez personne une telle variabilité d'humeurs se succédant aussi vite. Son proche entourage était à la merci de cette versatilité, qui pouvait passer sans transition de l'approbation la plus passionnée au rejet le plus énergique ; il pouvait submerger quelqu'un aussi bien de son amour partial que de son injuste antipathie. » Difficile de faire aussi la part de la volonté de puissance. Il faut sans doute une immense admiration, voire une véritable vénération, beaucoup d'indulgence et d'amour pour supporter de vivre à côté d'un Mahler et faire abstraction de ses propres besoins. « À ses côtés, le temps file comme de l'eau entre les mains, écrit Natalie, il n'en reste plus pour soi. » Mais comment ne pas faire également la part de l'angoisse ? Comme Honoré de Balzac ou Marcel Proust, morts au même âge que lui, 51 ans, Gustav Mahler a débuté son œuvre relativement tard. Le temps lui est compté. Et comme eux, il se tuera à la tâche.

Les dix premiers jours, il ne parvient pas à se remettre au travail sur sa *Quatrième Symphonie* et il est d'humeur noire. Le 7 juillet, il décrète ne vouloir fêter son anniversaire que le mois suivant, quand il aura fini. « J'ai 40 ans ! À cet âge, Mozart et Schubert étaient déjà morts – et regarde tout ce qu'ils avaient fait ! » Depuis Steinbach, il sait ce dont il a besoin pour créer : le calme, être seul, vivre seul. Tout ce que Natalie a toujours été prête à lui dispenser et à protéger. La passion de la nature, du moindre insecte, du moindre scarabée aux immenses forêts de sapins qui l'entourent, aux chemins qui les parcourent sans fin, au soleil qui se couche sur le lac, à la nuit qui tombe en milliers d'étoiles, laissant présager des univers, voilà pour Mahler la seule chose digne d'être célébrée. Son besoin de solitude est particulièrement aigu cet été-là. Pour se détendre, il fait le tour du lac à vélo en pédalant comme un fou. Il tombe deux fois et rentre avec une main ensanglantée, la gauche, heureusement. À deux reprises, il part seul en excursion, une première fois dans les Dolomites, une autre fois en montagne, avec son Baedeker et sa bicyclette. Il se perd, erre sur les sommets caillouteux, et égare son sac avec toutes ses affaires. Cela ne l'empêche pas d'être ravi ! Natalie et Justine attendent son retour dans l'angoisse. Une autre fois, il est arrêté sur la route, tant son allure est dépenaillée : le gendarme l'a pris pour un clochard. Mahler ne s'habille avec soin que pour diriger et son indifférence au style vestimentaire est connue. Mais surtout, l'isolement absolu de sa cabane dans les bois lui réussit : il avance dans son travail. Il s'est promis de finir sa *Quatrième* avant la fin de la construction de sa maison. Il y parviendra.

Natalie, elle, profite du lac. Elle se baigne toute nue au lever du jour, elle marche dans la forêt, elle met à jour ses notes, elle va au village à bicyclette, elle travaille son alto, elle lit, elle écrit à ses amis. À Siegfried Lipiner, elle conseille d'imiter Gustav, et de se trouver un lieu aussi désert pour écrire et marcher, respirer.

Inspirer, inspirer : tel est le secret de l'inspiration.

Natalie est restée encore six semaines à Maiernigg après le départ des Mahler à la mi-août. Elle habite la villa Antonia louée par Gustav et Justi en attendant la fin des travaux. Elle est chez elle, le lac lui appartient, la villa en construction sera la sienne, elle aime follement ces lieux et la fin de l'été est si belle... Elle ne reste pas inactive pour autant. Véritable contremaître, aucun détail ne lui échappe et elle en rend compte au maître d'ouvrage Mahler, en présentant les différentes options avec un luxe de détails : faut-il ou non construire la pergola dont Gustav veut faire la surprise à sa sœur ? Ne vaudrait-il pas mieux aménager ce coin charmant abrité par les arbres ? À propos d'arbres, doit-on couper ceux qui masquent la vue ? Elle ne se contente pas du chantier lui-même mais explore aussi les sentiers autour de la *Häuschen*. Elle est une grimpeuse avertie mais constate qu'il n'est guère aisé de se frayer un passage dans l'épaisse forêt à pic. Elle a découvert un nouveau chemin, complètement sauvage. Jamais personne n'y a mis le pied, pas même les vaches. Et quelle vue sur le lac ! Un vent de nord-est s'est mis à souffler et il fait froid la nuit. Elle dort avec des chaussettes et souffre à nouveau de son vieux rhumatisme aux épaules, plaie chronique des violonistes.

Mais sa grande inquiétude est de manquer l'exécution de la *Première Symphonie* à Vienne par le Philharmonique à cause de la prochaine tournée du quatuor qui doit se rendre en Angleterre. Gustav pourrait-il choisir une date proche du concert des musiciennes à la Bösendorfer-Saal, le 17 décembre ? Le 16, par exemple ? Si elle rate pour la deuxième fois la représentation, elle se jette dans le lac, promis.

Elle lit *Hamlet* et s'enthousiasme pour Shakespeare et son époque, reçoit des lettres de ses amis, fréquente la maison de l'architecte Theuer, malgré ses horribles chiens pleins de puces qui campent dans le salon et dont les aboiements ont gêné Mahler durant l'été. Elle préfère se baigner devant chez eux car le lac n'est pas assez profond aux abords de la villa Antonia, et l'on risque de se blesser sur le chaume des roseaux qu'elle a fait couper. Mais elle a découvert un nouvel endroit magnifique, dont on ne voit même pas le fond, tout contre les rochers noirs. Certes, il n'est pas facile d'accès et l'on est essoufflé en remontant car la pente est raide mais on pourrait aménager cela. Il décidera plus tard. Il faut bien laisser quelques détails à régler, n'est-ce pas, c'est si amusant ! Les travaux avancent, l'étage de Gustav sera bientôt fini et il n'aura jamais été si isolé de l'« Unterwelt », le bas-monde du commun des mortels. Il fait beau à nouveau, pas d'odeur d'humidité ni de neuf. Les touristes sont partis et tout est silencieux, serein.

Elle travaille beaucoup et prépare les concerts d'octobre et novembre. Presque tous les soirs, elle se rend à Velden. Le chemin est désert et elle aime tant se promener quand la nuit tombe ! Dans la journée, elle a adopté comme principe le conseil de son amie Josefine : « Quand on se tient droit, la conscience monte également et l'on n'est plus aussi misérablement écrasé par les soucis. » Elle fait de la marche durant une heure et demie avec son sac à dos en se redressant pour se « défroisser » les reins. Un bon exercice qui compense la posture de l'altiste et surtout, une façon de ne pas se laisser aller ni submerger par ce qui ne va pas. Le conseil me paraît valable aussi pour l'écrivain… Reste à en avoir le courage.

Rien ne peut la faire douter : elle s'est investie totalement dans la villa de Maiernigg. Gustav et elle sont faits l'un pour l'autre et, au fil des semaines, des mois, des années, leurs vies se sont entrelacées. Elle finit ses lettres sur un *Caro mio*, en italien, tellement plus caressant que l'allemand. En octobre, elle l'accompagne avec Justine à Munich où l'on doit exécuter la *Deuxième Symphonie* pour l'inauguration du Hugo Wolf-Verein. Elle est à ses côtés tandis qu'il tremble d'angoisse, et assiste de la salle à son triomphe. Après le concert, ils vont dîner ensemble au Park Hôtel, en compagnie de quelques admirateurs. Pour la première fois, peut-être, l'une des symphonies de Mahler a pleinement conquis son public.

Hélas, quelques semaines plus tard, elle constate désolée qu'il n'en va pas de même à Vienne pour la *Première Symphonie*. Elle a suivi, enthousiaste, les répétitions. Mais le soir de la représentation, les huées et les sifflets accueillent l'œuvre, jugée scandaleuse. Dès les premières mesures, Natalie a senti la perte d'attention du public, les toux, l'agitation, les murmures, et, consternée, elle a vu peu à peu les auditeurs se désintéresser de la musique. Elle-même, à l'aguet des réactions de la salle, a l'impression de l'écouter à travers les autres auditeurs, d'anticiper leur ennui ou leur agacement. Elle comprend que tout ce qu'elle aime – et saura expliquer en profondeur, riche des confidences du musicien – n'est perçu que comme un « vacarme informe », selon les mots du critique du *Deutsche Zeitung*. Elle traite le public viennois de « Trottelvolk », peuple crétin. Même l'un des soutiens de Mahler, le critique Eduard Hanslick, juge l'ouvrage « étranger à la musique ». Pour nous qui l'écoutons aujourd'hui, c'est aussi difficile à admettre que les quolibets subis par les peintres impressionnistes à leurs débuts. Les musiciens de l'orchestre philharmonique eux-mêmes sont loin de soutenir leur chef. Le sublime mouvement de *Frère Jacques* calqué sur un rythme de marche funèbre est inaudible pour les contemporains et le restera longtemps. Le soir de cet échec, Natalie, Gustav et Arnold Rosé se retrouvent pour dîner chez Henriette Mankiewicz. Sur un carnet d'autographes, le musicien signe : « Gustav Mahler, le sifflé ».

La tournée du quatuor passe par Crefeld (Krefeld) en Allemagne où les musiciennes restent quelques jours. Natalie se promène par les champs et les forêts, elle jouit de la douceur de l'air et de sa chambre confortable dans un « palazzo ». Elle déteste quitter Vienne mais dès qu'elle est en route, elle apprécie le changement et une certaine solitude qui lui permet de se reposer. Et puis, leurs concerts, déjà nombreux, ont été très applaudis. Natalie est ravie. Les musiciennes ont interprété le *Quintette en fa mineur* de Brahms avec un pianiste exceptionnel, Rudolf von Leyden, un ami du compositeur avec lequel il a souvent joué à quatre mains. Un amateur mais supérieur, selon elle, à bien des musiciens du sérail ! Elles repartent le lendemain pour Coblence. L'incorrigible Natalie ne peut se retenir de donner en post-scriptum un conseil à Gustav : « Essaye de dormir tout ton saoul car tu étais épuisé. C'est vraiment indispensable. »

En effet, s'il est en apparence résigné à voir méconnu son « enfant de douleur », son corps tient un tout autre discours. Migraines, grippe, maux d'estomac et autres douleurs l'affaiblissent. Il prépare la création au Philharmonique, avec vingt ans de retard, de ses premiers lieder, *Das klagende Lied*. Le public les accueille chaleureusement mais la critique, une fois de plus, se montre sévère. Il doit en outre compter avec des réactions antisémites au sein même du chœur masculin. C'est sans fin. Fêté en tant que chef d'orchestre et directeur d'Opéra, sa musique ne parvient pas à s'imposer et chaque concert est un combat, épuisant, décourageant.

Le 23 février 1901, une semaine plus tard, Natalie a joué avec ses amies musiciennes à la Bösendorfer-Saal. Au programme, le *Quartettsatz* de Schubert et le *Quatuor à cordes en fa majeur op. 59 n° 1* de Beethoven. La soirée s'est prolongée, elle s'est couchée tard. Elle est réveillée le dimanche par la sonnerie du téléphone. Gustav vient de faire une grave hémorragie intestinale. Justine a d'abord appelé son médecin puis, sur le conseil de Natalie, elle téléphone au cousin de celle-ci, le docteur Julius von Hochenegg – ils ont le même grand-père maternel, l'illustre juriste Josef von Winiwarter. C'est le chirurgien de l'empereur. Il accourt et parvient à stopper l'hémorragie. À une heure près, il était trop tard. Mahler a senti la mort le frôler. L'opération est décidée tandis que lui parviennent les épreuves de la *Quatrième*, sur lesquelles il a le temps de relever des erreurs, dont l'absence de l'Adagio. Après l'opération, son état exige le repos dans le sanatorium dirigé par Hochenegg, à proximité de Vienne, où se relaient Justine et Natalie pour lui tenir compagnie. La conversation porte sur les quatuors de Beethoven et la polyphonie chez Bach… On ne se refait pas !

Pour que la convalescence soit complète, Gustav décide de passer les vacances de Pâques avec Justine à Abbazia, sur la côte istrienne (aujourd'hui Opatija en Croatie), en compagnie de Natalie et Arnold Rosé qui les rejoindront. Il revoit la partition de sa *Quatrième* mais surtout se repose dans cette villégiature au bord de la mer, dont les Viennois raffolent. Surnommée la « Nice autrichienne », reliée à Vienne par le train, elle accueille la clientèle élégante et aristocratique depuis le milieu du XIXe siècle. La famille impériale y a ses habitudes et François-Joseph a célébré ses vertus thermales. Les dix premiers jours, le temps se montre froid et pluvieux. Mais quand Natalie rejoint ses amis, le 30 mars, après une nouvelle tournée avec le quatuor, elle retrouve dans la ravissante villa « Jeannette » un Gustav en pleine forme. Il dispose d'un appartement complet dans la tourelle, avec une vue magnifique sur la mer et les îles. Justine, Natalie et Arnold Rosé qui, lui, revient d'une tournée en Italie avec son propre quatuor, se partagent les autres chambres. Mais tous peuvent disposer de la grande terrasse sur le toit de la villa. Mahler, bien sûr, a repris son travail et se montre d'une humeur radieuse. Natalie et lui font de longues promenades le long de la mer et le soir, seuls, au clair de lune. Ces moments idylliques pourraient bien porter dans le cœur de Natalie le titre du poème de l'Adagio de la *Quatrième* : *Das himmlische Leben*, la vie céleste. Ils échangent des confidences, Gustav lui raconte ses rêves d'enfant, et ses cauchemars. Comme l'écrit Henry-Louis de La Grange : « Elle n'a pas perdu l'espoir de voir leur longue amitié consacrée par un mariage : du reste, l'attitude de Mahler est pour le moment loin de la décourager. »

Mahler a enfin mis la dernière main à la *Quatrième*, qui doit être jouée en novembre à Munich. Cette symphonie moins longue que les précédentes, dont les cuivres éclatants sont absents, est parfois un peu sous-estimée par les amateurs. Elle est peut-être la plus viennoise de ses œuvres, composée après son retour dans la ville de sa jeunesse. Mais elle reflète aussi les eaux du Wörthersee, les forêts de sapin, la bien-aimée solitude de la *Häuschen* où il l'a en partie composée. Et encore, comme l'a confié Gustav à Natalie, le visage de sa mère dans l'Adagio, « souriant à travers ses larmes ». J'aime sa musicalité, sa transparence, sa profondeur, son raffinement. C'est celle que je conseillerais à qui veut découvrir en douceur Gustav Mahler. À ce niveau d'écriture, la simplicité est du grand art – ce qu'une fois de plus ses contemporains ne comprendront pas, y voyant de l'ironie ou de la pose.

Mais pendant son absence de Vienne, les deux chefs qui l'ont remplacé à la direction des concerts de l'orchestre philharmonique ont reçu du public un accueil délirant. Le « Trottelvolk » se réjouit d'avoir retrouvé le bon « vieux sang musical » de la tradition. Mahler est terriblement amer et décide d'abandonner la direction des concerts. Il sera remplacé par Josef Hellmesberger junior, amateur de musique légère et d'opérettes. Gustav Mahler consacrera son énergie à la direction de l'Opéra qui, malgré les campagnes antisémites de plus en plus virulentes, fait rayonner la réputation de Vienne dans le monde lyrique tout entier.

L'été 1901 les revoit à Maiernigg. Cette fois, la construction de la villa est achevée et grâce aux soins de Justine, excellente maîtresse de maison, déjà confortable. Deux grandes terrasses, l'une en pierre, l'autre fermée en loggia, regardent vers le lac et les montagnes. De son balcon au deuxième étage, sous les combles, Mahler profite aussi de la vue. Il a fait aménager des escaliers sur les sentiers qui parcourent le terrain boisé et le jardin, deux hangars pour les bateaux (il adore canoter) et deux cabines de bain au bord du lac avec, sur le toit, une « plateforme de séchage » pour profiter du soleil. Un vaste « chemin de plage » permet de se promener entre la maison et le lac aux bords remblayés. Pour se rendre à sa *Häuschen*, il a tenu à conserver la pente qui protège son isolement. Avec sa forêt de sapins et son eau potable jaillie d'une source, Maiernigg est un paradis.

Mahler travaille au calme, se plonge dans l'étude de Bach qui lui « apprend tous les jours quelque chose de nouveau », ainsi que dans celle des lieder de Schumann. Le petit clan « familial » d'Abbazia s'est reconstitué, et avec Natalie et Arnold Rosé, les soirées sont consacrées à la musique de chambre. On s'installe à l'étage supérieur, avec la vue sur le lac. Ce soir-là, les violonistes jouent les *Duos pour deux violons* de Spohr, un musicien joué aussi par le quatuor, tandis que Mahler interprète avec Rosé les *Sonates pour clarinette* de Brahms. Gustav félicite Natalie, à sa grande joie, car elle a su tenir sa partie avec le virtuose Rosé. Cela prouve qu'elle passe facilement de l'alto au violon et qu'elle continue à jouer des deux instruments. Quant à Brahms, le vieux maître d'Ischl, il n'est jamais loin dans leur mémoire. Comme il aurait aimé ces lieux, soupire le compositeur en évoquant les sarcasmes de Brahms à propos de son *Wasser-Häuschen* de Steinbach…

Dès leur arrivée, il s'est mis à composer des lieder qui prendront place dans les *Wunderhorn*, les *Rückert-Lieder* et les trois premiers chants des futurs *Kindertotenlieder*. En les écoutant Natalie est bouleversée. « Ils m'ont touchée comme ce que Gustav a composé de plus personnel, de plus émouvant. » C'est en effet dans la paix du Wörthersee que sont nés les premiers *Chants des enfants morts* de Mahler, bien avant la perte de sa fille au même endroit, six ans plus tard. Natalie ne se trompe pas. Ce thème de la mort, à laquelle il vient lui-même d'échapper quelques mois plus tôt, est ancré depuis toujours chez Gustav Mahler. Lui-même est ce qu'on appelle « un enfant de remplacement », né après la mort de son frère aîné. On se rappelle la dramatique disparition de ses frères et sœurs, encore bébés, alors que lui-même n'était qu'un enfant. Et le décès de son frère préféré, Ernst, à 13 ans, qui l'a profondément marqué adolescent. Il ne l'oubliera jamais. Il ne peut ignorer que Friedrich Rückert a écrit ces poèmes à la suite de la mort de deux de ses propres enfants, Luise et Ernst, prénommé comme son propre frère. Si l'on en croit le psychanalyste Theodor Reik, son hémorragie l'aurait convaincu de devoir se marier et d'avoir des enfants. Il aurait écrit ces lieder en s'identifiant à son père. Mais n'est-ce pas aussi à son profond sentiment personnel de deuil et à sa peur de la mort qu'il doit ces *Chants* déchirants ? Chaque moment de bonheur suscite le retour de son angoisse, la conscience que tout peut disparaître. « Cela a été une douleur pour moi de les écrire, et j'en éprouve une aussi pour le monde qui devra les entendre, si triste est leur contenu. »

À Abbazia, au cours de l'une de leurs promenades nocturnes, il a raconté à Natalie un rêve si pénétrant qu'il ne l'a jamais oublié. Il avait 8 ans. « Ma mère, mon frère Ernst et moi, nous nous tenions un soir à la fenêtre de la salle de séjour quand ma mère s'est écriée: "Mon Dieu, qu'est-ce qui arrive!" Le ciel était couvert de vapeurs jaunes; les étoiles bougeaient, elles s'engloutissaient mutuellement comme si c'était la fin du monde. Mais tout à coup, je me retrouve en bas, sur la place du marché. Les brouillards de feu me poursuivent et il se dégage d'eux, quand je me retourne, une forme énorme qui s'élève – c'est le Juif errant. Son manteau, gonflé par le vent, fait saillie comme une bosse géante sur ses épaules; de sa main droite, il s'appuie sur un long bâton de pèlerin, qui se termine par une croix d'or. Je le fuis avec une terreur folle, mais en peu de pas, il me rattrape et il veut m'imposer de prendre son bâton (symbole de l'errance perpétuelle et sans répit). Alors je me réveille avec un cri de peur épouvantable. » De ce rêve où la mort, le judaïsme et la malédiction de l'errance s'entremêlent, se dégage une terrible angoisse enfantine. Les deux êtres qu'il aime le plus au monde y figurent. À quoi sert la croix d'or de la conversion, si demeure le bâton du Juif errant ? Mahler, qui tout au long de sa vie a eu tant de mal à se fixer en un lieu, changeant sans cesse d'habitation, trouve-t-il enfin un port d'attache à Maiernigg, dans cet espace à la fois isolé et aménagé à son idée ? Ces *Häuschen* qu'il fait bâtir (il y en aura trois en tout: à Steinbach-am-See, à Maiernigg et plus tard à Toblach) ont-elles pour seule fonction de le soustraire au bruit et aux gêneurs, ou à une menace plus fondamentale ? Ne peut-il créer que dans ce cocon protecteur ? En tout cas, alors que, durant l'été précédent, il s'était encore plaint des bruits environnants, aboiements de chiens, chants d'oiseaux, promeneurs, cette année il semble trouver un certain plaisir aux échos de la nature qui lui fournissent « les rythmes et les thèmes de base de [son] art ». Les oiseaux sont « les premiers compositeurs » et dès son enfance, se rappelle-t-il, il était attentif à leur chant dans les bois qui longent les remparts d'Iglau. Un jour où son père l'y avait laissé pour, l'ayant oublié, revenir bien plus tard, il avait retrouvé le petit garçon immobile, plongé dans le ravissement des bruits de la forêt.

Natalie se réjouit de l'humeur joyeuse et libre de son compagnon. Nul doute que dans le secret de sa cabane, il travaille bien. Ensemble, ils se baignent dans le lac au saut du lit au lieu de se laver dans leur chambre. Gustav a inventé une méthode qui combine le bain dans l'eau et le bain de soleil : ils exposent leurs membres nus durant une demi-heure, puis plongent pour se rafraîchir dans les flots, et ensuite retournent au soleil. Leur intimité se prolonge le soir, quand ils se promènent tous deux sur le rivage du lac, au clair de lune. « Tu vois, murmure-t-il, ici cela se confirme encore : ce que l'on désire dans sa jeunesse, on l'obtient en plénitude à la maturité. Aurais-tu pensé que nous aurions pu appeler nôtre un endroit aussi béni ? »

« Ravis comme des enfants, poursuit Natalie, nous avons parcouru tous les endroits que nous aimions, tous les sentiers qui remontaient en serpentant, et que nous voyions se former lentement dans les fourrés épais. Ensuite nous avons quitté les ténèbres mystérieuses des arbres pour monter à la chambre de Mahler qui était éclairée, la plus magnifique des mansardes qu'il ait jamais possédées. Quand nous sommes sortis sur le balcon, le ciel, avec ses myriades d'étincelles lumineuses qui se reflétaient dans le lac, formaient une image d'une beauté si divine que nous avons éteint la lampe et continué longtemps à parler tout bas et à rêver. » Les souvenirs de Natalie évoquent à loisir l'ambiance idyllique de ce séjour. Comme elle l'a pressenti, Mahler a commencé à travailler à sa *Cinquième Symphonie.* Il lui fait part de ses difficultés dans l'écriture du Scherzo du troisième mouvement, qui diffère de tout ce qu'il a écrit jusqu'ici : « C'est l'être humain dans la pleine lumière du jour, au pinacle de la vie. » Il n'y aura pas de parole, seulement la musique.

Il a le sentiment d'atteindre la plénitude, d'être au summum de sa créativité. « Je sens que je peux tout et que mes moyens m'appartiennent et m'obéiront longtemps. » Cette confiance est si rare chez lui… Bruno Walter notera plus tard : « Il était devenu plus mûr, plus doux et plus indulgent, et une grande nappe de calme, montée des profondeurs, avait en quelque sorte recouvert l'ensemble de sa personnalité. [...] J'ai compris alors qu'il avait senti l'approche de la mort et, en y repensant aujourd'hui, il me semble qu'un doux rayon de cette douce lumière crépusculaire l'avait déjà touché, de ce soleil couchant qui a coloré toute sa vision du monde, pendant les dernières années de sa vie. »

Quelques jours plus tard, Gustav invite Natalie dans sa *Häuschen* pour écouter les sept lieder et les deux premiers mouvements de sa *Cinquième Symphonie.* Ils sont seuls. Comment pourrait-elle ne pas interpréter ses paroles à propos de l'un des lieder inspiré de Rückert : « On y ressent l'émotion contenue, heureuse, de se trouver en face d'un être aimé, dont on est parfaitement sûr, sans qu'il soit nécessaire d'échanger un seul mot entre les deux âmes » ? Ne lui a-t-il pas, dans un moment d'euphorie, promis l'autre soir de faire construire pour elle aussi une *Häuschen* afin qu'elle puisse travailler son alto en paix ?

Et à propos d'un autre lied, *Ich bin der Welt abhanden gekommen* (Je me suis retiré du monde), il lui confie : « C'est le sentiment qui est au bord des lèvres, mais qui ne les franchit jamais. » Et aussi : « C'est moi-même. »

Il parle d'elle et de lui, bien sûr. Elle n'en doute pas.

J'ignore s'il existe une vérité biographique. Plus j'avance en âge, plus j'en doute. Notre mémoire nous trompe sur certains épisodes de notre propre vie, comment n'en irait-il pas de même quand nous tentons de raconter celle des autres ? J'avais ainsi bâti toute une histoire sur le mariage d'Emil Freund, l'ami de Mahler, avec une certaine Ida dont la photo montrait une maîtresse femme au regard un peu triste, vêtue de noir, les mains dans les poches, une étole de fourrure sur les épaules, des boucles de jais aux oreilles. Cette Ida, dont j'aimais l'allure et le port de tête, avait un fils de son premier mari décédé. Emil Freund l'avait adopté. Je m'étonnais que jamais, dans ses lettres à son ami, Gustav Mahler ne transmette ses salutations à la fière Ida. En réalité, Emil, découvris-je, ne se maria qu'en 1917, après la mort de Gustav, avec une certaine Josefine, plus jeune de trente-deux ans. La belle Ida, qui devait périr en camp de concentration, avait bien épousé un Emil Freund – mais pas celui-là.

Dépendant des sources – souvenirs, correspondance, journal intime –, la biographe a beau jeu de les lire, de les confronter, de les recouper : la vérité est toujours ailleurs. Alors pourquoi ne pas inventer, tout simplement ? Écrire un roman ? Faire *du* roman ? Ou seulement, « broder » un peu ? Je ne peux pas m'y résoudre, toujours prise entre le souci d'exactitude et la conscience que tout récit est une reconstruction, donc une trahison. Ainsi vous ai-je raconté les soirées de Maiernigg telles que Natalie Bauer-Lechner les avait narrées dans ses *Souvenirs*. Elle avait passé sous silence l'essentiel, qu'elle évoquera dans sa lettre à Hans Riehl, écrite dix-sept ans plus tard, à presque 60 ans. En relisant cette lettre hier soir, j'ai été saisie par le poids de son silence jusqu'à cet aveu.

Cette promenade au bord de l'eau et dans le bois, cette nuit au clair de lune dans l'obscurité de la chambre de Mahler, ce ciel étoilé, cette quiétude, cette entente avaient eu un prolongement amoureux, comme dix ans plus tôt à Berchtesgaden. Les deux amis ne s'étaient pas contentés de rêver en contemplant le reflet des étoiles sur le lac mais ils s'étaient aimés. « L'amour de Gustav pour moi avait fleuri à nouveau (c'était comme si le rosaire de ma vie et de mon amour avait trouvé sa récompense après des décades) », écrit-elle, usant de métaphores mystiques. Au petit matin, alors qu'elle vient de quitter sa chambre, ils entendent un bruit dans le lac. Quelqu'un est en train de se noyer. Mahler plonge et contribue à le sauver. Natalie y voit comme la bénédiction de leur amour, cet amour qui comme l'aloès, écrit-elle, « ne fleurit qu'une fois par siècle puis meurt ». Elle confond avec l'agave, mais peu importe…

Cette mort, elle va en attribuer la responsabilité à Justine, la petite sœur jalouse, si jalouse. Mais comme pour la plante, après tout, la mort de cet amour tenait sans doute à sa nature même.

Un ou deux jours plus tard, Justi, à qui une cure a été prescrite, quitte Maiernigg. Natalie et Gustav se retrouvent seuls jusqu'au départ de ce dernier pour Vienne. Une solitude propice à leur tendresse, loin des yeux indiscrets. Une dizaine de jours, une éternité quand on l'imagine se prolongeant dans les mois et les années à venir comme a dû l'espérer Natalie. Sa ténacité, son amour aussi coriace que le cactus, capable de résister au manque d'eau, ont enfin payé.

Fin août, elle se rend à Gloggnitz au chevet de sa mère malade, puis rentre à son tour à Vienne. Tous les jours ou presque, elle fait de longues promenades avec Gustav dans la Wienerwald. Justine, elle, est revenue à Maiernigg où elle doit rester jusqu'à mi-septembre. Le frère et la sœur s'écrivent quotidiennement, et peu à peu se noue l'écheveau dans lequel Natalie va se trouver étranglée. Justine l'accuse de vouloir l'éloigner de Gustav, de vouloir les séparer. A-t-elle deviné cette nouvelle proximité ? Gustav s'est-il trahi ? Dans un premier temps, il défend son amie. Quelle idée ! Comment Natalie pourrait-elle seulement songer à les séparer ? Les fils s'embrouillent : il est question d'un parallèle entre Natalie et Gustav d'un côté, Justine et Arnold de l'autre, Natalie aurait manœuvré pour favoriser les amours clandestines de Justine en échange de son propre couple. Tenaillée par la culpabilité à l'idée d'abandonner son frère, Justine souhaitait garder secrète sa relation avec le violoniste, évidente pour tous, sauf pour Gustav qui lui en voudra de ces cachotteries, même s'il n'a rien contre Arnold Rosé. Ce nœud de névroses et de pseudo-secrets va se retourner contre Natalie. Elle veut aller à Maiernigg, peut-être pour s'expliquer directement avec Justine, mais Mahler prend les devants pour l'en dissuader. Et surtout, il cède peu à peu, pris dans ses propres contradictions à l'égard de Natalie et exaspéré à l'idée d'avoir été manipulé comme le laisse entendre sa sœur. Regrette-t-il leurs moments d'intimité ? A-t-il été déçu ? Ou est-il las de ces éternelles querelles entre femmes possessives et désire-t-il simplement la paix ?

Le ton change au fil des lettres de Gustav à Justine en ce début du mois de septembre 1901 :

« Que Natalie puisse un jour complètement me satisfaire, même toi, tu n'y crois pas. Et elle serait bien la dernière à pouvoir nous séparer toi et moi. »

« C'est toujours comme ça avec elle : menée par son intensité, elle se casse la figure entre deux chaises. Je lui ai dit ma pensée de façon très directe et je l'ai avertie. Pour l'instant, elle se tient raisonnablement tranquille. »

Sentant l'hostilité de Justine et celle d'Arnold Rosé dès qu'il est question de Natalie, Gustav s'emploie à pacifier sa sœur, à la rassurer tout en défendant son amie – ce qui est parfaitement contradictoire. Qu'elle se mette un peu à la place de Natalie ! « Heureusement, elle sait mieux que quiconque venir à bout de toutes les situations, et aujourd'hui, elle est complètement *normale*. Je lui ai dit absolument tout ce que j'avais sur le cœur – et même que je ne suis pas un "monstre" mais que simplement elle ne m'attire pas – et maintenant je crois qu'elle va enfin me laisser tranquille. »

Perspicace, il fait aussi remarquer à sa sœur que, si comme elle le lui conseille, il cherchait « quelqu'un d'autre », il en irait de même. Aucune ne trouvera jamais grâce aux yeux de Justine. Il ne croit pas si bien dire. Alma en fera l'amère expérience.

Suit cette déclaration qui me fait mal pour Natalie. Heureusement, elle ne l'a pas lue, elle ne sait pas. « N'oublie pas pour autant quel être humain de valeur elle est. *Le fait qu'elle m'aime plus que tout au monde, et qu'elle préfèrerait être frappée par moi que caressée par un autre, n'est guère un crime.* » Comme Mahler semble jouir d'être l'objet d'un tel amour ! Comment ne pas y voir l'écho de la relation entre son père et sa mère, frappée, elle physiquement, par ce mari auquel elle était soumise ? Mais en même temps, comme il a parfaitement intégré la dimension de l'immense amour que lui porte Natalie. Cet abandon total, ce respect pour son travail, voilà ce qu'il cherche aussi chez une épouse.

Il faut croire qu'il n'a pas enfoncé le couteau assez profondément dans le cœur de son amie car il écrit quelques jours plus tard : « Ça recommence avec Natalie. Cela me fait terriblement mal mais cette fois, je dois lui dire la vérité sans fard et, bien sûr, la briser. Mais espérons qu'elle retombera vite sur ses pieds. »

Cette vérité sans fard, c'est Alma qui nous la révèle. Je l'ai toujours suspectée d'avoir menti à ce sujet mais elle n'a peut-être fait que répéter ce que lui avait dit son mari. Cet échange qui était devenu culte chez les Mahler, paraît-il, et les amusait beaucoup, je le trouve pathétique :

« Bauer : Épouse-moi, pour l'amour de Dieu.

Mahler : Non.

Bauer : Pourquoi non ?

Mahler : Je ne peux pas t'aimer, je ne peux aimer qu'une belle femme.

Bauer : Mais je suis belle. Je suis belle. Demande à Henriette Mankiewicz. »

Il me semble que dans une telle situation, la plupart d'entre nous rompraient. Claqueraient la porte. Et peut-être pas seulement la porte. Mais l'amour de Natalie pour Gustav est plus fort que tout. Ou son masochisme ? Ce qu'elle nommait « mon amour sacrificiel ». Ou bien, Mahler a su ajouter des paroles plus douces, et un peu de miel sur les blessures de son amie. Il est souvent brutal dans ses reparties, elle en a l'habitude. En tout cas, loin d'avoir rompu à ce moment-là comme on le lit parfois, elle assiste un mois plus tard à la première répétition de la *Quatrième Symphonie* à la Philharmonie. La veille, Mahler a joué l'œuvre au piano devant ses proches, expliquant la succession des thèmes dans le développement, montrant à Natalie, sur la partition, les passages qu'il veut voir jouer plus lentement. Garde-t-elle encore quelques illusions ? En a-t-elle pris son parti ? À ses yeux, rien n'est perdu. Pour preuve : le 15 novembre 1901, ils se promènent ensemble dans le parc du Prater, le long des eaux argentées du Danube, en compagnie de Siegfried Lipiner. La douceur est printanière et le ciel si clair que les montagnes et la Wienerwald se dessinent avec netteté dans le lointain. Les trois amis sont seuls. Elle est entourée de ses deux amours. Lipiner philosophe à son habitude, à propos de Platon, de Socrate et d'Alcibiade. Essaye-t-il de lui faire comprendre quelque chose à propos du désir ? Natalie savoure simplement le plaisir de l'instant, le bonheur de marcher du même pas que Gustav dans ce paysage qu'ils aiment tous deux. C'est un moment de paix et de douceur. Lui doit être soulagé, au fond, elle a compris, les choses ne s'arrangent pas si mal… Le

20 novembre, elle part avec lui et leur groupe habituel, la garde rapprochée de Mahler, pour Munich où il doit diriger la *Quatrième*. C'est un moment terrible. Les sifflets et les huées couvrent les applaudissements. *Idem* à Francfort. Et l'accueil est encore pire le 12 janvier 1902 à Vienne, malgré le succès auprès de ses partisans. Natalie a assisté une nouvelle fois au concert avec ses amis, et elle s'est même attardée pour écouter les commentaires à la sortie. Bruno Walter qui, malgré l'hostilité des factions antisémites, a rejoint Mahler à l'Opéra en tant que chef d'orchestre, est assis avec son épouse à côté d'elle. Il est si révolté par la réaction d'une partie du public, les quolibets et les insultes que sa femme doit le retenir pour qu'il ne gifle pas l'un des spectateurs. Il hurle, furieux : « Vous serez crevés depuis longtemps, quand Mahler et son œuvre immortelle auront la vie éternelle ! »

Ce cri de Bruno Walter est la dernière phrase des *Mahleriana*, avant ce « mot de la fin » qui les clôt définitivement :

« Mahler s'est fiancé il y a six semaines avec Alma Schindler. Si je voulais m'exprimer à ce sujet, je me trouverais dans la situation d'un médecin obligé de traiter, à la vie ou à la mort, l'être qui est le plus proche et le plus cher. Que l'aboutissement de tout cela soit laissé entre les mains du Maître Éternel et Suprême. »

Natalie et Gustav ne se reverront jamais.

•

ALTO SOLO

Prise dans le fil de mon récit, j'avoue être surprise. Je le savais, pourtant. Mais je n'avais pas mesuré la soudaineté de cette rupture et son caractère définitif. En général – mais y a-t-il des généralités dans ce domaine ? – cela survient quand la relation elle-même s'est effilochée, s'est vidée peu à peu de sa nouveauté, de son sens, de sa force et de son désir. Parfois, on ne se rend même pas compte que la rupture a eu lieu. Simplement, l'absence a pris la place de la présence et le glissement s'est opéré sans douleur. La chose étonnante, ici, réside dans ce sursaut de sensualité qui a relancé les espoirs de Natalie. Gustav aurait-il cédé à ses avances, de guerre lasse ou entraîné par l'euphorie de la soirée ? Quelque chose en elle ne renonce pas. Ne comprend pas. Se bute et refuse d'admettre. Elle ferait une excellente compagne, une épouse d'artiste dévouée, c'est sûr. Il a dû y penser. S'il l'aimait. Il *l'aime bien*, mais il ne l'aime pas, il n'est pas amoureux d'elle, il ne la désire pas, elle n'est pas son genre, elle ne lui plaît pas.

Natalie, si généreuse, si aimante, a un tempérament excessif, elle est bohème, sûrement pas une femme d'intérieur ni une épouse de M. le directeur de l'Opéra de Vienne. Il éprouve beaucoup d'affection pour elle, mais rien qui puisse lui rendre l'avenir, les forces de vie qui le quittent, il le sent. Il doit se marier et avoir des enfants, c'est maintenant ou jamais, mais avec qui ? Il est à un tournant, il a failli mourir, son œuvre est toujours aussi mal acceptée mais lui sait ce qu'elle vaut, et cela seul compte pour continuer à créer. Sa tâche est écrasante, il est hanté par le temps, le temps qui manque, le temps volé, le temps passé, le temps qui passe. Cette angoisse le mine, rien ne doit le distraire de son travail. « Le travail a mangé ma vie », écrivait Émile Zola juste avant de rencontrer Jeanne Rozerot. Mahler pourrait dire la même chose, sauf que le travail, *c'est* sa vie. Sa vie qui se dévore elle-même, se consume dans les concerts, les opéras, la direction, les tâches administratives, les engagements des chanteurs, leurs caprices et leurs maladies, les critiques, le public. Il est une célébrité internationale, à Vienne on le salue, on se retourne sur son passage quand il se promène au Belvédère, les conversations cessent un instant quand il entre au Café Central ou à L'Europe, et cette notoriété, désirée, rêvée, qui pose une main douce sur ses épaules de petit Juif d'Iglau, est aussi une prison, une roue qu'il doit sans cesse pousser et qui menace de l'écraser. S'il mourait maintenant, comme il l'a bien cru quelques mois plus tôt, que resterait-il ? Quelques lieder et quatre symphonies. Quelque chose doit advenir.

Ce sera Alma.

Au début, Natalie ne s'est pas méfiée. Elle a bien eu un peu mal quand Mahler lui a martelé qu'il ne voulait pas l'épouser, quand il l'a repoussée alors qu'elle se jetait à son cou et l'embrassait avec fougue. Mais ce n'est pas la première fois et son heure reviendrait, elle en était sûre. Il avait vu juste, elle retombait toujours sur ses pieds. Donc leur amitié a repris son cours avec ses rituels, les promenades au Prater et dans la Wienerwald, les concerts, les partitions, et tout ce qui fait leur quotidien depuis dix ans. Elle a bien entendu des bruits à propos d'Alma Schindler mais elle est habituée ; il y en a eu tant, depuis qu'elle le connaît. Même les liaisons ne lui font pas peur : Anna von Mildenburg, Margarete Michalek, Selma Kurz et d'autres... Les chanteuses sont le contrepoint amoureux de toute carrière de directeur d'Opéra. Dire qu'elle n'est pas jalouse serait excessif. Mais elle en a pris son parti, comme une épouse indulgente. « Il faut parfois savoir fermer les yeux », expliquent les mères à leurs filles (pas la mienne, une vraie tigresse dans son couple, mais qui consolait mes chagrins d'amour en me disant : « Un de perdu, dix de retrouvés ! »). Les rumeurs se sont faites plus insistantes. La Mildenburg elle-même lui en a glissé un mot : elle a aperçu la jeune Alma et sa mère, tout sourires, escortées par Mahler dans les couloirs de l'Opéra le jour de la générale des *Contes d'Hoffmann*. Elles ont même pris le thé dans le bureau du directeur quelques jours plus tard. Rien n'échappe à la cantatrice, surtout pas les regards énamourés échangés entre Mahler et la Schindler pendant la représentation de *La Flûte enchantée* en décembre. Natalie a haussé les épaules. Mais le surlendemain de Noël, la nouvelle a éclaté dans la presse : Gustav Mahler et Alma Schindler sont fiancés. Le soir même, Alma a fait son apparition, plus belle que jamais, dans la loge du directeur, entre sa mère et Justi. Toutes les lorgnettes se sont braquées sur elle. Anna von Mildenburg est venue la saluer à l'entracte. Natalie s'est sentie trahie. Pourtant, quelque chose en elle a encore résisté.

Le vendredi 5 janvier 1902, Gustav a invité ses amis pour leur présenter Alma : Siegfried et Clementine Lipiner, Nanna et Albert Spiegler, Anna von Mildenburg, le peintre Kolo Moser, Justine et Arnold Rosé, et les parents d'Anna, les Moll. Natalie n'est pas présente, elle est en voyage. Cette soirée est une catastrophe. Alma montre le pire d'elle-même. Mahler doit s'isoler avec elle pour la calmer. Elle note dans son Journal : « Ses amis… Tous des Juifs particulièrement juifs. Je n'ai pas pu jeter les ponts avec eux… J'ai pris carrément plaisir à stupéfier tout le monde par mon insolence inouïe. Je leur ai dit que la musique de Gustav ne me plaisait pas, etc. En rentrant à la maison, nous avons encore bien ri – bien ri. La soirée avait été tellement terne. » Dans le même sac, elle range d'autres vieux amis juifs de Gustav : Emil Freund, « un vieil avocat, stupide et importun » et Friedrich Löhr, gratifié des mêmes adjectifs. Les amis de Mahler sont atterrés et font bloc. Lipiner écrit à Mahler pour lui reprocher sa « froideur profonde, permanente, éternelle ». Il dénonce la nature « vaine, superficielle, dépourvue de chaleur, manquant à la fois de naturel, de sincérité et de bon sens » d'Alma. Tous sont persuadés que cette union ne tiendra pas. Bruno Walter écrit à ses parents : « Il a 42 ans, elle 22, elle est une beauté très fêtée, habituée à une vie mondaine des plus brillantes, alors qu'il est, lui, si éloigné du monde et tellement épris de solitude ! » Elle est connue pour ses flirts et même en plein Opéra, elle n'a pu s'empêcher de lancer des œillades au jeune et séduisant docteur Louis Adler, assis non loin d'elle.

Mahler reste sourd aux avertissements : « Mon cher Siegfried, tu ignores tout simplement combien je me soucie peu de vous tous. » La rupture avec ses amis est consommée. Il a choisi Alma.

À quel moment Natalie perdra-t-elle définitivement espoir ? Il me semble que le coup fatal lui a été apporté par cette soirée du 12 janvier au cours de laquelle a été exécutée à Vienne la *Quatrième Symphonie*. La salle du Musikverein est comble. Les lustres resplendissent, le plafond doré et les statues des muses forment un écrin précieux à la musique. Natalie assiste au concert, mais celle vers qui tous les regards convergent, c'est Alma, rayonnante. Dans son cœur, le compositeur lui a dédié *Das himmlische Leben*, la vie céleste. C'est vers elle qu'il s'incline en saluant, comme insensible aux applaudissements et aux sifflets. C'est Alma qui le rejoint en coulisse avant de sortir à son bras. Cette *Quatrième* que Natalie a vu naître à Maiernigg, dont elle a écouté les premières mesures au piano sous les doigts de Gustav, dont elle a lu la partition, a fait lever en elle tous les souvenirs heureux de leurs vacances, de leurs confidences, de leurs promenades et de leurs baignades dans le lac, et plus loin, des dix dernières années écoulées. Elle s'attarde dans la salle une dernière fois. Mais elle a compris. C'est fini.

Cette Alma Mahler ! On a tant écrit sur elle, déjà. Tantôt présentée comme une compositrice sacrifiée à la carrière de son mari, une victime, tantôt une coquette, une mante religieuse dévoreuse de mâles, une femme fatale, une virago, une mégère alcoolique, une antisémite mariée à des Juifs, une nymphomane, une collectionneuse d'artistes, « la veuve des quat'z-arts », que sais-je encore ? Elle deviendra aussi laide qu'elle fut jolie, telle une version féminine du *Portrait de Dorian Gray*. Elle-même a beaucoup écrit, sur elle-même, son sujet préféré. On a relevé ses mensonges, ses contradictions, ses oublis volontaires, son antisémitisme à géométrie variable. Elle m'a toujours paru à la fois antipathique et fascinante par sa complexité. Elle est le personnage romanesque par excellence, sujet d'une vie à rebondissements dans laquelle les premiers rôles masculins sont tenus par les plus grands artistes de son temps : Max Burckhard, Gustav Klimt, Alexander Zemlinsky, Gustav Mahler, Walter Gropius,

Oskar Kokoschka, Franz Werfel pour en citer seulement quelques-uns. Elle incarne à elle seule la Vienne de 1900, pur produit d'un milieu, intelligente, brillante, légère, insouciante, sensuelle, puis dansant au bord de l'abîme dont elle parviendra à s'échapper *in extremis* pour se reconstruire à coup de mythes. En lisant son *Journal intime* d'adolescente, j'ai été frappée par le mélange chez elle de lucidité et de déni, de préjugés et de liberté, d'impudeur et de coquetterie, de romantisme et de pragmatisme, fruits d'un narcissisme sans limites. Mais elle peut être aussi attendrissante, spirituelle, perspicace, lucide. Elle est ambitieuse mais consciente de ses limites, de sa nature superficielle, de son goût de la facilité, de ses contradictions. « *Absolument* rien de ce que je *ressens* n'est vrai ni profond. Rien ne me touche – rien ne m'affecte. Je ne deviendrai jamais rien, je suis *tellement* superficielle. Tout ce qu'il dit sur moi, chaque mot, est vrai », note-elle après une conversation avec son professeur de piano, Alexander Zemlinsky, qui ne la ménage guère.

La très jeune femme que rencontre Gustav Mahler est encore une gamine, par certains côtés. Délurée, c'est le moins qu'on puisse dire, mais naïve aussi et pleine de doutes, derrière l'assurance de façade. Fille du peintre paysagiste le plus célèbre d'Autriche, Emil Jakob Schindler, et d'une jeune cantatrice, Anna Berg, elle a passé une partie de son enfance dans le château de Plankenberg, dans une atmosphère féérique et luxueuse. Son père adoré meurt brutalement quand elle a 13 ans, et sa mère épouse quelques années plus tard son élève, le peintre Carl Moll, l'un des fondateurs de la Sécession viennoise avec Gustav Klimt. Alma n'admettra jamais cette relation qui a commencé du vivant de son père, ni qu'« après avoir eu la pendule complète, on puisse épouser un balancier ». Elle méprise sa demi-sœur, Gretl. Elle se réfugie dans les livres et la musique, se met très tôt à composer de petites pièces pianistiques, puis des lieder. Ses dons et sa facilité sont évidents même si elle reconnaît elle-même manquer d'assiduité et de technique, malgré les leçons de son premier professeur, le pianiste aveugle Josef Labor. L'essentiel de son énergie paraît dirigé vers le besoin de plaire aux hommes plus âgés de son entourage.

Grande, blonde, les yeux bleus, ravissante, pulpeuse, sexy, insolente, provocante sous ses airs de jeune fille bien élevée, elle les rend fous, attisant leur désir, s'y refusant, s'y livrant à nouveau. Son attirance va vers des hommes cultivés, talentueux, dont elle attend un rôle de guide, celui qu'exerçait son père. Visiblement, eux attendent autre chose et profitent de l'aubaine – tout en se méfiant des limites à ne pas franchir avec une jeune fille censée rester vierge. Max Burckhard, le directeur du Burgtheater, la « Comédie-Française » de Vienne, lui offre livres et caresses, Gustav Klimt tombe follement amoureux, la suit en Italie avec ses parents, échangeant baisers fougueux et privautés secrètes jusqu'au moment où Carl Moll, informé par son épouse qui a lu le journal intime de sa fille, y met fermement le holà. Elle adore le peintre âgé de 35 ans, succombe à l'emprise de cet homme à la réputation sulfureuse, couvert de femmes mais... qui obtempère prudemment. Puis elle devient l'élève du compositeur et pianiste Alexander Zemlinsky. Elle a beau se gausser de son visage de « gnome sans menton », de sa laideur, de son odeur, elle est attirée par son talent, sa personnalité et, aussi, sa résistance à son égard, sa sévérité qui finit par céder. Elle ne tarde pas à éprouver une véritable passion charnelle pour lui, ce qui ne l'empêche pas de flirter par ailleurs. « Soit vous composez, soit vous fréquentez les salons – l'un ou l'autre. Mais choisissez ce qui vous correspond le plus – fréquentez les salons », lui intime Zemlinsky. Il ne croit pas si bien dire. L'amour de la musique est sincère chez Alma, mais les tentations aussi. Les promenades sur le Ring, le Prater, les jardins du Belvédère, les soirées au concert ou les visites dans les expositions de la Sécession dont elle connaît tous les artistes, les emplettes dans les boutiques, les essayages chez la couturière, les thés, les soirées dansantes, les dîners, les bals. Dans ce milieu mondain, où se croisent artistes et intellectuels, nombreux sont ceux que la belle Alma fascine. Elle est pétillante, spirituelle, infiniment désirable. On lui fait la cour, on la demande en mariage. L'un de ses soupirants, l'architecte Felix Muhr, menace même de se tuer pour elle. Sa sensualité éclate dans une photo offerte à Gustav Klimt, où son visage rond encore enfantin, sa chevelure en désordre contrastent avec le regard intense et mystérieux de la femme qu'elle est déjà à 16 ans. Elle tient contre elle une peau d'ours, telle la *Vénus à la fourrure* de Leopold Sacher-Masoch. Son besoin de jouissance est à la fois une promesse et un défi pour les hommes, il agit comme un aimant.

Mais elle est aussi consciente, et d'une certaine façon victime de sa sexualité incontrôlable : « Toute cette sensualité en moi me fait presque mal », écrit-elle, ou : « Quelle sensualité débridée. Je *dois* me marier. » Le mariage comme remède ou comme canalisateur de la libido ? C'est bien la Vienne de Sigmund Freud et de ses patientes « hystériques ». Sauf que chez Alma, les passions ne sont pas seulement fantasmées ou réprimées mais vécues jusqu'à leur paroxysme comme plus tard avec le peintre Oskar Kokoschka. Pour l'instant, ses parents ont encore leur mot à dire : il est hors de question qu'elle épouse Zemlinsky, trop pauvre, et trop petit (il lui arrive à peine à l'épaule). Cette opposition de sa famille ne fait que décupler son amour, bien sûr, elle se voit enceinte de lui, sa femme, ce qui ne l'empêche pas de le repousser parfois ou de se montrer froide. Le jeune compositeur lui écrit : « Toujours je t'entends dire et écrire : "Tu es trop laid, trop petit…" Tu ne te lasses jamais de me dire quel grand sacrifice il va te falloir faire. Mais je n'en veux à aucun prix!... Ce qui, en toi, n'est pas féminin, est en train de se révéler. Par-dessus tout, tu veux briller et pour cela tu as besoin d'argent et d'un homme qui "soit ton égal" par la naissance et par la beauté. Or, pour cela, on a besoin de peu d'amour. Moi je n'ai que cela, et pour cette raison, je ne te conviens pas. »

La rencontre d'Alma avec Gustav Mahler va lui donner – en partie – raison.

Ils font connaissance chez Berta Zuckerkandl, une amie des Moll, critique d'art et épouse d'un grand médecin. Berta est la sœur de Sophie Szeps, que Gustav Mahler avait rencontrée à Paris en compagnie de son mari Paul Clemenceau (le frère de Georges) et du colonel Picquart, héros de l'affaire Dreyfus. Les Zuckerkandl reçoivent tous les dimanches soirs leurs relations, industriels, homme politiques, journalistes, artistes et intellectuels célèbres. Fille d'un magnat de la presse autrichienne, elle a embrassé la carrière de journaliste. Son mariage avec un éminent anatomiste lui ouvre les portes du grand monde et des écrivains en vogue. Emil Zuckerkandl, « un jeune homme pâle à la barbiche sombre et aux yeux noirs » et que « l'histoire de sa folle jeunesse estudiantine, pleine de beuveries et de duels, nimbait presque d'une auréole de légende » : tel se le rappelle Arthur Schnitzler qui l'a connu pendant ses études de médecine. L'auteur d'*Une jeunesse viennoise*, familier du salon des Zuckerkandl, sera suivi de Hugo von Hofmannsthal, Richard Beer-Hofmann, Hermann Bahr et d'autres. Le Tout-Vienne de 1900 et de la Sécession se retrouve bientôt chez Berta qui lance ses invitations par téléphone, signe indéniable de modernité ! Les Clemenceau de Paris sont des mahlériens convaincus et ne manquent jamais de rencontrer le compositeur à Paris ou à Vienne, et d'assister bien sûr à ses concerts.

Le directeur de l'Opéra, qui est tout sauf mondain, serait bien sûr une prise de guerre de choix pour Frau Zuckerkandl. Cela commence par de longues négociations téléphoniques, Mahler ne désirant aucun autre invité que lui, et prétendant ne manger que du pain complet et des pommes venues de Meran, au Tyrol. De son côté, la mère d'Alma s'est inquiétée auprès du docteur de la quasi-dépression de sa fille, qui passe ses journées à l'Opéra, rentre en larmes et joue le reste de son temps du piano, pâle et muette. Les Moll sont en plein drame Zemlinsky. En femme avisée, Berta invite donc Alma au même dîner, le 7 novembre 1901, encadrant le (futur) couple de quelques figures masculines, Hermann Bahr, Gustav Klimt et Max Burkhard, les deux derniers étant déjà des connaissances intimes d'Alma, comme on le sait. Le chaperonnage est assuré par Justine, Sophie Clemenceau, Anna Moll et l'hôtesse elle-même. La conversation porte sur la liberté en art, un sujet qui les concerne tous. On passe au salon, et là, éclate une dispute entre Alma et Mahler, à qui elle reproche de ne pas avoir donné de réponse au ballet proposé par Alexander Zemlinsky, un ballet dont l'argument est de Hofmannsthal. Stratégie imparable d'Alma pour attirer l'attention sur elle. Mahler, sans doute surpris et contrarié, commence par répondre que le ballet n'en vaut pas la peine – ce qui n'est pas de nature à calmer Alma. Dans un effort de conciliation, il promet cependant de recevoir l'auteur la semaine suivante. Et en partant, il invite Berta Zuckerkandl et Fräulein Schindler à la répétition en costumes des *Contes d'Hoffmann* quelques jours plus tard. Si, d'après Burckhard, jaloux, Mahler a d'abord pris Alma pour une petite poupée, il s'est ensuite aperçu qu'elle était aussi très intelligente. « On n'est pas habitué à ce qu'une fille si jolie puisse avoir des préoccupations sérieuses dans la vie. » Alma, de son côté, note dans son *Journal* : « Il m'a *extraordinairement* plu, je dois dire – mais terriblement nerveux. Il tournait dans la pièce comme un fou furieux. Ce type n'est qu'une boule d'oxygène. On se brûle quand on s'en approche. » Pas mal vu. (Mais toujours se méfier du *Journal* d'Alma Mahler, relu et corrigé tardivement.)

À vrai dire, cette rencontre n'est pas tout à fait la première. Ils se sont déjà croisés, deux ans plus tôt, en vacances et à bicyclette. Mahler était accompagné de Justine, d'Arnold Rosé et d'une « vieille femme » dont je refuse de croire qu'il puisse s'agir de Natalie (même si je sais d'expérience que, pour une jeune fille de 20 ans, une femme de 40 est hors d'âge). Mais Alma, à qui Gustav avait dédicacé une carte sans la connaître, a échappé à son regard et s'est sauvée. « J'aime et j'honore l'artiste mais l'homme m'est assez indifférent. Et je tiens à garder mes illusions. » Nous aussi.

Malgré les mises en garde contre « ce Juif rachitique et dégénéré » (Burckhard) et les préventions du beau-père d'Alma, Mahler est invité chez les Moll qui viennent d'emménager dans la Hohe Warte, le nouveau quartier mis à la mode par les architectes de la Sécession. Au cours d'une promenade sur les chemins enneigés, il aborde directement la question du mariage, la mettant lui-même en garde : « Il n'est pas facile d'épouser un homme comme moi ! Je suis entièrement libre et je dois l'être. Rien de matériel ne doit m'attacher. » Il l'embrasse néanmoins, créant le trouble chez Alma qui ne sait plus très bien où elle en est. Qui aime-t-elle, son Alex, qui la comprend et qu'elle comprend, ou ce Mahler dont elle n'apprécie guère la musique et qui ne semble pas du tout s'intéresser à la sienne ? « De ma vie je n'ai encore jamais rencontré quelqu'un qui me soit plus étranger que lui ! Tellement étranger (et tellement proche), les mots me manquent. C'est précisément ce qui m'attire chez lui. » Mahler, lui, s'il est sûr de son amour, craint la différence d'âge et l'écart entre eux que cela implique. Il redoute l'immaturité d'Alma. En voyage à Berlin puis à Dresde, il confie à Justine la délicate mission d'évaluer la jeune fille. Il faut croire que celle-ci le fait sans grande discrétion car Alma se sent espionnée et se méfiera désormais de la chère petite sœur.

La veille de son retour, Mahler lui écrit une lettre d'une vingtaine de pages qui pose en quelque sorte ses conditions. Elles sont redoutables. Après lui avoir nié toute personnalité et individualité au sens « de ces êtres supérieurs qui déterminent le cours de leur existence comme celui de l'humanité » (sous-entendu comme lui) : « Ne t'est-il pas possible de considérer *ma* musique comme la *tienne* ? [...] Comment te représentes-tu un tel mélange de compositeurs ? T'imagines-tu à quel point une rivalité si étrange deviendra nécessairement ridicule, et sera plus tard dégradante pour nous deux ? [...] Ne te méprends pas sur ce que je veux dire ! Ne crois pas que, dans la relation entre deux époux, je fasse de la femme une sorte de passe-temps, chargée malgré tout du ménage et du service de son mari. [...] Mais que tu doives être celle dont j'ai besoin, si nous devons être heureux, mon épouse et non pas ma collègue, cela c'est sûr ! [...] Tu n'as désormais qu'*une seule profession* – me rendre heureux ! Mais les rôles dans ce spectacle doivent être bien distribués. Et celui du « compositeur », de celui qui « travaille », m'incombe. Le tien est celui du compagnon aimant, du camarade compréhensif. J'exige beaucoup, beaucoup. Je puis et je dois le faire, car je sais ce que j'ai à donner et ce que je donnerai. »

« Le compagnon aimant, le camarade compréhensif », n'est-ce pas le rôle tenu jusqu'alors par Natalie ? C'est d'abord chez Alma la révolte et le désespoir. Il lui demande d'abandonner tout ce qui faisait l'ambition de sa vie, de se renier. Elle pleure. Et malgré les conseils de sa mère, finit par accepter : « Oui – il a raison. Je dois vivre entièrement pour lui, afin qu'il soit heureux. » Preuve, s'il en était, de son immaturité.

Gustav Mahler paiera cher son aveuglement et son égocentrisme.

Ils se fiancent le 23 décembre. Et se marieront trois mois plus tard, le 9 mars 1902, à l'église Saint-Charles, Alma étant enceinte. Justine épouse Arnold Rosé le lendemain. Mais le couple Mahler est déjà parti pour Saint-Pétersbourg où Gustav Mahler doit diriger trois concerts.

Contrairement à Anna von Mildenburg qui tenta par tous les moyens de faire changer d'avis Gustav avant son mariage et lui demanda même de l'épouser – il lui renvoya ses lettres sans les décacheter –, Natalie se distingua par sa discrétion, son silence et son retrait. Elle évita de le croiser et garda ses larmes pour elle. Jusqu'au départ des Mahler de Vienne, elle ne fréquenta plus l'Opéra, elle se contenta du Musikverein, de la salle Bösendorfer où elle jouait avec son quatuor, et de tous les lieux où elle était sûre de ne pas le rencontrer. Elle souffrit, elle traversa une période de désespoir absolu mais disparut totalement de la vue et de la vie de Gustav Mahler. Ce faisant, elle disparut aussi des biographies consacrées au compositeur, qui ne lui accordent à partir de cette date qu'une ou deux lignes expédiant sa mort et leurs regrets éternels. Ingratitude des biographes qui avaient pioché largement dans ses *Mahleriana* pour raconter la vie et la musique de Mahler ! Mais que dire ? Elle était retournée à l'ombre dont sa seule amitié avec le musicien l'avait sortie. Elle avait glissé en dehors de l'histoire. Sauf qu'il restait presque vingt ans – vingt ans, c'est long – avant sa disparition, en 1921.

Plus encore que lors du mariage de Siegfried avec Nina, Natalie perdait tous les repères de son existence qui, depuis dix ans, avait tourné presque exclusivement autour de Gustav, qu'elle le vît ou non. Et devant elle, toujours, il y avait eu cet espoir de partager un jour sa vie. La forte personnalité du musicien, son magnétisme, et ce qu'elle continuait à appeler son « génie » avait servi de gouvernail à sa propre existence. Il m'a même semblé par moments que sa carrière de musicienne ne comptait que lorsqu'elle lui valait un compliment du Maître. Elle se retrouvait démunie, nue, sans projets, sans désirs, sans avenir. Dans un état de sidération mêlé d'amer soulagement, comme lorsque se produit un événement qu'on craignait depuis longtemps. Et cette fois, à plus de 40 ans, autant dire : vieille. Alma Schindler la renvoyait avec violence à son âge, à ses cheveux déjà blancs, à sa taille épaissie. Elle se voyait comme un esquif battu par les flots de la tempête et rejeté sur la côte, fracassé. C'est cette image de la tempête qu'elle utiliserait plus tard pour parler de cette période. Elle se sentait humiliée et trop peu sûre d'elle, au fond, pour lutter contre ce sentiment. Il n'avait pas voulu d'elle. Il en avait choisi une autre, il l'avait épousée quatre mois à peine après l'avoir rencontrée. Tout ce qu'ils avaient partagé, leur confiance réciproque, les années de complicité, les heures d'écoute, les dizaines de cahiers qu'elle avait remplis pour consigner ses paroles, tout ce temps, ce soin, cette passion mise à son service, à le comprendre, à aimer sa musique, non, cela n'avait pas suffi. Et pire, les nuits passées ensemble l'été précédent. C'était cela qu'il repoussait, oui, elle-même, sa personne, son corps, ses baisers, ses étreintes. Plus assez jeune, plus assez belle, plus assez désirable. Au rebut. Jamais, pourtant, comme elle l'écrivit à Anna von Mildenburg, elle n'éprouva de la rancune ou un désir de vengeance. Elle garda intacte son admiration pour Gustav Mahler et sa foi en son génie, et c'est, je pense, ce qui lui attira la sympathie de tous.

J'avais espéré pour Natalie la consolation de la musique et la diversion du travail. Les concerts, la présence des autres musiciennes, le public, les voyages peut-être. Mais 1902 est la seule année durant laquelle aucun concert du quatuor Soldat-Roeger n'est signalé. Est-ce à cause d'elle ? Ou une simple coïncidence ? Je n'en sais rien. Au demeurant, elle peut avoir joué en solo, comme cela arrivait parfois aux musiciennes, et très souvent à Marie Soldat-Roeger qui, durant cette saison de décembre à mars, donna plus de quarante concerts. Sa popularité devint telle que son portrait illustra une publicité pour le bouillon de viande Liebig !

Mais il n'était pas question que je laisse mon héroïne à la dérive en sacrifiant vingt ans de sa vie, ou à peu près. Je ne pouvais pas la quitter comme ça, j'aurais eu l'impression de l'abandonner moi aussi. J'imaginais sa tristesse, au mois de juin 1902, sachant que cette année-là, elle ne rejoindrait pas Gustav à Maiernigg, *son* Maiernigg, dans la villa dont elle avait en partie surveillé la construction et essuyé les plâtres, au propre comme au figuré. Elle savait que, cette année comme les précédentes, Mahler passait l'été au bord du lac. Anna von Mildenburg, qui connaissait tout le monde là-bas – elle avait vécu durant son enfance à Klagenfurt –, lui raconta qu'Alma s'ennuyait atrocement dans cette solitude, pendant que Mahler travaillait dans son chalet. Il l'emmenait ensuite dans ses longues promenades au pas de charge, impossibles à suivre pour la jeune femme enceinte. Essoufflée, elle était obligée de s'arrêter régulièrement. Anna se réjouissait de tous les signes prouvant qu'ils n'étaient pas faits l'un pour l'autre. Elle imaginait avec délice la belle Alma, escaladant péniblement les pentes avec son gros ventre tandis que Gustav galopait à son habitude loin devant. Mais Natalie, elle, voyait seulement qu'une autre partageait avec Gustav les lieux tant aimés. Elle se doutait qu'il travaillait à sa *Cinquième Symphonie*, commencée l'été précédent. Elle ignora qu'Alma fut chargée de recopier, mesure après mesure, la partition. Juste avant leur retour à Vienne, Mahler prit la jeune femme par la main pour la conduire dans le chalet et lui joua au piano toute la symphonie. Il écrivit pour elle un lied passionné, *Liebst du um Schönheit* (Si tu aimes la beauté) qu'il glissa dans la partition de Siegfried pour qu'elle le trouve par hasard... Il était fou d'elle.

Natalie aurait-elle un jour l'occasion d'écouter la *Cinquième* ? Certainement. Il lui faudrait alors entendre dans l'*Adagietto* le chant d'amour dédié à son épouse, la plus tendre et la plus sublime des déclarations, vaste comme la mer, et profonde comme elle. Elle saurait y lire la mélancolie qui accompagne tout amour, toute création, tout désir de mort et d'éternité.

Mais l'altiste avait passé l'âge de mourir d'amour et son tempérament ne la poussait pas à la mélancolie. Elle avait plutôt tendance à diluer sa tristesse dans le travail, les voyages et l'action. La musique et l'écriture l'aideraient aussi. Et l'amitié. C'est ce fil de l'amitié que j'ai pu saisir, sous la forme d'une correspondance inédite avec Anna von Mildenburg. Avec quelle impatience j'ai attendu de la recevoir de Vienne et de pouvoir déchiffrer l'écriture échevelée de Natalie ! Souvent pressée (*in grosse Eile*), elle utilise le moindre centimètre carré de papier et griffonne dans tous les sens, ce que Gustav appelait « gribouiller à la mode de Natalie ». Sa main qui tient l'archet se déplace aussi vite sur le papier que sur les cordes et, j'avoue, l'effet produit est moins harmonieux. Malgré tout, ces quatorze lettres, écrites de 1901 à 1920 nous permettent sinon de reconstituer, du moins de retracer les épisodes de la vie de Natalie Bauer-Lechner.

J'ai toujours pensé que rien ne vaut l'amitié. Gustav Mahler avait rejeté ses compagnons de jeunesse, tout à son amour et à ses nouvelles relations dans le milieu plus chic de l'avant-garde artistique fréquentée par Alma. Celle-ci lui présenta Gustav Klimt et le peintre et décorateur Koloman Moser, voisin des Moll dans leur immeuble Art nouveau de la Hohe Warte. En 1902, le peintre Alfred Roller, que Mahler allait engager pour concevoir les décors des opéras de Wagner, présida justement la Sécession. Tout Vienne visita d'avril à juin l'exposition du Palais de la Sécession consacrée à la *Neuvième Symphonie* de Beethoven dont la statue par Max Klinger était l'une des pièces maîtresses. Vingt et un artistes exposaient mais la curiosité du public alla vers la frise monumentale de Gustav Klimt, jugée par certains obscène, morbide ou même pornographique. Des femmes nues et lascives tordaient leurs chevelures noires et leurs corps minces, exposant leur toison. Le mélange de réalisme et de symbolisme, le jeu des couleurs et de l'or, l'inspiration à laquelle Klimt donne libre cours sur cet espace immense, restent fascinants. Gustav Mahler y figurait sous les traits d'un chevalier en armure d'or. Comme nombre de créateurs, le compositeur recherchait aussi dans ses amitiés de quoi nourrir ou faire évoluer son inspiration. Il trouva chez les artistes de la Sécession des conceptions qui rencontraient son idéal d'un art total.

Natalie, elle, puisa de la force dans la fidélité de ses amis. Sa relation avec Anna von Mildenburg prit un nouveau tour. Elles étaient liées par la solidarité de deux anciennes rivales bafouées par une troisième. Disons-le tout de suite, Anna se montra d'une inlassable générosité avec Natalie. Elles avaient en commun deux amants, Siegfried Lipiner et Gustav Mahler, et un certain nombre de connaissances. Cela supposait *a minima* des goûts semblables. Elles étaient musiciennes professionnelles toutes les deux. Mais Anna était la star du Hofoper de Vienne, l'une des plus célèbres wagnériennes de son temps, formée à la scène par Mahler et intronisée par Cosima Wagner elle-même. Plus jeune que Natalie, de haute taille comme elle, les traits assez ingrats mais flamboyante, la cantatrice, fille d'officier, posait costumée en Walkyrie dont elle avait le tempérament guerrier. Mahler en avait fait la dure expérience.

Après la soirée calamiteuse de la présentation d'Alma, elle proposa à Natalie de partir dans le Sud avec elle et Siegfried Lipiner. Natalie ne répondit que le 17 janvier, soit cinq jours après l'exécution de la *Quatrième Symphonie*, en s'excusant d'avoir tardé à remercier. Elle était allée dans le Harz, une région montagneuse d'Allemagne, Siegfried lui donnerait plus de nouvelles oralement.

Elle se dit touchée de l'attention d'Anna. Ses amis ne l'abandonnaient pas.

Dès l'hiver, les concerts et les tournées du quatuor Soldat-Roeger reprirent. Après Vienne, ce furent Ostrau, au nord-est de la Moravie, à quelques kilomètres de la Pologne, puis Presbourg (l'actuelle Bratislava en Slovaquie) et Szeged en Hongrie. Il faisait glacial, et les musiciennes devaient se réchauffer les mains avant de jouer, malgré les gants et les manchons en fourrure dans lesquels elles les enfouissaient le reste du temps. En février, de retour à Vienne, elles consacrèrent l'un de leurs concerts à des musiciens contemporains, une tentative courageuse pour sortir du programme classique auquel était habitué le public de musique de chambre. De nouvelles photographies furent prises des musiciennes à cette occasion ou pour la tournée. Vêtue à son habitude d'une blouse blanche ouvragée à jabot et col haut égayé d'une broche, le visage plein, un léger sourire sur ses traits harmonieux, Natalie paraît sereine, lumineuse et accueillante. On a l'impression qu'elle a repris la maîtrise de sa vie. Elle est seule mais libre.

Peu à peu, la ville s'est transformée. La Vienne des années 1860 qu'a connue Natalie dans son enfance a laissé place à une gigantesque métropole qui dépassera les deux millions d'habitants à la veille de la Première Guerre mondiale. Les immigrés pauvres affluent de Pologne, de Galicie, de Russie, s'entassant dans les zones périphériques, tel Leopoldstadt, le quartier juif. Comme Otto Bauer ou les médecins Victor Adler et Julius Tandler, ce dernier né à Iglau à l'instar de Mahler, elle est sensible à cette misère et, à sa modeste mesure, elle cherche toutes les occasions de la soulager : donner des vêtements, acheter des produits de première nécessité pour les associations qui s'occupent de les distribuer. Natalie ne cessera jamais de vouloir aider plus pauvre, plus malheureux qu'elle. Elle sollicite tous ceux qu'elle connaît comme en 1909, cette famille démunie qu'elle veut aider en demandant à Anna von Mildenburg d'organiser un concert au *Fledermaus*, le cabaret que les *Wiener Werkstätte*, les ateliers Art nouveau, ont décoré. Elle marche beaucoup dans sa ville, et s'émerveille des métamorphoses apportées par le nouvel urbanisme promu par Oskar Wagner, Adolf Loos et les architectes de la Sécession. Le métropolitain et sa gare Art nouveau de la Karlsplatz ; dans la Kärtnerstrasse où elle a grandi, l'immeuble du bureau des dépêches de *Die Zeit* dont la façade très graphique figure la page d'un journal ; la Postsparkasse pour laquelle Wagner a utilisé l'aluminium et le verre ; les immeubles de rapport qui poussent comme des champignons : la ville du vieil empire des Habsbourgs donne le ton de la modernité dans toute l'Europe. Vienne, ce n'est plus seulement les valses de Strauss et la nonchalance, mais une cité à l'image de son époque : l'électricité, les automobiles, les transports collectifs, le béton, le télégraphe, le téléphone, la photographie, le cinéma… À ces mutations, correspondent un esprit nouveau, sensible chez les jeunes générations d'écrivains, cette « seconde société » des déçus du libéralisme, une élite intellectuelle souvent d'origine juive mais pas seulement, et une inquiétude latente que vont formuler les Hugo von Hofmannsthal, Arthur Schnitzler, et bientôt Stefan Zweig qui commence à publier des nouvelles, Franz Werfel ou Robert Musil qui fait paraître en 1906 *Les Désarrois de l'élève Toerless*, inspiré de ses années à l'école militaire. Ce roman jette une lumière crue sur les relations de domination et de soumission forcée que peuvent entretenir des adolescents entre eux, préfiguration terrible de la société nazie.

Il faudra attendre 1907 pour que le Parlement autrichien soit élu au suffrage universel – bien que, soupire Natalie, « universel » désigne seulement la moitié de l'humanité. Les femmes, bien sûr, n'ont pas le droit de vote. Des fissures apparaissent dans l'immense empire avec, notamment, le problème des nationalités. La question des langues se pose : les Hongrois et les Tchèques refusent la suprématie de la langue allemande que François-Joseph tient à maintenir dans l'armée et l'administration. Mais s'ils dominent toujours culturellement, les Allemands – c'est-à-dire les habitants parlant allemand – ne constituent plus que vingt-trois pour cent de la population autrichienne, devenue à l'évidence multinationale, les habitants de langue slave étant largement majoritaires. À l'Université, les étudiants slaves sont aussi nombreux que les allemands. Des forces antagonistes, nationalistes, sociaux-démocrates, pangermanistes secouent le vieil empire. Les socialistes de Victor Adler obtiennent quatre-vingt-sept sièges aux élections de 1907, ce qui met en joie Natalie. Mais les chrétiens-sociaux de Lueger en font entrer cent, et l'antisémitisme continue à creuser son sillon dans toutes les couches de la société autrichienne.

L'hiver 1903-1904 est consacré aux concerts du Quatuor. En janvier et en mars 1905, Bruno Walter, désormais chef d'orchestre de l'Opéra, est au piano avec le quatuor féminin, ce qui constitue un événement exceptionnel. Il interprète avec Marie Soldat la *Sonate à Kreutzer* de Beethoven, dans la grande salle du Musikverein à la merveilleuse acoustique, recueillant une véritable ovation du public. Cette sonate, l'une des plus connues aujourd'hui, a mis du temps à être acceptée. Le dédicataire lui-même, le pianiste Rodolphe Kreutzer, a toujours refusé de la jouer car il la trouvait inintelligible. Le troisième mouvement, emporté, presque violent, contraste si fortement avec le deuxième tout en douceur que les contemporains de Beethoven y voyaient une sorte d'incohérence. Léon Tolstoï a utilisé cette sonate dans le roman qui porte son nom, ce texte terrible sur le couple et la jalousie. Gustav Mahler, qui l'a lu à sa parution, s'en souviendra amèrement plus tard. Natalie, qui connaît bien Bruno Walter et depuis si longtemps, joue dans le même concert l'*Octuor en fa majeur* de Schubert et le *Septuor* de Beethoven. Ils sont restés amis, et partager ces moments de musique a pour elle une résonance particulière.

Elle est devenue très proche d'Anna von Mildenburg. Elles se voient à Vienne – Anna habite la Gumpendorferstrasse à proximité de l'Opéra et du Musikverein – et l'été, elles s'écrivent. Durant l'été 1904, les lettres se succèdent, certaines rédigées par Natalie à toute allure, par retour de courrier. Lancée très tôt sur la scène wagnérienne, Anna se ressent de ces rôles écrasants. Ses cordes vocales trop sollicitées deviennent fragiles. Les angines, les coups de froid l'obligent à s'absenter, le moindre courant d'air peut être fatal à sa voix. Elle continue cependant à interpréter les grands rôles du répertoire, et a incarné une magnifique Isolde dans la nouvelle mise en scène de *Tristan et Isolde* en février 1903. En juillet 1904, Anna traverse une période difficile, peut-être à cause de problèmes physiques ou pour des raisons sentimentales. C'est au tour de Natalie de la réconforter. Elle lui déconseille notamment de se rendre chez les Mahler, sans en dire la raison à Siegfried avec lequel la cantatrice entretient une liaison. Natalie elle-même est mal en point, et a besoin d'un repos total et de solitude. Elle souffre semble-t-il d'un abcès et de problèmes de digestion, elle ira se soigner et se reposer à Marienbad. Elle envisage d'y rester jusqu'à la fin du mois de juillet puis de se rendre au Tyrol avec Anna – à moins que celle-ci ne préfère rendre visite à Gretl, la fille de leur amie Henriette, à Gmunden, au bord du Traunsee où les Mankiewicz possèdent une maison. On sent un certain flottement dans ses projets, comme lorsque personne ne vous attend nulle part. « Après j'aurai encore le temps et le repos pour la grisaille, la tranquillité et la solitude même si cela me semble difficile !!! » conclut-elle avec philosophie.

Un bref coup de téléphone de son amie rassure Natalie. Anna a l'air d'aller mieux mais ses soucis lui pèsent. Natalie peut lui faire partager son expérience : « Une seule chose m'a toujours aidée dans ma détresse et ma souffrance, et ne m'a jamais été retirée : ce qui m'a sauvée des tempêtes de la vie, c'est que je me suis détournée du monde extérieur et, de toutes mes forces et de toute ma volonté, je me suis réfugiée dans mon monde intérieur et son miroir tranquille et clair. » Elle ajoute : « Les images extérieures que je ne pouvais saisir et retenir dans la réalité, je parvenais à les capturer et les retenir en leurs impressions et leur reproduction. » Autrement dit, la mémoire et l'écriture. Elle encourage vivement son amie à rédiger ses souvenirs et à partager son expérience artistique : « Tu écris de manière légère et vivante » lui dit-elle. C'est ce que fera Anna von Mildenburg dans les années à venir, grâce à la violoniste. Quant à Natalie, elle a commencé à rassembler ses notes en vue du livre qu'elle publiera trois ans plus tard.

Les deux amies ont, semble-t-il, été opérées durant ce même été, et le cou de Natalie ressemble à un « cou de cygne noir ». Anna appréhende le dispositif qui doit présider, en septembre, à la mise en scène « révolutionnaire » du *Fidelio* de Beethoven. Son amie lui conseille de mettre les choses au point par écrit avec Alfred Roller et Gustav Mahler plutôt que de risquer un éclat qui pourrait nuire à sa santé. C'est ce qui se passera pourtant et Mildenburg, malade, devra annuler sa participation à la représentation du gala prévu pour la fête de l'empereur. Mais elle triomphe dans le rôle de Leonore. Ses relations avec Alfred Roller, lors d'une brève liaison, sont orageuses. Anna ne sait pas s'y prendre autrement. La *prima donna* est jalouse et possessive. À la suite d'un imbroglio sentimental, elle craint que Natalie ne la trahisse en dévoilant ses secrets. Celle-ci met les choses au point avec fermeté. « Je te rappelle que, quand une telle douleur brûlante m'est arrivée, en dépit de toute ma souffrance, je n'ai jamais pu rejeter la faute sur un autre, ou éprouver de l'hostilité. Et lui en vouloir. » L'allusion à Gustav est transparente.

Séjour aux eaux de Franzenbad, en Bohême, dans les montagnes de Semmering, puis en septembre à Venise : les villégiatures de Natalie suivent les traces de la bonne société viennoise.

Pendant ce temps-là, Alma Mahler s'ennuie malgré les naissances de la petite Maria, dite Putzi, le 3 novembre 1902, et de sa seconde fille, le 15 juin 1904, Anna, dite Gucki : « Il me faut commencer une autre vie, car je ne peux plus supporter celle-ci. Mon insatisfaction augmente d'heure en heure ! Je m'appauvris ! [...] Quel malheur de ne plus avoir d'amis mais Gustav ne veut voir personne [...] Ma vie est devenue si calme et si monotone ! [...] Il me faut des stimulants. Si seulement j'avais le droit de voir Zemlinsky ! Schönberg aussi m'intéresse. J'ai bien réfléchi... Il faut que ça change... » écrivait-elle quelques semaines plus tôt. Elle ne fait aucun commentaire sur la *Sixième Symphonie* qu'a commencé à composer Mahler à Maiernigg. Mais la naissance de ses petites filles le rend fou de joie, et il a une préférence pour Putzi, au caractère sauvage, d'après Alma, mais très attachée à son père.

Sur la plage du Lido, dans une atmosphère qui évoque irrésistiblement *Mort à Venise*, Natalie, elle, fréquente un cercle de relations auxquelles appartient une certaine Magda dont il sera question à plusieurs reprises dans ses lettres. Cette Magda m'a beaucoup intriguée. De qui s'agit-il ? Elle est visiblement en lien avec le milieu musical, et sans doute musicienne elle-même. Elle est associée dans les lettres de Natalie à Gretl, la fille de la peintre Henriette Mankiewicz, dont elle est une amie. Impossible de résister à mon instinct de biographe ! Je reconstitue un puzzle dont j'ignore la forme ultime, ou une construction dont je suis prête à reconnaître la fragilité.

Donc voici : il pourrait s'agir de Magda von Hattingberg, une pianiste talentueuse de la génération de Gretl – donc plus jeune que Natalie. Elle entretiendra en 1914 une correspondance avec Rainer-Maria Rilke qui fera d'elle sa « Benvenuta ». Elle lui avait écrit une lettre d'admiratrice. Il lui répondit. Il aimait ces relations amoureuses à distance, sans interférence avec la réalité. Durant plusieurs mois, ils s'écrivirent tous les jours, sans se connaître, le ton devenant de confidence en confidence plus passionné. N'allaient-ils pas être déçus s'ils se rencontraient ? « Magda, peut-être vas-tu t'apercevoir, à peine m'auras-tu touché que la fêlure est décidément irréparable… Alors dis-le-moi, mon cœur, ce sera à peine une souffrance pour moi, plutôt une sorte de soulagement silencieux, nullement une déception ou une rechute dans un monde de douleur abandonné, oublié... » Il se retrouvèrent à Berlin, la pianiste vint le rejoindre dans la chambre 24 de l'hôtel « L'Hospice de l'Ouest ». Quel scénario de film ! Il faut croire que Magda ne fut pas déçue, puisqu'ils s'installèrent ensemble dans une pension de Grünewald où elle fit livrer un piano. Il l'accompagna dans sa tournée, Munich, Innsbruck, la Suisse puis ils revinrent à Paris. Rilke devenait un peu distant, plaidant son besoin de solitude. Elle le suivit cependant à Duino, puis à Venise où elle comprit que leur histoire était finie, ou à peu près. Magda divorça de son premier époux et se remaria en 1918 avec l'écrivain Hermann Graedener, le fils de l'ancien professeur de violon et de contrepoint du conservatoire de Vienne. Elle est morte en 1959 à Gmunden, la ville où se trouvait la propriété des Mankiewicz, détail qui m'a mise sur sa piste – mais peut-être s'agit-il d'un simple hasard. J'ai trop envie de croire à cette amitié entre la pianiste, la violoniste et la chanteuse, comme un petit signe à mes amies musiciennes Anne-Lise, Virginie et Jennifer...

Sur la *spaggia* du Lido, comme elle l'écrit, Natalie, altière, vêtue de blanc, le visage enveloppé d'un voile en mousseline et protégée du soleil sous son ombrelle comme Silvana Mangano dans le film de Visconti, retrouve ses amis installés devant l'une des cabines. Des enfants construisent des châteaux de sable au bord de l'eau. Des familles russes, des touristes anglais, des gouvernantes françaises, un vieil écrivain allemand, toutes les langues se croisent et parfois s'entremêlent au sein d'un même groupe. Natalie, allongée sur sa chaise longue à l'abri de l'auvent de toile rayée, échange avec Magda des confidences à propos d'un certain R. (Roller ?) et d'Anna, ainsi que d'un autre homme dont le nom reste secret, elle fréquente une baronne, fait une rencontre au bar d'un palace. Le vaporetto la conduit à Venise, elle suit une régate de la seule terrasse surplombant le Grand Canal – le « Gritti », peut-être –, joue du violon lors d'une soirée musicale : sa vie sociale semble animée. Mais j'ai un peu l'impression qu'elle cherche à s'étourdir et à meubler ces longues périodes de vacances solitaires à Venise, vécues auparavant avec Gustav et Justine Mahler.

En octobre, elle se repose au Grand Hôtel, au bord du lac de Garde. Après une semaine de pluie, il fait enfin un temps magnifique. Elle demande à Anna des nouvelles de *Fidelio*, « qui a sans doute obtenu un succès mondial dans sa nouvelle version ». Elle se dit « dépossédée d'elle-même » et avide d'avoir des nouvelles, faute de pouvoir assister en personne aux représentations. Elle en a eu de Roller par la fameuse Magda qui a quitté Venise pour Sulz, dans le Vorarlberg. Quant à Gretl, la fille d'Henriette, elle semble noyée dans ses préparatifs de mariage. En attendant, Natalie corrige un texte écrit par Anna, fait des randonnées en montagne, lie connaissance avec une doctoresse russe dont elle partage les repas, bien solitaires sinon. Dans la grande salle à manger de l'hôtel, elles ont fait rapprocher leurs tables, deux femmes célibataires et libres qui ont sans doute beaucoup à se dire en contemplant le lac, de ces rencontres un peu mélancoliques qu'on finit toujours par oublier...

Il est aussi question de « ce pauvre diable » de Schliessmann, qui s'occupe de sa mère malade avec dévouement. Si l'on en croit Alma Mahler dans ses *Mémoires*, Natalie se consola (*sic*) et afficha sa liaison avec « Schl... », un dessinateur, auteur notamment de caricatures de Mahler dirigeant l'orchestre. Gustav, toujours selon Alma, bien que « complètement indifférent à elle [Natalie] en tant que femme » fut cependant contrarié et grommela : « Elle aurait pu au moins attendre la fin de l'année de deuil. » Il faisait peut-être allusion à la mort de la mère de Natalie, en décembre 1905 – ou qui sait ? à celle de Mme Schliessmann mère. Donc, bonne nouvelle : « ce pauvre diable de Schliessmann » était l'amant de Natalie !

Gustav l'aurait peut-être préférée inconsolable ?

Natalie prévoit de se rendre ensuite dans le Semmering jusqu'en octobre et espère y retrouver Anna qui aura bien besoin de repos après les représentations épuisantes de *Fidelio*. Tout de même, elle paraît assez seule, malgré toutes ces rencontres. Elle n'oublie pas pour autant ses *Mahleriana*. Elle en a fait faire un duplicata – un seul, qui lui a coûté 100 couronnes – et l'a prêté à Anna. Elle lui demande de bien recompter les cahiers dont elle a dressé l'inventaire à la première page pour être sûre qu'aucun ne soit égaré. Suit un conseil de stratégie élémentaire : « Invite Bahr (jalousie de R. ») Il faut croire qu'elle s'y connaît. J'ignore si Alfred Roller fut jaloux, mais l'écrivain Hermann Bahr épousera en 1909 Anna von Mildenburg.

Cette année 1904 s'achève sous les meilleurs auspices. Natalie, avec cet aplomb qui agaçait tant Gustav, remercie Anna de lui avoir permis d'offrir à Gretl comme cadeau de Noël et de mariage le splendide portefeuille que la cantatrice lui a envoyé. Sa provenance le rend mille fois plus précieux ! Anna est bien d'accord, n'est-ce pas ? Elle-même lui offrira un tampon pour son courrier. Elle lui ferait volontiers cadeau de ses œuvres complètes de l'été, lui dit-elle, mais la reproduction mécanique coûte trop cher. Elle espère la voir en ce soir de Noël, chez Henriette Mankiewicz, leur amie commune.

Il nous faut attendre l'été 1907 pour avoir des nouvelles de Natalie. Elle écrit plus tard que d'habitude, le 28 août, sur le papier à en-tête de l'hôtel Alpenrose à San Martino di Castrozza, dans les Dolomites. Je ne peux m'empêcher de vérifier s'il existe toujours. Oui, il y a bien un Alpenrose à San Martino di Castrozza, situé au col de Passo Rolle, à 1 984 mètres d'altitude. Cela explique qu'il ne soit à l'époque ouvert que durant la saison d'été, contrairement à l'hôtel Europe à Trient dans le Valais qui figure aussi sur l'en-tête. L'Alpenrose (admettons que ce soit le même, il faut bien rêver un peu) est en pleine nature, et surtout fréquenté aujourd'hui par les amateurs de sports d'hiver. Sa salle lambrissée de bois blond, sa vue imprenable sur les montagnes doivent en faire un séjour simple et agréable. Mais l'ivresse qui transparaît dans la lettre de Natalie n'est pas seulement due à l'altitude :

« Ma très chère, écrit-elle, je n'ai jamais pu passer un été sans avoir de tes nouvelles. Le fait que j'écrive moins que d'habitude n'est pas dû seulement à la beauté de San Martino ni à mon application enjouée très relative, toute en pattes de mouche, mais à quelque chose d'humain qui me fait finalement encore attendre et espérer en cette vie. Tu devines déjà qu'il s'agit d'une figure masculine ? Un jeune Vénitien de 28 ans, un des garçons les plus talentueux et attirants que j'ai rencontrés, est devenu mon “cavaliere servente”. Je te raconterai tous les détails quand je te verrai. Il a commencé à peindre ma tête [...]. Il a déjà fait un magnifique portrait de moi. À l'occasion je te donnerai à lire les lettres que j'écris au sujet de cette adorable aventure. Malheureusement, la semaine prochaine, cette félicité va prendre fin car Domenico Voltolina va à Chicago pour l'hiver, et moi, à Torbole. Sinon, tout va à merveille et j'espère qu'il en va de même pour toi. Je t'embrasse en toute hâte car il m'attend dans sa "baraque" (*sic*) où nous devons passer une partie de la nuit. Écris-moi, j'attends de tes nouvelles, ta Natalie. »

L'écriture est encore plus échevelée que d'ordinaire, certains mots sont illisibles mais l'essentiel est là. Ce Pierdomenico Voltolina, malgré toutes mes recherches, n'a pas laissé un souvenir marquant dans l'histoire de la peinture. Seules deux reproductions sont accessibles sur Internet : le portrait d'une petite fille, intitulé « Mädchen », datant du 25 décembre 1903 à Vienne, et une « Madonnina » de 1908. On est très loin de Klimt et de Kokoschka, avouons-le. Natalie a-t-elle rêvé d'exercer une fois de plus sa mission d'accoucheuse de génies ? C'est possible car elle laisse dans son testament une biographie de Voltolina d'après lui-même. Voilà qui nous aurait éclairés sur son parcours. Mais le texte a disparu. Sans doute, a-t-elle eu l'intention de rédiger une sorte de « Voltolinania », comme elle l'a fait pour Mahler. Je trouve cela à la fois touchant et un peu pathétique. Je préfère penser que ce peintre plus jeune qu'elle de vingt ans – elle approchait de la cinquantaine – fit son bonheur et lui rendit hommage autrement qu'en peinture. À l'Alpenrose, gageons en tout cas qu'il dut y avoir des regards en coulisse sur leur couple, qui malgré leurs précautions (la demi-nuit ?), ne devait tromper personne.

Mais surtout, cette même année, Natalie Bauer-Lechner fait paraître, chez Rudolph Lechner und Sohn Verlag, la maison d'édition de son père dirigée désormais par son frère Oskar, son livre *Fragmente* – sous-titré *Gelerntes und Gelebtes* (Fragments. Choses apprises et vécues). À la veille de ses 50 ans, elle dresse un bilan de ses expériences et de sa vision de la vie, dans des domaines très variés. J'imagine que ce livre, le seul à être imprimé de son vivant, a revêtu pour elle une importance particulière. « Toute pensée est fragment », défend-elle dès l'introduction. La correspondante primesautière est aussi une femme qui réfléchit et, au fil de sa vie, a pris des notes et écrit dès qu'elle avait un moment. Les domaines abordés sont nombreux et variés : une première partie aborde « l'humain », une seconde « l'hygiène » et une troisième « la musique ». Il n'est pas traduit en français et j'avoue avoir bataillé avec sa langue souvent difficile. J'ai un peu laissé de côté ses réflexions spirituelles et métaphysiques. À l'inverse, son sens du concret me ravit. Il s'exprime particulièrement dans le chapitre consacré à l'hygiène dont j'ai déjà parlé, qui se clôt sur une recette de gouttes pour le nez contre le reniflement ! Mais il y a bien d'autres sujets abordés dans la première partie. La place des sentiments, l'amour, les émotions, la situation des femmes et le mariage, la sexualité, l'éducation des enfants, le socialisme et la question des femmes, la torture animale, l'immortalité, l'écriture, mais aussi le bruit et les bouchons d'oreille, le vêtement féminin, la biographie, la solitude et la nature, la souffrance, les rêves sont les thèmes traités par Natalie qui affirme résolument ses idées avancées sur l'individu et la société. Méfiance à l'égard du mariage, union libre, franchise y compris par rapport à la sexualité dans l'éducation des enfants, nécessité pour les femmes d'avoir une profession, confiance dans les mouvements féministes qui finiront par triompher... S'il est difficile aujourd'hui de ne pas emprunter les chemins qui ont réussi aux hommes (l'école, l'apprentissage), estime-t-elle, il est nécessaire pour les femmes de travailler à leur indépendance en ayant un métier et de se libérer de l'esclavage dans le couple. Comme plus tard Simone de Beauvoir, elle pense que toutes les libertés politiques et les droits des femmes découleront de cette libération individuelle par le travail. Elle est certaine aussi que les femmes entreront un jour au Parlement. « Si j'avais eu une douzaine de filles et avais été douze fois millionnaire, elles auraient tout de même toutes dû travailler et être en état d'avoir une profession intellectuelle ou manuelle. » Elle réclame aussi le droit pour les femmes de ne pas procréer, ce qui, dans un pays aussi traditionaliste et catholique à cette époque que l'Autriche, est subversif. Le fameux « Deviens ce que tu es » est valable aussi pour les femmes, conclut-elle.

Son pessimisme éclate dans sa vision du couple. La plus grande partie des mariages sont ratés, les couples heureux sont rares, et cela n'a rien à voir avec l'âge, le pouvoir ou la richesse mais avec la fusion, la communauté de vues et l'amitié. « Les conjoints doivent aussi être des camarades. » Mais si on échoue, il importe de se rappeler qu'il existe « une seule issue, un seul recours contre un amour malheureux : tomber à nouveau amoureux ! », vérité qu'elle a elle-même mise en pratique comme on le sait. Mais après tout, l'amour n'est pas tout dans la vie. Le savoir est un grand soulagement : « Où je peux estimer, être comprise, encourager et recevoir des encouragements, là est mon sol, ma patrie. » Et surtout pas dans la famille, pour laquelle Natalie est aussi sévère que pour le couple. « La seule parentèle est celle qu'on se choisit. » À plusieurs reprises, elle fait référence à George Sand, l'un de ses modèles. Comme elle, elle se sent à la fois homme et femme, tout en se félicitant d'avoir mené une « vie de vraie femme », c'est-à-dire de ne pas avoir renoncé à la sexualité. Sa nature plutôt paisible et équilibrée l'a pénalisée en amour par rapport à des femmes au tempérament plus volcanique, plus changeantes et tyranniques. Quels que soient son amour, son dévouement, sa passion même, elle a échoué à avoir le moindre pouvoir sur les hommes. Et elle s'est souvent fourvoyée en voulant les protéger d'une relation toxique, se montrant trop véhémente. Elle n'a pas su se taire et ils lui en ont voulu. Ce bilan sentimental plutôt négatif est fait sans amertume, et ne l'empêche pas de renouveler son témoignage d'admiration à Gustav Mahler, désigné par ses initiales comme les autres amis cités. Il vient en tête de ceux qui l'ont le plus marquée, suivi de Bruno Walter, Siegfried Lipiner et Emmanuel Hans Sax, un économiste socialiste mort précocement de tuberculose, qui faisait partie de leur groupe d'amis. Les femmes ne sont pas oubliées dans son Panthéon : Henriette Mankiewicz, son amie peintre, Marie Soldat, Anna von Mildenburg, la féministe Therese Schlesinger et trois femmes, une médecin et deux autres, engagées dans le domaine humanitaire, que je n'ai pas su identifier à partir de leurs seules initiales. Je retrouve la faculté d'admiration et d'enthousiasme de Natalie, ainsi que sa fidélité – autant de qualités essentielles pour moi.

Dans tous les domaines abordés, Natalie fait preuve de personnalité et de modernisme. La part réservée à la musique est paradoxalement assez minime, même si elle affirme sa passion pour la musique de chambre, et son espoir qu'un jour les femmes puissent là aussi être traitées et considérées à l'égal des hommes. Le quatuor de femmes auquel elle participe a donc aussi à ses yeux valeur d'engagement.

À la fin de son livre, Natalie cite à nouveau Siegfried Lipiner et Gustav Mahler qui dans une lettre explique que, pour lui, la création musicale commence là où les mots s'arrêtent. Sans le nommer, elle lui rend hommage et, d'une certaine manière, lui témoigne à nouveau son infinie compréhension.

« De tous les esprits créatifs, aucun n'est aussi étranger, aussi peu familier avec la vie et aussi pauvre sur terre que le compositeur, qui doit ressentir et expier le fait que son royaume n'est pas de ce monde. C'est peut-être pour cela qu'il semble souvent si obscur et qu'il se donne tant de mal et donne tant de mal aux autres : il n'a pas le temps d'être un être humain, en effet, il doit souvent se prouver qu'il est inhumain – parce que l'inconscient (ce qui se trouve au-delà et au-dessus du conscient) est sa vraie maison, et dans le monde conscient, dans lequel il ne revient que rarement, il ne sait pas comment se comporter. Son esprit s'élève aux sources primordiales de tout être. Mais après une telle fuite et après avoir vu et créé, il revient dans ce monde comme aveugle et perdu, douloureux et blessé. »

Elle apprit par Bruno Walter que Gustav avait lu son livre longuement et attentivement. Quand Alma, excédée, déclara à son époux que le musicologue Richard Specht ne l'avait pas trouvé très bon,

Mahler explosa et cria : « Specht est un imbécile, même pas digne de prononcer mon nom ! » – ce qui n'était pas très gentil pour son premier biographe, mais fit bien plaisir à Natalie.

1907 devait aussi marquer un tournant majeur dans la vie de Gustav Mahler. Son activité durant les années précédentes avait été étourdissante. Concerts à travers toute l'Europe, composition de la *Septième Symphonie* à Maiernigg en 1905, et l'été suivant, de la *Huitième Symphonie* littéralement dictée par l'inspiration – le « Spiritus creator » –, cette fameuse symphonie des « Mille », ainsi surnommée à des fins promotionnelles en raison de son effectif choral et instrumental pléthorique. S'y ajoute la direction de l'Opéra où il donne pour le cent cinquantième anniversaire de Mozart, *Don Giovanni, L'Enlèvement au sérail* et *Les Noces de Figaro* dans des mises en scène nouvelles avec les décors d'Alfred Roller. La double scène tournante, les décors très dépouillés, la semi-obscurité de la scène, les costumes aux couleurs vives inscrivent ces représentations dans la modernité, mais ne flattent pas le goût des Viennois, attachés à la tradition. À Salzbourg, où l'on fête aussi la naissance de Mozart, Reynaldo

Hahn dirige un *Don Giovanni* jugé par tous lamentable. Mahler quitte la salle au milieu de la représentation. Son propre talent éclate dans *Les Noces de Figaro*. Enthousiasmé, Josef Reitler écrit : « Heureuse Vienne qui peut nommer sien un Gustav Mahler ! Sais-tu bien ce que tu possèdes ? Quelqu'un que toutes les autres villes du monde t'envient : le meilleur directeur, le meilleur metteur en scène, le meilleur chef d'orchestre et, en plus, un grand homme. » Hélas, si les autres capitales l'envient, Vienne accueille très mal la *Sixième Symphonie*, et les attaques contre son compositeur pleuvent. Cette *Sixième* n'est que « chaos désertique », « nullité peuplée de bruits cacophoniques » et « agitation théâtrale sans fin ». Une véritable campagne se déchaîne contre lui. Il ne la dirigera plus jamais.

N'oublions pas que les concerts sont alors la seule façon d'entendre les œuvres jouées par un orchestre symphonique. Certes, en novembre 1905, de passage à Leipzig, Gustav Mahler a découvert une innovation révolutionnaire, un piano mécanique à rouleaux mis au point par la firme Welte-Mignon, permettant d'enregistrer. Ainsi, peut-on aujourd'hui encore écouter le compositeur jouant deux lieder (*Ich ging mit Lust* et *Ging heut'morgen übers Feld*), le Finale de la *Quatrième Symphonie* et le premier mouvement de la *Cinquième*. Mais il faudra attendre 1924 pour entendre le premier véritable enregistrement d'une symphonie de Mahler, la *Deuxième Symphonie*, par Oskar Fried et l'orchestre philharmonique de Berlin.

Les attaques se poursuivent donc contre Gustav Mahler, on critique sa direction de l'Opéra, on critique certains chefs d'orchestre dont son disciple Bruno Walter, on critique le départ de plusieurs chanteurs, on critique l'augmentation du prix des places, due à l'inflation, qui réserve l'Opéra aux plus fortunés, et l'on critique surtout ses absences de Vienne pour aller diriger ses propres œuvres, comme la *Troisième Symphonie* à Berlin, bien accueillie par le public mais, cette fois encore, vilipendée par la presse. « Pourquoi faudrait-il se laisser pisser dessus ? » écrit Mahler, excédé, à Alma. « Suis-je un réverbère ? » Il faudrait surtout être un surhomme pour accepter cette hostilité qui s'exprime de tous côtés, y compris dans des caricatures infamantes. Une véritable cabale antisémite, qui a son siège au Café Impérial, use aussi de tous les moyens pour l'abattre. Dans les feuilles des journaux viennois commence à circuler la nouvelle de sa prochaine démission de l'Opéra. Mahler répond par deux nouvelles productions, *La Walkyrie*, avec Mildenburg dans le rôle de Brunehilde, et *Iphigénie en Aulide* de Gluck. Anna von Mildenburg a dû surmonter ses réticences pour s'adapter à la nouvelle création de Roller, qui a supprimé les toiles peintes au profit d'un décor en dur sur lequel elle doit sauter de rocher en rocher comme le désirait Richard Wagner. Malgré le succès artistique de ces deux créations, l'opposition à Mahler ne désarme pas, et les réponses de ses partisans ne font qu'amplifier le conflit. Une « adresse », une tribune dirions-nous aujourd'hui, exprime le soutien inconditionnel de soixante-dix artistes et intellectuels dont la liste impressionnante rassemble une grande partie de l'élite culturelle de Vienne : des écrivains, comme Hermann Bahr, Hugo von Hofmannsthal, Arthur Schnitzler, Stefan Zweig, des musiciens comme Julius Epstein ou Arnold Schönberg, des peintres comme Gustav Klimt ou Kolo Moser, des hommes de théâtre, comme Max Burckhard, des médecins comme Josef Breuer, le confrère de Sigmund Freud, ou des mécènes comme la comtesse Misa von Wydenbruck-Esterhazy...

Quand on lit les titres de la presse prenant parti dans ce conflit, on mesure la place qu'occupait l'Opéra à Vienne. Des feuilles à scandales à la *Neue Freie Presse*, toute la ville semble être concernée par la situation du directeur du Hofoper. Les Viennois avaient le culte du théâtre et de l'Opéra, et la moindre nouvelle dans ces domaines les passionnait bien plus que la situation internationale ou les discussions du Parlement, rapporte Stefan Zweig. « Il était délicieux d'être le favori de Vienne, mais il était difficile de le demeurer ; jamais un relâchement n'était pardonné. [...] Qui a connu à l'Opéra, sous la direction de Gustav Mahler, cette discipline de fer poussée dans les moindres détails, à l'orchestre symphonique cet élan lié comme tout naturellement à l'exactitude la plus rigoureuse, celui-là est aujourd'hui bien rarement satisfait d'un spectacle ou de l'exécution d'une œuvre musicale. » Il faut croire que cette faveur avait tourné pour Mahler. Aussi, quand il sut que sa démission était finalement acceptée par l'empereur, il accepta la proposition du Metropolitan Opera de New York, dirigé par Heinrich Conried qui avait négocié avec lui les termes de son engagement.

Tandis que dans les journaux, dans les cafés, dans les salons, on discutait encore de son sort, il donna de son propre chef un entretien au directeur de la *Neue Freie Presse* pour annoncer sa démission et son nouvel engagement. Max Burckhard, l'ex-directeur du Burgtheater, analysa la situation dans un article intitulé « Le cas Mahler comme fait politique ». Il y comparait la décadence de Vienne et de l'Empire avec la supériorité nouvelle de Berlin et de l'Allemagne. En laissant partir Mahler, Vienne n'avait pas su sauvegarder l'institution culturelle qui faisait jusqu'alors sa suprématie. La faute en incombait aux Allemands d'Autriche qui auraient dû le retenir à tout prix. « Ô malheureux peuple allemand d'Autriche ! » concluait Burckhard qui ne savait pas à quel point son article deviendrait tristement vrai dans les décennies suivantes. Ironie de l'Histoire, Adolf Hitler, étudiant et peintre raté de Linz, avait découvert les opéras de Wagner à Vienne grâce à Gustav Mahler et Alfred Roller…

Mais Gustav Mahler n'était pas au bout de ses épreuves, la pire l'attendait. En juillet, sa fille aînée, la petite Putzi qu'il adorait, atteinte d'une scarlatine et, surtout, de diphtérie, en dépit d'une trachéotomie pratiquée par le médecin, mourut à Maiernigg. Elle avait 4 ans. Encore un enfant mort dans la vie de Gustav Mahler. Comme pour son frère Otto, il n'en parla jamais et enterra sa douleur au fond de lui-même. Alma, elle aussi folle de douleur, lui reprocha les *Kindertotenlieder* écrits pourtant bien plus tôt, comme si Gustav avait porté en lui la malédiction. Afin de la rassurer sur sa propre santé, il se prêta à un examen médical. Son médecin viennois confirma le diagnostic pessimiste d'un « rétrécissement mitral bilatéral », sans doute dû à une angine à streptocoques contractée dans l'enfance. Il devait cesser toute activité sportive, et de manière générale toute activité physique trop intense. Autant dire, renoncer à une passion et un besoin qui lui permettaient d'équilibrer son tempérament nerveux et angoissé.

Le feu sacré l'avait abandonné, et il avait hâte de quitter Vienne. « Sans enthousiasme on ne peut pas faire de théâtre », confia-t-il à un journaliste. « Or, mon enthousiasme, ils me l'ont complètement brisé. » Il rencontra plusieurs fois son successeur, Weingartner, pour préparer la suite et annonça son concert d'adieu, au Musikverein, le 24 novembre 1907. L'assistance, parmi laquelle Arnold Schönberg et Alban Berg, la nouvelle génération de compositeurs viennois, fut bouleversée. La salle, écrivit un critique, fut prise d'une sorte de délire. « Par cet ouragan furieux, déchaîné, d'applaudissements, on a fêté le compositeur, le directeur, le chef, toute la géniale personnalité de Mahler qui, désormais, était perdue pour Vienne. » C'était trop tard. Il rédigea une lettre d'adieu tapée à la machine au personnel de l'Opéra, affichée sur le grand tableau. On la retrouva déchiquetée le lendemain matin. Et à Anna von Mildenburg, qui avait chanté les *Kindertotenlieder* le 6 novembre sous la direction de Bruno Walter, il écrivit : « Pour moi, vous étiez *tout à fait à part*. Avec ma sympathie et mon dévouement de longue date, je suivrai vos pas et j'espère que des temps plus calmes nous réuniront. »

Plusieurs admirateurs de Mahler avaient fait imprimer une invitation adressée à ses soutiens. Quand, le lundi 9 décembre, Gustav Mahler arriva avec Alma sur le quai de la gare de l'Ouest, plus de deux cents personnes l'attendaient pour le saluer une dernière fois. Le train se mit lentement en marche. « C'est fini ! » s'exclama Gustav Klimt.

J'aimerais penser que Natalie Bauer-Lechner assista secrètement à cet hommage. Mais je ne le crois pas, au fond. Et à la réflexion, pourquoi l'aurait-elle fait ?

Dans *La Mémoire retrouvée*, Edmund de Waal écrit, à propos de sa famille, les Ephrussi : « On s'assimile, mais on a tout de même besoin d'un ailleurs. Le passeport est toujours prêt. On garde une part de secret. » Dans ma famille maternelle, seuls ou presque, ceux qui émigrèrent outre-Atlantique purent échapper à la Shoah. Raphaël, l'un des frères de ma grand-mère, était parti en Amérique avec sa famille. Ma mère ne disait jamais les « États-Unis » mais « l'Amérique », avec une nuance de respect dans la voix. Certes, Gustav Mahler voulait quitter l'Opéra de Vienne, et le Metropolitan lui faisait une offre mirifique. Mais il aurait pu être engagé partout en Europe, et il reçut, du reste, des propositions très généreuses. Face à l'antisémitisme qui lui rendait en grande partie intenable la direction de l'Opéra, c'est l'Amérique, terre d'accueil pour de nombreux Juifs, que choisit Mahler. Il quitta le vieux continent pour y vivre une nouvelle vie. Comme tous les émigrants. Comme dans son rêve du Juif errant.

Cependant, il ne devait pas être facile pour des Viennois tels que les Mahler de s'acclimater à un pays, et surtout une ville, aussi radicalement différents. New York se distinguait déjà du reste des États-Unis avec ses trois millions et demi d'habitants, sa verticalité, son gigantisme, ses flots d'immigrants encore plus nombreux qu'à Vienne. Gustav et Alma n'avaient certes pas envie d'être confondus avec ces miséreux qui fuyaient en masse la Russie livrée aux pogroms et avaient débarqué comme eux à Staten Island. Mais il n'y avait aucun danger de ce côté-là. Ils résidaient à l'hôtel Majestic (et plus tard au Savoy) et Gustav se trouva vite absorbé, à son habitude, par le travail. Il lui fallait composer – si l'on peut dire – avec des musiciens ayant d'autres habitudes. Ce n'était plus la *Schlamperei*, la négligence viennoise contre laquelle il avait tant pesté, mais une forme de passivité, qui, selon lui, ne valait guère mieux. La sociabilité était également différente, le public était poli, moins remuant que les mélomanes viennois mais beaucoup plus mondain. Les Vanderbilt, les Rockefeller, les Astor, les Morgan, qui avaient financé la construction du Metropolitan Opera et continuaient à le soutenir, y faisaient la loi. Leur fortune permettait d'engager les plus grands chanteurs, tel Enrico Caruso, « The Great Caruso », déjà immensément célèbre grâce à son talent, bien sûr, mais aussi à la photographie et l'enregistrement de disques. Mahler arrivait avec la réputation du meilleur chef d'orchestre du monde, mais aussi celle d'un homme atrocement exigeant, autoritaire, voire tyrannique. Son anglais était scolaire et hésitant. Il essaya de convaincre Alfred Roller de le rejoindre pour reformer leur équipe si créative, mais en vain.

Mahler détestait tout ce qui ressemblait à la mondanité. De ce point de vue-là, il restait le fils du Bernhard Mahler d'Iglau, grossier à force de franchise, pouvant quitter brusquement une soirée s'il s'ennuyait. Mais Alma n'entendait pas se terrer dans sa chambre d'hôtel et, au fil des saisons, elle l'entraîna dans sa quête de reconnaissance sociale et de distraction. Car, il faut bien le dire, cette vie, au début, dut être encore plus difficile pour elle qui n'avait pas la ressource du travail – une raison supplémentaire de se rappeler avec amertume, qu'un jour, elle avait rêvé de faire carrière. Parmi leurs nouvelles relations, figurèrent « The Great Caruso » et le psychiatre Josef Fraenkel qui devint un proche et le resta après la mort de Mahler, demandant même la main d'Alma. Il se consola avec la très belle Ganna Walska, une cantatrice qui devait totaliser six mariages. D'après Alma, toujours modeste, son choix se porta sur celle-ci parce que son nom comportait un grand nombre de A comme le sien ! Josef Fraenkel, d'origine galicienne, avait fait ses études de médecine à Vienne. Il émigra aux États-Unis à la fin du siècle parce qu'il ne voulait pas se convertir. Après des débuts difficiles – il fut, entre autres, plongeur dans un restaurant –, sa carrière prit son envol grâce à son talent exceptionnel de neurologue. Il avait commencé comme médecin des pauvres dans le quartier juif de New York mais, quand les Mahler le rencontrèrent, il consultait déjà dans des institutions prestigieuses. Ils devinrent très amis. Gustav se soumettait les yeux fermés ou presque à son diagnostic, et Alma voyait en lui un véritable génie.

« Fraenkel paraît avoir raison – quand mon intestin fonctionne bien, tout va bien. » Natalie l'avait déjà remarqué depuis longtemps.

Mais ces relations ne remplaçaient pas les vieilles amitiés et, au cours de ces années, Gustav se prit à regretter de plus en plus sa brouille avec Lipiner et sa « bande ». Il insistait de lettre en lettre auprès de Bruno Walter pour avoir des nouvelles de Siegfried. Il était aussi question de Nanna et d'Albert Spiegler. Tout laisse à penser que Walter en faisait part aux intéressés et que, dans le groupe, on débattait pour savoir s'il fallait ou non se réconcilier. Natalie n'était jamais citée mais elle pouvait imaginer y figurer implicitement, de même que Friedrich Löhr et tous ceux qui avaient été rayés par Alma car « trop juifs ». Plus le temps passait, plus la nostalgie s'emparait de Gustav. Nostalgie de sa jeunesse ? de l'amitié ? Le diagnostic de maladie cardiaque l'avait profondément secoué et il se posait des questions métaphysiques sur le sens de la vie et de la mort, auxquelles, selon lui, Lipiner était le seul à pouvoir répondre. Il fit donc les premiers pas, malgré son orgueil, et reprit contact avec son ami de jeunesse, aussi fier que lui. Jadis, même, ils ne s'étaient plus adressé la parole pendant un an à la suite d'une dispute à propos de Wagner ! Siegfried Lipiner avait souffert d'un cancer de la langue et était soigné au radium. Sa carrière littéraire si prometteuse avait tourné court et il en était amer. Mais pour Mahler, il restait le philosophe par excellence. Ils se revirent en mai 1909, au cours du deuxième été en Europe des Mahler, et leur dialogue reprit, à la grande joie de Gustav qui en fit naïvement part à Alma. On doute qu'elle en ait tiré autant de joie que lui. Siegfried Lipiner écrivit un poème, « Der Musiker spricht » (Le musicien parle), qui résumait leurs conversations. Il y était question de Nietzsche et du *Faust* de Goethe. Ce n'est pas un hasard si les *Fragmente* de Natalie Bauer-Lechner, écrits deux ans plus tôt, s'achevaient eux aussi sur des vers de ce même *Faust*. C'était leur fonds commun, le terreau de leur jeunesse. Mahler garda le poème de Siegfried Lipiner dans son portefeuille jusqu'à sa mort.

Chaque printemps, les Mahler revenaient en Autriche. Ils avaient fui Maiernigg, associé à trop de souffrance depuis la mort de Putzi, et passaient l'été près de Toblach, au Tyrol, où Gustav était venu pour la première fois avec Justine et Natalie. Il y fit construire une *Häuschen*, comme à Steinbach et à Maiernigg. L'arrivée princière des Mahler, avec leurs bagages et leur personnel, ainsi que la livraison de trois pianos, fit forte impression dans le village. La seule différence avec les villégiatures précédentes était l'absence de lac, mais la natation et le canotage qu'il avait pratiqués si vigoureusement lui étaient en partie interdits. Il se rendait compte, écrivit-il à Bruno Walter, son confident malgré la différence d'âge, que l'activité physique n'avait pas eu pour seul but de le détendre ou d'entretenir son corps : c'était le moteur nécessaire à son travail créatif l'été. Dans cette lettre, il analysait sa dépendance au travail – ce qui me touche particulièrement : « C'est merveilleux ici. Si seulement je pouvais jouir de ce genre de chose, une fois dans ma vie, après avoir achevé un travail. Car comme vous le savez, c'est le seul moment où l'on peut profiter de quelque chose. En même temps, je remarque une chose étrange. Je ne peux rien faire d'autre que travailler. Au fil des ans, j'ai oublié comment faire autre chose. Je suis comme un drogué à la morphine, ou un alcoolique qui est brutalement privé de sa drogue. J'exerce désormais la seule vertu qui me reste : la patience ! »

Il reprit cependant son travail, composant le sublime *Chant de la terre*, puis une esquisse de ce qui deviendrait l'été suivant la *Neuvième Symphonie*. *Le Chant de la terre*, l'une de mes œuvres préférées de Mahler, s'inspirait d'un recueil de poèmes traduits du chinois par Hans Bethge, *La Flûte chinoise*. Il composa très rapidement cette « Symphonie pour ténor, alto (ou baryton) et orchestre » qui lui permit de « retrouver le chemin de lui-même ». Cet hymne à la nature célèbre aussi la vie avec ses tristesses, ses deuils, et ses joies. Les lieder intimistes et délicats se déploient grâce à l'ampleur de l'orchestre symphonique. Ma préférence va aux voix masculines dans cette œuvre – je mets à part l'interprétation unique de Kathleen Ferrier, la première que j'ai entendue –, mais elle est habituellement chantée en alternance par un homme et une femme, ce qui lui confère une dimension humaine, celle d'un chant d'amour universel. Leonard Bernstein y voit la résolution musicale du conflit qui, selon lui, marque toute la musique de Gustav Mahler entre judaïsme et christianisme, entre immanence juive et résurrection chrétienne, entre *Das irdische Leben* et *Das himmlische Leben*, la vie terrestre et la vie céleste. Il avait fallu ces poèmes chinois pour effectuer la synthèse enfin apaisée de cette double postulation.

Mahler garda son manuscrit achevé durant deux ans et ne le montra qu'à son fils spirituel, Bruno Walter. Il ne le dirigea ni ne l'entendit jamais en concert. Ce fut Walter qui créa l'œuvre à Munich le 20 novembre 1911, six mois après la mort du compositeur. On imagine l'émotion dans la salle lorsque les chants, comme une ultime prière, s'élevèrent et que résonnèrent les derniers mots, Ewig... Ewig... Ewig... Ewig... Ewig (éternellement). J'aime à penser que Bruno Walter invita ses amis, que Nina et Albert Spiegler, Siegfried, très malade, et Clementine Lipiner, Emil Freund assistèrent comme jadis, en compagnie de Natalie, au concert. Ces poèmes chinois surgis de l'autre côté du monde la bouleversèrent comme une ultime confidence. Elle revoyait tout, leurs promenades à deux dans la montagne, les reflets de la lune sur le lac, le ciel plein d'étoiles, la *Häuschen* et leurs derniers moments de bonheur ensemble. Au premier rang, Alma, en veuve éplorée, trônait sous ses voiles noirs.

Après deux saisons au Metropolitan, Gustav Mahler fut engagé à la tête du Philharmonique de New York où il fit sa « révolution », modifiant la composition de l'orchestre et préparant un programme très ambitieux. Il avait le sentiment de s'être bien adapté, la dépression était passée et il se sentait en pleine forme en cette fin 1909. Il n'en allait pas de même pour Alma qui ressentait de plus en plus une forme de solitude et de distance, notamment sexuelle, avec son mari. Elle avait l'impression de passer à côté de sa vie, à 30 ans seulement. Même à l'époque, ce n'était pas la vieillesse. À Paris, Gustav avait posé l'année précédente pour le sculpteur Auguste Rodin et dirigé la *Deuxième Symphonie* au Châtelet, grâce à la Société des grandes auditions musicales présidée par la comtesse Greffulhe, mélomane avertie, et la Société des amis de la musique. Marcel Proust aurait pu assister au concert qui eut un grand succès. Rien ne permet de l'affirmer, ni de l'infirmer à ma connaissance. Seul Debussy quitta la salle, contrairement à la légende entretenue par Alma. À peine arrivé à Vienne, après un passage à Rome, Gustav Mahler se remit au travail afin de préparer l'exécution de la *Huitième Symphonie*, avec son chœur colossal, qui devait avoir lieu à Munich. Il se rendit ensuite à Toblach, tandis qu'Alma partait se reposer en cure à Tobelbad.

Elle y fit la connaissance du jeune architecte Walter Gropius avec lequel se noua une idylle passionnée. Le futur fondateur du Bauhaus avait cinq ans de moins qu'elle et leur liaison se poursuivit jusqu'au départ d'Alma. Mahler l'apprit de la façon la plus terrible, à la suite d'un acte manqué, Gropius lui envoyant par erreur une lettre destinée à Alma. Cette nouvelle provoqua chez lui un véritable électrochoc, amplifié par les reproches que lui fit son épouse sur sa négligence à son égard depuis leur mariage, obsédé qu'il était par sa création et son travail d'orchestre. Il fut terrifié à l'idée de la perdre.

Le choc de cette découverte allait déclencher une crise profonde dans leur couple. Tout s'était inversé : elle prit conscience de son propre éloignement, il fut ravagé par la passion et la peur d'être quitté. Il s'était transformé d'un coup en amoureux transi. Elle lui reprocha son impuissance sexuelle, son égocentrisme, l'interdiction de composer et la vie sinistre qu'il lui faisait mener. Mais quand Gropius vint à Toblach pour la retrouver et lorsque Mahler demanda à Alma de choisir entre eux, elle resta avec lui.

Il interrompt alors son travail sur la *Dixième Symphonie* pour se rendre en Hollande où Sigmund Freud se trouve en vacances. Il faut un certain courage quand on est aussi célèbre que Mahler pour s'adresser au psychanalyste. Mais il faut aussi être Gustav Mahler pour être reçu par Freud pendant son congé. D'une famille originaire de Galicie, Sigmund Freud, de quatre ans plus âgé que Mahler, est né lui aussi en Moravie. Mais sa famille, après un passage par l'Allemagne, s'est installée à Vienne où il a grandi, fait ses études de médecine et, peu à peu, élaboré son œuvre et construit sa carrière. Comme Mahler, Freud est un travailleur acharné. En 1910, il a déjà publié des textes fondamentaux tels que *L'Interprétation des rêves*, les *Trois essais sur la théorie sexuelle* ou *Psychopathologie de la vie quotidienne*. Sa notoriété va grandissant, y compris aux États-Unis où il s'est rendu l'année précédente pour exposer sa théorie psychanalytique. Cela ne signifie pas, bien sûr, que ses travaux sur les rêves, l'hystérie ou la sexualité soient unanimement reconnus mais il n'est plus isolé grâce, en particulier, à la Société viennoise de psychanalyse. Vienne est par excellence le berceau de la psychanalyse. La clientèle du Herr Doktor Freud se recrute dans la riche bourgeoisie viennoise. Dans le milieu intellectuel et artistique que fréquente Mahler, il n'est pas non plus exceptionnel de faire appel à lui, parfois comme un ultime recours.

Bruno Walter avait lui-même consulté le psychanalyste quelques années plus tôt, à la suite d'une crampe dans le bras gauche qui l'empêchait de jouer du piano et de diriger. Freud avait examiné son bras, et comme Walter l'interrogeait sur un possible traumatisme, le médecin l'avait interrompu : « Connaissez-vous la Sicile ? » À la réponse négative du musicien, il lui intima d'y aller sur-le-champ et de ne plus penser à son bras. Bruno Walter prit un train pour Gênes, d'où il embarqua pour Naples et la Sicile. Il fut enthousiasmé mais au retour il avait toujours mal. Freud lui conseilla de reprendre comme si de rien n'était ses répétitions mais le résultat ne satisfaisait pas le chef d'orchestre. Il découvrit alors le livre du psychiatre Ernst von Feuchtersleben, *Hygiène de l'âme*, s'y plongea et peu à peu reprit ses occupations en adaptant ses gestes à sa douleur jusqu'à guérison complète. Il n'eut plus jamais mal.

À l'évidence, Mahler a eu connaissance de cet épisode, et Walter l'a encouragé à consulter. Il a annoncé puis décommandé à trois reprises son arrivée par télégramme, avant de se décider à rejoindre Freud. Il traverse donc l'Europe et se rend à Leyde, la ville natale de Rembrandt, à une dizaine de kilomètres de la mer du Nord. Je reste fascinée par l'image de ces deux hommes, grands marcheurs l'un et l'autre, cheminant côte à côte le long des canaux ou dans la vieille ville. Freud a-t-il demandé à Mahler, comme lors d'une séance « classique », de parler avant de livrer un début d'interprétation ? Ont-ils, à l'issue de l'entretien, fumé un cigare dont ils sont tous deux amateurs ? En tout cas, si Mahler a exposé ses problèmes avec son épouse, il n'a rien dit, semble-t-il, de l'aventure avec Gropius. Cela aurait peut-être modifié l'interprétation du psychanalyste.

Selon Ernest Jones, « Mahler, atteint de névrose obsessionnelle, souffrait de la folie du doute ». L'année précédente, Freud avait publié ses *Cinq leçons de psychanalyse* et – est-ce un hasard ? – *À propos de la psychanalyse dite « sauvage »*. Cette scène a inspiré de nombreux psychanalystes : que s'est-il dit exactement entre eux ? En tout cas, le compositeur est rentré soulagé. Selon Jones, Freud avait associé l'amour de Mahler pour sa mère, Marie, à son épouse dont l'un des prénoms était aussi Marie : il aurait inconsciemment fait de la jeune et belle Alma une femme « souffrante et affligée » comme l'avait été sa mère. Quant à elle, en épousant un homme plus âgé, elle avait cherché à retrouver son père, le peintre (*Maler* en allemand) Schindler. « Cette fixation œdipienne aurait conduit Mahler à faire de son épouse une abstraction, un idéal, jusqu'à cette fameuse crise de 1910 où tout son amour – et sa libido – se serait alors donné libre cours. » Mais cette analyse « sauvage » d'un « homme de génie » ne se renouvela pas et Freud lui-même avoua, vingt-cinq ans plus tard, qu'« aucune lumière n'avait été jetée sur la façade symptomatique de sa névrose obsessionnelle. C'était comme si on avait creusé une profonde et unique tranchée au travers d'un bâtiment énigmatique ».

De son côté, Alma poursuivit secrètement sa relation amoureuse avec l'architecte qu'elle épouserait en 1915, après une liaison bien plus sensuelle et délirante avec le jeune peintre Oskar Kokoschka.

Dans la dernière lettre que Gustav Mahler écrit de Hollande à sa femme qu'il ne veut plus quitter un seul instant, il avoue : « Pour la première fois depuis deux mois, et même de toute ma vie, j'éprouve un amour absolu, celui que l'amour donne quand on aime de toute son âme et que l'on se sait aimé en retour. »

Dénouement inattendu, Freud, le 23 mai 1911, soit cinq jours *après* la mort de Gustav Mahler, adressa une lettre à Emil Freund, son exécuteur testamentaire, lui demandant de régler les honoraires de cette « consultation de plusieurs heures », qui s'élevait à 300 couronnes.

Le 12 mai 1911, l'Orient Express venu de Paris était entré en gare de Vienne, ramenant un Mahler moribond, veillé par Alma. Sur le quai, l'attendaient les fidèles des fidèles : sa sœur Justine et son mari, Arnold Rosé, Bruno Walter, Albert Spiegler et quelques autres. Le wagon où se trouvait le compositeur fut détaché et conduit sur une voie à l'écart, et on le débarqua pour le transporter au Sanatorium Loew. Une photo bouleversante tirée d'un magazine autrichien, *Das interessante Blatt*, montre la civière entourée des proches avec le commentaire suivant : « Le retour de Gustav Mahler à Vienne : l'artiste génial, ex-directeur de l'Opéra de Vienne, a été transporté de Paris à Vienne et sera acheminé sur un brancard à la gare de l'Ouest en partance pour le sanatorium. »

Malgré l'absence de fièvre, son état se détériora en peu de jours.

On avait détecté quelques semaines plus tôt à New York une infection aux streptocoques *viridans*. Gustav Mahler se savait condamné et il exigea de rentrer à Vienne. Il demanda (en vain) que soient détruites les esquisses de sa *Dixième Symphonie*, celle qu'il avait tant désiré achever. Elle exprimait son amour vibrant pour Alma, et témoignait de son remords tardif de l'avoir empêchée de composer. Sur la partition, il avait griffonné deux fois la phrase « Pour toi vivre, pour toi mourir, Almschi », comme un cri ultime. La traversée avait été éprouvante. Une photographie montre Mahler (peut-être au cours du voyage aller), en costume de tweed, un chapeau sur la tête, appuyé contre le bastingage du navire, les traits creusés, des plis amers autour de sa bouche pincée, vieilli prématurément à 51 ans par la maladie, le travail et les soucis. Stefan Zweig, qui se trouvait par hasard sur le paquebot du retour, observa de loin le chef d'orchestre qu'il était venu si souvent écouter à Vienne. « Pour nous, pour toute une génération, écrit-il, il fut davantage qu'un simple artiste, il fut tout ce que notre jeunesse n'a jamais pu oublier. » Son témoignage, qui le décrit au débarquement à Cherbourg « d'une pâleur de mourant, immobile et les paupières closes », est très émouvant. « Le vent avait balayé de côté sa chevelure grisonnante, son front bombé saillait, dégagé, hardi, et, en dessous, le menton sévère exprimait toute la force de sa volonté. [...] Cependant sa silhouette – spectacle inoubliable, ô combien inoubliable ! – se détachait sur le gris infini du ciel et de la mer, il régnait à cet instant une tristesse sans bornes mais aussi un je-ne-sais-quoi qui transfigurait tout par sa grandeur et se perdait dans le sublime, telle une musique. Je savais que je ne le verrais plus jamais. » Les Mahler avaient rejoint Paris, puis le musicien avait été transféré à la clinique du docteur Defaut à Neuilly (celle-là même où avait été transportée Alexandrine Zola après l'intoxication qui avait coûté la vie à son mari). La *Neue Freie Presse* donnait des nouvelles quotidiennes à ses lecteurs. Vienne n'avait pas oublié Gustav Mahler, ou plutôt, se souvenait à nouveau de lui. Il mourut cinq jours après son retour, le 18 mai 1911.

Il avait demandé dans son testament un enterrement sans musique ni discours, auprès de sa chère Putzi, dans le petit cimetière de Grinzing. Alma était sa légataire universelle et Carl Moll, son beau-père, le tuteur de sa fille. Son ami d'enfance Emil Freund serait son exécuteur testamentaire. La cérémonie, en l'absence d'Alma, souffrante, eut lieu dans la chapelle du cimetière, puis l'immense cortège de la famille et des amis de Gustav Mahler, des artistes, des délégués des Opéras de Berlin, Munich, Dresde, Budapest, de toutes les institutions musicales de Vienne, se dirigea vers la tombe. Chacun jeta une poignée de terre avant de se recueillir en silence. Pendant ce silence, se fit entendre soudain le chant d'un oiseau, comme un écho vivant à la *Deuxième Symphonie.*

Natalie n'avait pas voulu assister aux funérailles, par discrétion, mais plus tard, quand la foule des admirateurs et des curieux se fut dispersée, elle se rendit seule sur la tombe de l'homme qu'elle avait aimé plus que tout et n'avait jamais trahi.

En mars 1912, un cahier spécial du magazine musical et culturel *Der Merker*, dirigé par Richard Specht, qui serait son premier biographe, fut consacré à Gustav Mahler. Parmi différentes contributions, on lit celles de Bruno Walter, d'Arnold Schönberg, de l'écrivain Paul Stefan ou du journaliste Arthur Seidl. Il y avait aussi des photos, des poèmes, un dessin de la *Häuschen* de Toblach. Le texte de Natalie Bauer-Lechner, l'un des plus longs, parut sous le titre *Aus einem Tagebuch über Mahler* (Tiré d'un Journal sur Mahler). Six pages de ses *Mahleriana* faisaient revivre le compositeur lors de l'écriture de la *Deuxième* et de la *Troisième Symphonies.* Alma Mahler présidait la Fondation qui veillait sur l'œuvre de son mari, à laquelle appartenaient aussi comme curateurs le pianiste Ferruccio Busoni, le compositeur Richard Strauss et le chef d'orchestre Bruno Walter. On lui avait arraché l'autorisation de faire paraître les pages écrites par Natalie, elle accepta à la condition de ne pas faire figurer son nom. La première publication d'extraits de l'œuvre de Natalie Bauer-Lechner fut donc anonyme. Mais le tout-Vienne musical savait qu'elle en était l'auteur. Peu lui importait, du reste. Natalie n'avait jamais cherché la gloire ni même la célébrité. Mais elle était heureuse d'avoir pu ajouter sa pierre à l'édifice, comme on dépose un caillou sur une tombe. Cette première parution, même anonyme, la confirma dans la certitude que ses *Souvenirs* seraient un jour publiés.

Les concerts avec le quatuor Soldat-Roeger se poursuivirent jusqu'en 1913 mais Natalie, comme Marie Soldat et les autres musiciennes, donnait aussi des représentations en solo ou avec d'autres musiciens d'orchestres de chambre. Ainsi, en octobre 1909, dans la lettre où elle appelait à l'aide Anna von Mildenburg pour « sauver la santé et la vie de la femme et de l'enfant d'un excellent homme qui m'est proche et qui est tombé dans la misère à cause de leur maladie » (du Natalie pur jus !), elle précisait être prise le 10 novembre par un engagement en solo à Trieste et par d'autres concerts qui allaient s'enchaîner à Essen, en Allemagne, jusqu'au 20. Elle se produisit aussi le 14 décembre de cette même année et le 15 novembre 1912 dans la petite salle du Musikverein. Parfois, elle jouait en tant que « virtuösin » avec d'autres musiciens, comme en décembre 1910 et 1911. Ces concerts, ceux du quatuor et les cours qu'elle donnait, lui permettaient de gagner sa vie. Il est probable que la guerre mit fin à l'activité du quatuor Soldat-Roeger dont la dernière performance connue date du 15 mars 1913, peu de temps avant la fermeture de la salle. Le Bösendorfer où elles jouaient chaque saison, n'existait plus, et les déplacements devenaient difficiles voire impossibles. Pourtant, en mars 1917, Natalie gardait encore l'espoir de voir le quatuor se reformer. Dans une lettre affectueuse, elle écrivait à Marie Soldat : « Je suis fidèle à mon alto [...] et je joue avec ardeur comme s'il était toujours question de servir notre cher vieux quatuor sous ta merveilleuse direction. » Elle regrettait de ne pas avoir été invitée à participer au concert en l'honneur du compositeur Robert Fuchs. « Je n'abandonne pas l'espoir secret que tu me laisses encore une fois jouer en quatuor sous ta direction que j'admire tant ! » En vain. Sa vie matérielle allait en subir les conséquences.

En 1908, la Bosnie-Herzégovine avait été annexée unilatéralement par l'Empire, et le reste de l'Europe mis devant le fait accompli. Cette décision aurait des conséquences tragiques pour des millions d'hommes et de femmes. Les Serbes développèrent une haine féroce à l'égard de l'Autriche-Hongrie. S'y ajoutèrent les guerres balkaniques qui redistribuèrent les cartes dans la région et renforcèrent la position de la Serbie. L'Empire austro-hongrois, sous la férule de son vieux chef, se délabrait. Sous la poussée des « rouges », les grèves se multipliaient. Fallait-il mettre la Serbie hors du jeu ? L'héritier présomptif du trône, l'archiduc François-Ferdinand, neveu de François-Joseph, était partisan de la paix. Il avait prévu une visite à Sarajevo. Malgré les mises en garde, il tint à s'y rendre et, le 28 juin 1914, il fut assassiné avec son épouse par un jeune patriote manipulé par la Main noire, Gavrilo Princip. Une première bombe l'avait manqué, tuant deux officiers. En août 1914, la totalité des grandes nations européennes s'engageaient dans un conflit qui allait durer quatre ans.

Natalie, comme ses amis socialistes, était pacifiste. Les sociaux-démocrates réclamèrent dès 1916 une paix sans conditions. Toute vie politique se trouvait bloquée et Friedrich, le fils aîné de Victor Adler, en signe de protestation contre la guerre et la mise en sommeil de la politique, tua à bout portant le président du Conseil. Son père, le vieil ami de Gustav et de Natalie, fondateur du Parti ouvrier social-démocrate, avait jadis tenté de détourner son fils de la politique et le pousser vers des études scientifiques. En vain. Après ses études à Zurich où il avait été l'ami et le condisciple d'Albert Einstein, Friedrich Adler était revenu à Vienne, devenant le leader de l'aile gauche du parti. Natalie, qui le connaissait depuis toujours, fut bouleversée en apprenant son geste et sa condamnation à mort. Mais l'empereur François-Joseph mourut cette même année, il avait régné durant presque soixante-huit ans. Son petit-neveu,

Charles, lui succéda, et gracia Friedrich Adler, condamné à la perpétuité. La fin de la guerre et la chute de l'Empire lui rendirent sa liberté, et il put se consacrer à plein temps à son idéal politique. Il avait tenu devant le tribunal d'exception un discours de quatre heures contre la guerre. De fait, passé l'enthousiasme de la mobilisation, les manifestations contre la guerre se multiplièrent à Vienne dès 1915. On attribue à Natalie le brouillon d'un texte manuscrit, *Gegen den Krieg* (Contre la guerre), retrouvé dans ses papiers après sa mort, disparu depuis. Une légende s'est créée, selon laquelle il lui aurait valu d'être emprisonnée à la demande de sa famille. Mais les archives n'en gardent aucune trace. Rien ne permet non plus de savoir si le texte avait été publié. Peut-être était-il destiné au journal social-démocrate *Der Kampf*, fondé par Otto Bauer, qui faisait partie de ses relations ? Mais il n'apparaît pas dans ses colonnes.

Les lettres à Anna Bahr-Mildenburg (la cantatrice s'était mariée en 1909 et portait désormais ce nom) lèvent le doute et nous donnent des indications précieuses sur sa vie durant la guerre de 14-18, et même un peu au-delà. Elles sont très émouvantes car elles témoignent, malgré la vaillance de Natalie, de la difficulté de la vie quotidienne à Vienne, durant ces années de terrible misère pour la majorité de la population. Une partie de l'Autriche se trouva au bord de la famine. Le blocus empêchait le ravitaillement. La production agricole avait chuté, celle de charbon baissa de quatre-vingt-quinze pour cent. Dans les villes, la population souffrait de la faim, du froid, de la misère et même de l'obscurité car les centrales thermiques qui donnaient l'électricité fonctionnaient au charbon. Plus de pétrole non plus. L'inflation était galopante. Malgré la pénurie, les dépenses moyennes d'une famille viennoise furent multipliées par quinze en quatre ans. Huit millions d'hommes furent mobilisés, la moitié ayant passé toute la guerre sous les drapeaux. Le bilan était lourd, un million deux cent mille morts et trois millions de blessés. En 1919, on croisait à tout moment dans la rue des invalides, des sans-abris, des soldats à l'uniforme en loques, des femmes et des hommes livides, hagards et affamés.

Natalie Bauer-Lechner fut l'une de ces femmes, se battant comme elle le pouvait contre les difficultés. Elle y laissa sa santé, et peut-être sa vie.

Anna Bahr-Mildenburg, elle, poursuivait sa brillante carrière à l'Opéra de Vienne où elle se produisit régulièrement jusqu'en 1917, et même au-delà en tant qu'invitée. En 1909, elle avait créé le rôle de Clytemnestre dans l'*Elektra* de Richard Strauss, qu'elle chanterait aussi à Covent Garden à Londres, à Amsterdam, à Bruxelles. Elle l'interpréta pour ses adieux à Vienne et, bien plus tard, pour ses adieux définitifs à la scène. Elle avait incarné les plus grands rôles de l'opéra, de Wagner à Bellini, de Mozart à Strauss. Elle était l'une des divas de la scène européenne, aussi passionnée par le chant que par la mise en scène et le jeu des acteurs. L'amitié entre Natalie et Anna avait connu des éclipses. Elles avaient été rivales du temps de Mahler, puis alliées et amies quand il avait épousé Alma. La vie les avait ensuite séparées durant quelques années. L'Opéra de Vienne ferma durant des semaines dès le début de la guerre. Anna s'engagea comme bénévole à l'hôpital de Salzbourg où elle habitait avec son mari, pour soigner les blessés qui affluaient du front.

C'est Natalie qui reprend contact avec elle, le 7 avril 1915.

Après avoir cité quelques vers de Siegfried Lipiner consacrés à Gustav Mahler (« Heerschar des Geistes, nicht duldet's dich im Glück / Friedlos dem Glück und Unrast dein Geschick / Dahin, dahin war Jubel nicht der Flug? / Und welch ein Grau, der ihn dar niederschlug »), elle poursuit : « En vérité, je ne sais ce qui nous a éloignées et qui fait que je te sois devenue étrangère. Mais il m'est toujours douloureux qu'il en soit ainsi car avons-nous tant d'amis véritables que l'on puisse les laisser partir sans que l'on en souffre ? Cela s'impose tout particulièrement en ces terribles temps de combat sanglant et j'ai le sentiment que l'on devrait se pardonner, avec la guerre et la misère, et que l'on devrait, au moins pour sa propre personne, se réconcilier à la hâte avec ses ennemis et totalement avec ses amis. Laisse-moi donc, ma chère, te demander pardon si je t'ai blessée involontairement et inconsciemment d'une quelconque façon et laisse-moi te dire que non seulement je t'aime de la même façon mais aussi que je te remercie de tout cœur et à tout jamais pour tout ce que tu es, tout ce que tu m'as offert avec affection et sollicitude. Ces années sans nous voir n'ont pas été faciles pour moi. Le pire a été la maladie nerveuse qui m'a retenue dans un sanatorium trois mois l'hiver dernier dans un état mental que je souhaite ne jamais revivre. Cette guerre effroyable s'est abattue sur le monde et la souffrance de tous s'ajoute au malheur de chacun (car le fait que les "affaires" vont toujours plus mal et que l'avenir semble toujours plus menaçant, on le partage avec des milliers d'autres !). Mais du point de vue de la santé, grâce à Dieu, ça va à nouveau et être active est déjà un grand bonheur. Avec en plus la proximité et l'amour de chers esprits (parmi lesquels j'aimerais à nouveau pouvoir te compter). Que demander d'autre ?

Toute mon affection et ma fidélité. Mes amitiés à ton époux. »

Ce séjour de Natalie en « sanatorium » durant l'hiver 1914-1915, pour ce qui est peut-être une dépression sévère, explique la rumeur de son enfermement à la demande de sa famille. Il s'agit donc d'un internement non pas en prison, mais en hôpital psychiatrique. Un établissement récent comportant soixante pavillons avec tout le confort moderne a été bâti à Steinhof, dans la banlieue de Vienne, sur les plans d'Otto Wagner. Mais il est fort coûteux, et il est plus vraisemblable qu'elle ait été soignée au « Sanatorium der Kaufmannschaft », initialement réservé aux commerçants de Vienne dont fait partie son frère Oskar qui a repris la maison d'édition de leur père. Au sein du sanatorium, une nouvelle clinique privée a été fondée par Karl Pick, un homme politique social-démocrate qu'elle connaît peut-être. Elle y refera un séjour à la fin de sa vie. Sa maladie est-elle due à la guerre ? À sa vie privée ? Ou à des causes purement physiologiques ? On voit se développer à Vienne, dans la mouvance de Breuer, de Freud et de ses disciples, un intérêt particulier pour la psychiatrie et le traitement des maladies nerveuses. L'affiche Art nouveau du Steinhof vante ses traitements d'avant-garde pour « la neurasthénie, l'hystérie, l'hypocondrie, les états nerveux, la dépendance à la morphine, à la cocaïne, et l'alcoolisme »... Les malades sont soignés par hydrothérapie et électrochocs. Ils disposent d'une piscine couverte, d'un théâtre, de salons de musique et de fumoirs, d'un immense parc, et d'une église conçue par Otto Wagner.

La guerre, la violence, la misère environnante, la maladie, tout cela a pesé lourd sur Natalie. Elle éprouve le besoin de renouer avec les amis qui lui restent. Le 30 décembre 1911, quelques mois après Gustav Mahler, Siegfried Lipiner était mort à son tour, des suites du cancer. Natalie avait accompagné son premier grand amour au cimetière évangélique de Vienne. Le petit groupe de leur jeunesse était peu à peu décimé.

Mais loin d'être solitaire, elle garde des liens avec sa famille, et fait aussi de nouvelles connaissances. Si elle est proche de sa plus jeune sœur Wilhelmine, dite Mina, de sa nièce Frederike qui sera son héritière, et de son frère Oskar chez qui elle finira ses jours, je ne vois aucune trace dans ses écrits ou dans sa correspondance de sa sœur Ellen. La similitude entre les deux sœurs est aussi frappante que les différences probables de tempérament et de choix existentiels. Ellen, plus jeune de quatorze mois, a été élevée avec Natalie, a suivi les cours du conservatoire comme elle dans la classe de violon de Josef Hellmesberger et celle de piano de Ramesch, et été diplômée en 1872 comme sa sœur aînée. La petite sœur n'a pas attendu pour marcher aux côtés de la grande. Ellen devient elle aussi violoniste, joue dans un quatuor féminin et différentes formations à Vienne, Graz et Bad Aussee. À 25 ans, elle épouse un ingénieur en électronique, Carl Schlenk, futur conseiller aulique. À la naissance de ses deux fils, elle arrête durant quelques années les concerts, avant de se produire à nouveau. En 1908, l'infatigable Ellen crée son propre quatuor avec trois musiciens, sous le nom de « Schlenk-Lechner-Grümmer », avec lequel elle jouera jusqu'en 1931 pour la radio de Vienne. Elle est aussi, en 1920, l'une des fondatrices, premier violon puis violon solo, du *Wiener Frauen-Symphonie-Orchester.* Cet orchestre, qui rassemble cinquante musiciennes professionnelles, se produit deux après-midis par semaine dans les meilleures salles, et recevra même une subvention. Ellen y participera jusqu'à un âge avancé.

Y avait-il une rivalité entre les deux sœurs ? À la rebelle et bohème Natalie semble s'opposer une Ellen plus efficace, plus rangée et plus ambitieuse. Une caricature amusante la montre en vieille dame élégante et moderne, vêtue d'un court manteau à carreaux noirs et blancs, d'une étole d'hermine et toque assortie, chaussée de bottines blanches à talons hauts. Son étui à violon au bras comme un sac à main, des moufles aux mains et des lunettes sur le nez, l'air renfrogné, elle ne paraît pas commode ! La vie libre de Natalie, son divorce, ses amours, ses convictions politiques, son féminisme, ne plaisaient pas à tous les membres de cette famille si typiquement viennoise et bourgeoise. Seraient-ils vraiment allés jusqu'à la faire emprisonner pour ses idées subversives ? J'ai un pincement au cœur en pensant à ma Natalie, que la réussite aussi bien familiale que professionnelle de sa sœur renvoie à une certaine marginalité – toute relative et, après tout, choisie. Elle a pris le chemin de la liberté, mais à quel prix ! Seules comptent les familles qu'on se choisit, écrit-elle dans ses *Fragmente*.

Or, parmi les nouvelles connaissances de Natalie, un homme va jouer un rôle particulier. Hans Riehl est âgé de 25 ans quand elle lui dédicace, le soir de Noël 1916, l'un de ses cahiers, jadis offert à son amie Henriette Mankiewicz.

« La très chère vieille amie qui m'a affectueusement rendu ceci pour le transmettre est désormais décédée. Que ces feuilles soient dédiées au jeune et excellent ami Hans Riehl qui vivra et œuvrera lorsque je serai partie depuis longtemps, avec ma sincère affection pour son être chaleureux et gai et en admiration pour ses dons que l'on rencontre rarement, de la part de sa parente maternelle de cœur, sa Natalie Bauer. »

Le jeune homme, alors sous les drapeaux, est un brillant étudiant en philosophie, en archéologie et en histoire du droit. Il est aussi intéressé par la sociologie de l'art. Comment et où l'a-t-elle rencontré ? Je n'en sais rien mais en Natalie veille une irréductible protectrice de jeunes gens doués. Sa fameuse fibre maternelle, sans doute, qui agaçait tant Gustav Mahler. Elle fait déjà assez confiance à Riehl pour envisager de lui confier la publication de ses *Mahleriana*, « vingt ans après ma mort (si ce n'est plus tôt ?) », comme elle le stipulera dans son testament. Sa jeunesse est une garantie qu'il lui survivra. Ironie de l'histoire, ce garçon si prometteur s'engagera dans le parti nazi en 1938 et ouvrira en 1941 la *Neue Galerie* à Graz, spécialisée dans la récupération des œuvres d'art spoliées. Docteur en sociologie et en philosophie, il sera suspendu de ses fonctions de professeur après la guerre mais vivra jusqu'en 1965. Un voile pudique est jeté sur le site de la *Neue Galerie* qui existe toujours à Graz. Quant à Hans Riehl, les références à sa biographie ne sont plus accessibles sur la Toile, hors Wikipedia et l'université de Graz. Mais nous en savons assez pour comprendre que rien, à l'époque, ne pouvait laisser deviner à Natalie, philosémite et socialiste, la future orientation de son protégé. Elle travaillera avec lui à la future édition de son texte, qui ne sera publié qu'en 1923, non par lui mais par le mari de sa nièce Frederike, Johann Killian.

Et c'est à Riehl qu'elle adressera aussi sa longue lettre à propos des amours de Mahler. Elle s'en explique : elle n'a pas voulu dévoiler la vie intime de Mahler dans ses souvenirs, elle aurait eu l'impression de le trahir. Mais elle accepte de livrer ce qu'elle sait de ses rapports avec les femmes dans ce courrier privé, et charge à Riehl de compléter et d'utiliser au mieux ces informations ultérieurement. Son « très cher Hans » n'en fera rien, comme on le sait. Mais le plus intéressant dans la lettre est au fond ce qu'elle nous livre de ses propres rapports avec Gustav Mahler, jetant un éclairage nouveau sur leur couple. Je suis donc finalement obligée de reconnaître que ce futur nazi m'a été utile.

C'est en mai 1918 que nous retrouvons Natalie Bauer-Lechner, alors que l'Autriche s'enfonce dans la défaite et la misère. Sa lettre à Anna Bahr-Mildenburg est écrite sur un papier à en-tête du « Südbahnhotel » de Semmering qui vante cette villégiature située sur la route de Vienne à Trieste, à 1 000 mètres d'altitude. Une photographie en noir et blanc illustre la publicité. Le tout-Vienne de la culture a fréquenté ce somptueux établissement fin de siècle de quatre cents chambres, de Gustav et Alma Mahler à Sigmund Freud, d'Oskar Kokoschka à Karl Kraus, de Kolo Moser à Adolf Loos. Niché dans la verdure, à flanc de colline et au milieu des montagnes de Styrie, il existe toujours, transformé en appartements. Ses immenses salles de réception sont ouvertes pour des spectacles ou des soirées d'exception. Les pelouses ont été reconverties en terrain de golf. D'élégantes villas l'entourent, jadis louées par la bonne société viennoise durant l'été, afin de profiter des thermes. Desservie par la ligne de chemin de fer du sud, la première en Europe à traverser les montagnes et toujours en service aujourd'hui, Semmering est la villégiature préférée d'Anna, et Natalie s'y rendait aussi régulièrement avant-guerre. Mais elle a barré la mention de l'hôtel, et l'on comprend vite qu'elle n'y séjourne pas. A-t-elle emprunté ce papier à lettres à son amie ? C'est bien possible.

Car on apprend que Natalie séjourne chez Anna et Hermann Bahr qui lui ont prêté leur « divine maison » pendant qu'ils sont au Lido à Venise. Il s'agit de leur maison de Salzbourg puisque Natalie habite toujours 18 Salesianerstrasse à Vienne, comme le précise le tampon qu'elle a ajouté sur la page. Après mille remerciements pour leur invitation qui la soulage d'un grand poids pour l'avenir, elle leur présente une requête inattendue. Avec Natalie, on n'est jamais au bout de ses surprises... Elle sollicite avec mille précautions l'autorisation d'héberger dans la petite pièce du haut, avec une si belle vue, son ami, « un ami magnifique, extrêmement cultivé, qui a besoin de repos, l'être le plus respectable, un professeur que j'ai connu non d'une manière "artificielle" (j'ignore ce qu'elle veut dire par là), mais de la façon la plus naturelle, par le mari de ma chère nièce dont il est le plus vieux et le plus proche ami. Pourrait-il dormir dans cette pièce lorsqu'il s'attarde le soir de temps en temps et repartir au matin à la ville sans qu'on le voie ou l'inverse si cela ne pose pas de problème ? ». On aura compris que Natalie a fait une nouvelle conquête, qu'elle compte présenter comme son neveu à la cuisinière puisqu'il n'a que 31 an ! Ou peut-être comme son frère ? Non, neveu serait préférable, finalement. Quant à elle, elle ne l'appellera que « Herr Professor » en public, et se réjouirait de pouvoir le voir sans limites… de temps à autre.

Je ne sais quelle fut la réponse d'Anna. Elle dut lever les yeux au ciel en lisant la lettre. Quant à l'« ami » de Natalie, il s'agissait peut-être d'un collègue du mari de sa nièce Frederike, Johann Killian, professeur de lycée. J'avais pensé à Riehl, pourquoi pas. Mais il est plus jeune. À moins qu'elle n'ait ajouté quelques années à son Herr Professor ? À cette époque, en tout cas, Natalie songe sérieusement à la publication de son *Journal* sur Mahler. L'écrivain Paul Stefan s'est déclaré prêt à l'aider mais la chose ne se fera pas, en raison des fortes oppositions surgies de toutes parts et en particulier d'Alma Mahler.

Le traité de Versailles est signé en juin 1919 et fixe les conditions de la paix et les sanctions contre l'Allemagne et ses alliés. Une annexe, le traité de Saint-Germain-en-Laye, précise le sort de l'Autriche. L'empire des Habsbourgs n'est plus et le pays se limite peu ou prou au territoire occupé par la population germanophone. La Hongrie et la Tchécoslovaquie deviennent indépendantes. Les régions situées en Italie et en Roumanie reviennent à leur pays d'origine. Ainsi, l'Autriche perd le

Tyrol du Sud, le Haut-Adige, la région de Trente, Trieste (le seul accès de l'Autriche à la mer), tous ces lieux de villégiature où se rendaient Gustav Mahler et les siens. Je me rappelle les chansons mélancoliques que reprenaient en cœur le soir les Tyroliens dans la *Stube* du Fritznerhof de Wattens, à la table de mes parents, un verre de vin blanc à la main, telle « Mein Südtirol ». Ils chantaient à pleine voix, parfois les larmes aux yeux. Je ne comprenais pas pourquoi. Nous étions allés dans le Brenner et à Bolzano en excursion – j'ignorais alors que cette région avait jadis appartenu à l'Autriche qui l'avait occupée. Les propriétaires de l'hôtel étaient originaires du Tyrol du Sud, lis-je sur le site. L'hôtel n'a pas changé, encore plus pimpant. Leur fille, la petite Maria, dont je me rappelle les yeux vifs et l'air timide, le gère aujourd'hui. Je me promets d'y retourner.

À ce dépeçage, s'ajoutent pour l'Autriche, comme pour l'Allemagne, d'énormes réparations financières qu'elle doit payer seule. Beaucoup redoutent cette indépendance pour un si petit pays. Stefan Zweig, qui avait passé un an à Zurich, revient à la fin de la guerre. « Des six ou sept millions que l'on contraignait à se déclarer "Autrichiens-Allemands", la capitale rassembla à elle seule deux millions d'êtres affamés et grelottant de froid. [...] À un pays qui ne voulait plus exister, on commandait : "Tu dois exister." » Il décrit l'état déplorable du pays, le dénuement général, les trains délabrés – jadis fierté impériale – qui ne circulent plus ou difficilement, la sous-alimentation et même la famine dans certaines régions. En ville, pas de pain, de café, de lait, de beurre, d'œufs, de produits frais. Le tissu est introuvable, le cuir aussi et certains en sont réduits à tailler des pantalons dans des vieux sacs et à porter des semelles de bois. Le marché noir prolifère, des accapareurs stockent la marchandise et la revendent à prix d'or. Les seules valeurs stables, explique-t-il, sont l'or et les monnaies étrangères qui drainent vers l'Autriche des « touristes » d'un genre particulier, pillant les collections, achetant à bas prix les antiquités. Installé à Salzbourg qui est encore « une vieille cité romantique et somnolente », tout près de la frontière allemande, il évoque les Bavarois qui envahissent la ville parce que tout est moins cher avec le mark, malgré la chute de la monnaie allemande. Chacun mène sa vie comme il peut, en essayant de se débrouiller du mieux possible. Rien n'a été construit ni même entretenu durant la guerre : nombreux sont ceux qui n'ont plus de logements et doivent habiter chez des amis ou dans des chambres réquisitionnées. Les trois années les plus dures de l'après-guerre, ajoute Zweig, furent 1919-1920 et 1921. Natalie Bauer-Lechner va y laisser sa vie.

Le 4 novembre 1919, elle écrit de nouveau à son amie Anna. Elle vit dans une pension à Parsch, un quartier périphérique de Salzbourg.

Elle fait désormais partie de ceux que la crise de l'après-guerre a touchés de plein fouet. Cette lettre est particulièrement déchirante car Natalie, comme beaucoup, est dans l'obligation de quémander, « humble et poussée par la détresse ». Le mois de novembre 1919 a battu les records de froid depuis un siècle, et même Paris est sous la neige. À Salzbourg, la température a chuté bien au-dessous de zéro. Stefan Zweig, dans son château, écrit dans son lit et remet ses mains sous les couvertures entre deux pages. L'hiver précoce rend le froid insupportable dans la chambre sans chauffage de Natalie, elle manque terriblement de linge de corps, de chemises de jour et de nuit, de pantalons, de bas – les siens lui tombent sur les chevilles. Et surtout l'état déplorable de ses vieilles bottes ne la protège plus de l'humidité, elle n'a pas d'autres chaussures. « C'est une vraie misère ! » Elle a fait la même demande à sa chère amie Magda mais celle-ci est plus petite et ses chaussures ne lui vont pas. C'est peut-être son humilité qui fait le plus mal, à la lire : « Pourrais-tu m'aider dans ta grande bonté avec des vêtements dont tu ne te sers plus ? Je n'ai pas non plus un seul chemisier même si je ne manque pas de robes de concert, grâce à la générosité de nos amis viennois et à mes anciennes robes – ce qui m'est parfaitement inutile. » Elle a aussi besoin d'une veste en laine car la sienne est en lambeaux. On sent combien cette demande qu'elle fait à contrecœur lui coûte, et la honte qui est la sienne. Pourtant, elle a commencé à donner des cours de violon au Mozarteum de Salzbourg mais son maigre salaire ne doit pas suffire en ces temps d'inflation galopante. « Excuse mon écriture hachée et affreuse à cause de mes doigts gourds en ce matin. »

Elle a 60 ans, et semble à bout. Je la vois, amaigrie, les cheveux blancs, avec ses bottes trouées, sa veste déchirée et ses bas qui tombent, jouant dans sa chambre glaciale, soufflant sur ses doigts, frottant ses mains pour les réchauffer, continuant à travailler en dépit de tout. Si elle est à Salzbourg, c'est parce qu'elle donne des cours d'alto à l'Institut Mozart. Elle doit cet emploi à Bernhard Paumgartner, le directeur du Mozarteum, qui a été son élève. C'est une véritable aubaine. « Berndl » est le fils de Rosa Papier, cantatrice et professeure de chant, en particulier d'Anna von Mildenburg. Natalie la connaissait bien depuis l'époque du conservatoire et l'avait sollicitée pour aider Mahler à obtenir le poste de l'Opéra de Vienne. Bernhard Paumgartner allait être le président du festival de Salzbourg, créé l'année suivante. Anna et Bernhard ont-ils comploté pour lui trouver cet emploi afin de sortir Natalie de la misère ? C'est possible mais c'est aussi un témoignage de la reconnaissance de l'ancien élève à sa professeure. Il sait qu'elle sera à sa place dans le prestigieux Institut Mozart. Elle va y enseigner durant toute l'année scolaire 1919-1920. J'ai voulu visiter le Mozarteum, sous une pluie battante qui nous a obligés à acheter en catastrophe des parapluies made in China, parfaitement raccords avec les bataillons de touristes asiatiques sous cape de plastique qui visitaient Salzbourg en rangs serrés. Mais tout était fermé. Je n'ai pu pénétrer que dans la partie moderne ajoutée à l'ancien bâtiment. Sur les bancs, à l'abri et bien au chaud, dormaient des sans-abris, comme des fantômes de la terrible année 1919.

En lisant les lettres de Natalie, j'appréhende la suite. Je connais l'issue finale mais pas les modalités. Comme chaque fois que je m'attache à un personnage, je redoute sa mort. J'ai pleuré pour celle de Flora Tristan et n'ai pu retenir mes larmes à l'enterrement de Zola. Je me rappelle mon indignation, enfant, quand un auteur faisait mourir son héros. Je ne comprenais pas. Comment un romancier pouvait-il agir ainsi, assigner le fruit de ses entrailles (pensais-je) à un destin aussi tragique alors qu'il était tout-puissant ? Moi, je les sauverais tous et écrirais un jour des livres avec des fins heureuses. Même le dénouement d'*Autant en emporte le vent* me semblait insupportable puisque Rhett Butler quittait Scarlett, et que rien n'était dit de la suite; je tournais la page comme on ouvre la porte pour voir s'il allait revenir. Je relisais les derniers paragraphes pour découvrir un indice. En vain. J'y croyais quand même. Mais j'ai choisi de raconter la vie de personnages réels et, malheureusement, à moins de s'arrêter avant la fin, comme je l'ai fait pour George Sand ou Marcel Proust, il n'y a rien à espérer. La mort est inévitable. Comme le sera la mienne et celle des gens que j'aime.

Un mois plus tard, cependant, Natalie semble aller mieux. Elle est toujours à Salzbourg et écrit à propos d'un protégé d'Anna à qui elle donne des leçons de violon. Elle n'a plus de papier car il coûte trop cher et a utilisé toute la place libre d'un faire-part de mariage. Elle prend son travail de professeur très au sérieux et détaille la situation d'un étudiant qui, rentré invalide de la guerre, a trouvé grâce à Anna un poste d'employé aux écritures, huit heures par jour, mais n'a plus assez de temps pour suivre la totalité des cours de l'Institut Mozart. Il envisage de devenir musicien professionnel malgré ses débuts tardifs, souhaiterait laisser de côté les répétitions de chœur puisqu'il ne veut pas être chanteur, et travailler son violon à la place, de 20 heures à 21 heures dans une salle inoccupée. Il est doué, note Natalie, mais il habite loin. Comment trouver le temps de suivre en plus un cours de piano, à part le dimanche, et pire, apprendre un troisième instrument obligatoire, en l'occurrence le basson ? Comme toujours, la sollicitude de Natalie est active. Qu'est devenu cet apprenti musicien ? A-t-il réussi à suivre les cours du Mozarteum et à vivre son rêve ? Dans toute l'Europe, à ce même moment, des soldats, revenus du front, peinent à réaliser leurs projets d'avant-guerre ou élaborés peut-être dans les tranchées, quand survivre était incertain. Ils ne trouvent plus leur place dans une société qui les ignore à moins de rencontrer de grands cœurs comme Anna Bahr-Mildenburg ou Natalie Bauer-Lechner. Celui-ci restera anonyme pour nous et pourtant la lettre de Natalie l'a rendu présent.

Six mois plus tard. En ce mois de juin 1920, la musicienne s'est installée pour écrire à une table du fastueux hôtel Hinziegerhof où elle est venue à bicyclette. Elle a fait quelques taches de graisse sur le papier en déjeunant, mais elle est si bien... Tout à l'heure, elle ira marcher dans les jardins avant de reprendre son vélo pour rentrer. Ce quartier de Hinzing lui rappelle l'avant-guerre, quand Gustav Klimt et Egon Schiele y peignaient dans leur atelier. On dit que le jeune Schiele est mort de la grippe espagnole. Une chance qu'elle-même y ait échappé ! Quelle horrible période... Schönbrunn est à deux pas. Elle sourit en pensant à Sissi qu'elle aimait tant, petite fille. Cette époque lui paraît si lointaine, un autre temps... Mais Gustav est toujours présent à sa mémoire. Elle a autorisé la parution de nouveaux extraits de ses *Mahleriana* dans la revue *Musikblätter des Anbruch*, sous son nom cette fois, à l'occasion d'un numéro spécial consacré au compositeur en avril 1920. Pour les spécialistes, elle reste une référence. Figurer dans cet hommage la touche profondément et, en choisissant les extraits, la même tendresse que jadis l'a submergée, lui mettant les larmes aux yeux.

Cette fois encore – qu'ils soient remerciés au centuple pour leur hospitalité –, Anna et son mari l'ont invitée à séjourner chez eux en leur absence, près de Vienne. Natalie profite des deux derniers jours avant son départ et le retour de son amie et de son mari. Elle passe le plus de temps possible sur la terrasse pour jouir du soleil. Dorée « comme une Italienne », elle exprime toute sa reconnaissance. Elle-même habite désormais une chambre au 32 Sieveringstrasse, à Döbling, dans le 19e arrondissement de Vienne. Elle a trouvé dans la maison des Bahr un confort dont elle n'a plus l'habitude. Elle travaille son alto dans le vaste salon de musique, se repose dans la chambre à coucher d'Anna, prend sa douche quotidienne dans la salle de bains – mais sans utiliser la lumière électrique, trop coûteuse à son goût –, elle se rend tous les jours ou presque à Vienne, et se couche tôt.

Elle n'est pas seule, pourtant. Elle a trouvé un nouveau protégé, un ami qui vient de souffrir d'une grave maladie nerveuse. Peut-être l'a-t-elle connu lors de sa propre hospitalisation ? Il a passé la semaine à se reposer au soleil sur la terrasse. Et grâce au lait et au beurre frais qu'elle lui prodigue, il va beaucoup mieux et pourra bientôt partir pour Ybbs où il restera trois mois, le temps de se préparer au doctorat de philosophie, après des études de mathématiques et de physique. Ils ont passé des journées merveilleuses à bavarder et à lire dans cet environnement si exceptionnel. Seul petit problème : Natalie a cassé un vase précieux en rangeant un vêtement dans une penderie. Elle n'a même pas l'excuse de l'« idiotie », s'excuse-t-elle, comme le héros de Dostoïevski qui brise un vase par inadvertance chez les Epantchine. S'identifie-t-elle inconsciemment au prince Mychkine, épileptique, trop pur et trop généreux pour être heureux en amour ? En tout cas, elle propose d'en racheter un semblable pour Anna. Mais comme elle doute d'avoir assez d'argent et que ce serait comme « apporter de l'eau à la rivière », elle lui offrira plus vraisemblablement un livre !

Natalie, qui n'a jamais été femme d'intérieur, tant s'en faut, a apprécié les services de la cuisinière des Bahr. Elle ne peut qu'en dire du bien. Mais, fait-elle remarquer à Anna, « celle-ci travaille du matin au soir, si bien que, comme elle n'est pas très forte, elle a l'air misérable ». Je ne peux me retenir de sourire. Il faut sans doute beaucoup d'affection pour supporter une invitée telle que Natalie. Mais elle est si bonne et si touchante ! Je suis heureuse de savoir qu'elle travaille toujours son alto. La photo prise dans la lumière, assise dans son fauteuil, son instrument à la main, pourrait bien dater de cette période. Prise par son ami ? Son écriture dans cette lettre, la dernière dont on dispose, est régulière, son esprit parfaitement vif. Ah ! le dernier paragraphe : « Avant-hier, lors d'une rapide visite chez Nanna à Vienne (qui veut également te rendre visite), j'ai appris à mon grand effroi que Siegfried a été récemment opéré deux fois. Combien de temps le pauvre doit-il encore supporter tout cela ? (*Wie lang der Armste* *das* *noch ertragen soll ?*). » J'ai beau vérifier plusieurs fois : la phrase est bien au présent.

Le passé et le présent se mélangent-ils dans son esprit ? Siegfried est mort depuis bientôt dix ans. Ou bien, s'agit-il d'un simple lapsus ? Le fils d'Albert et Nina Spiegler se nomme « Gottfried ». Il est né à Berlin et a fait ses études de médecine à Vienne. Âgé d'une trentaine d'années, il deviendra l'un des premiers spécialistes de la radiographie. Les deux prénoms n'en ont-ils fait qu'un ? Je choisis cette hypothèse optimiste… mais je doute.

Et je garde dans mon cœur ses dernières lignes, comme si elle s'adressait à moi : « Je t'embrasse de toute mon âme. Salue bien ton cher et tendre, ta Natalie tout en culpabilité et en joie. »

Natalie rédigea son testament deux mois plus tard, dans la villa de son ami Heinrich Spiegler, le frère d'Albert, Pötzleindorfer Strasse, où Gustav Mahler avait aussi habité quelques jours, bien des années auparavant. Heinrich était mort l'année précédente, Natalie séjournait auprès de sa femme Lili et de son fils Franz, son filleul. Mais son état se délabrait. Le grand âge avait sauté sur elle d'un coup, comme une bête malfaisante. Elle n'avait pourtant que 63 ans. Sa mémoire s'évanouissait peu à peu comme étouffée par un épais tampon de ouate quand elle cherchait à se remémorer un souvenir, un visage, un nom, une date. Elle se déplaçait avec difficulté, elle naguère si sportive. Les jours, les heures se confondaient. On l'interna à nouveau au Sanatorium der Kaufmannschaft d'où elle sortit le 26 février 1921. Son frère Oskar et sa belle-sœur Antonie la recueillirent en échange d'une pension journalière de 300 couronnes au dernier étage de leur villa cossue de la rue de la Colloredogasse, dans le quartier chic du Cottage qu'habitait aussi Arthur Schnitzler. Peu à peu, ses gestes se firent lents et maladroits, elle oublia comment jouer, elle n'arriva plus à porter une cuillère de soupe à sa bouche, les mots eux-mêmes la fuirent et elle sombra dans une mélancolie qui ressemblait à de l'hébétude. Son alto restait muet sur ses genoux, son âme avait cessé de résonner.

Elle mourut le 8 juin 1921, dix ans après Gustav Mahler. Elle ne l'avait jamais revu. Ils n'avaient jamais tenté, ni l'un ni l'autre, de se retrouver. Leur histoire était finie. Il avait glissé hors de sa mémoire et si, par quelque miracle, il s'était tenu devant elle, Natalie ne l'aurait peut-être plus reconnu. Mais pendant longtemps, de loin en loin, par bouffées, leur était jadis revenu à tous deux, à lui aussi, oui, il l'avoua à Bruno Walter, le souvenir du don total de Natalie, de sa compréhension si fine et de leur amitié passée, comme « l'écho harmonieux de la rupture si disharmonieuse de notre profond et permanent attachement », ainsi que l'avait écrit la musicienne.

ÉPILOGUE

Natalie fut enterrée dans la tombe familiale, au cimetière central de Vienne. Il y eut foule pour l'accompagner ce jour-là, tous ceux qui l'avaient connue et aimée. Dans la revue musicale *Der Merker*, un long article rappelait sa forte personnalité, sa droiture, sa sincérité et sa passion du travail, sa bonté et son souci des autres.

Elle avait rédigé la version finale de son testament le 8 août 1920. Une première version datait de 1918. Sa nièce, Frederike Killian, était sa légataire universelle. Le testament comprenait, outre les *Mahleriana*, une série d'écrits qui ont tous disparu : des entretiens avec Siegfried Lipiner, un commentaire sur la deuxième partie du *Faust* de Goethe, le début d'une *Histoire de ma vie* (titre sandien), une petite biographie du peintre Pierdomenico Voltolina (racontée d'après ses paroles), et le texte manuscrit de *Gegen den Krieg*.

Elle laissait à son héritière, une fois les dettes réglées, 77000 couronnes et son alto. Sa misère était donc relative. Rien n'était dit dans l'acte notarié à propos des partitions ou des lettres de Gustav Mahler qui devaient pourtant s'y trouver.

L'histoire de la publication de ses écrits sur Gustav Mahler est complexe car Natalie pensa successivement à plusieurs personnes, Hans Riehl, puis une amie journaliste, Erika Spann-Rheinisch, qui aurait décliné la proposition en faveur de Johann Killian, le mari de la nièce de Natalie. Deux ans après la mort de Natalie Bauer-Lechner, celui-ci fit paraître des extraits de ses *Mahleriana* sous le titre *Souvenirs de Gustav Mahler*, avec une courte préface de Paul Stefan. Son fils, Herbert Killian, historien de la sylviculture, publia en 1984, sur la base des archives familiales et du manuscrit, une version plus étoffée et annotée, mais toujours remaniée et incomplète. Nous n'aurons jamais la totalité du texte puisque, sur la trentaine de cahiers, il n'en reste à ce jour que neuf, rassemblés par le biographe de Gustav Mahler Henry-Louis de La Grange et déposés à la Médiathèque musicale Mahler. Jamais ? Qui peut le dire ? la destinée des écrits est si mystérieuse, parfois…

En 1938, le ministre de la Propagande Josef Goebbels mit à l'index les œuvres des artistes juifs, coupables d'« art dégénéré ». L'œuvre de Gustav Mahler, qui avait été en butte à l'antisémitisme de son vivant, fut interdite, de même que celle de Jacques Offenbach ou de Félix Mendelssohn. Bruno Walter et Arnold Schönberg durent leur salut à leur départ pour les États-Unis, tout comme Alma. Après avoir divorcé de Walter Gropius, elle avait épousé l'écrivain Franz Werfel. Ils purent rejoindre les États-Unis en franchissant les Pyrénées à pied vers l'Espagne puis le Portugal, ce même itinéraire auquel renonça Walter Benjamin en se suicidant à Portbou. La fille cadette de Gustav, Anna Mahler (la petite « Gucky »), devenue sculptrice, avait fui le nazisme à Londres. De ses différents mariages, elle eut deux filles, Alma et Marina. Quant à Justine, la sœur de Gustav Mahler, elle était morte en 1938. Son mari, le violoniste Arnold Rosé, put se réfugier en Angleterre. Mais leur fille, Alma Rosé, elle-même violoniste de talent, fut arrêtée en Hollande et déportée à Auschwitz. Ironie tragique de l'Histoire, elle dirigea l'orchestre de femmes du camp. Elle y mourut en 1944.

BIBLIOGRAPHIE

J'ai tantôt utilisé la traduction d'Isabelle Werck ou celle d'Henry-Louis de la Grange (voir ci-dessous), tantôt proposé une traduction inédite et personnelle avec l'aide de Martine Bloch.

Voici quelques ouvrages parmi ceux que j'ai consultés :

Natalie Bauer-Lechner

Natalie Bauer-Lechner, *Fragmente. Gelerntes und Gelebtes*, Vienne, 1907.

Natalie Bauer-Lechner, *Erinnerungen an Gustav Mahler*, édité par J. Killian, introduction de Paul Stefan, Vienne / Leipzig / Zurich, 1923.

Natalie Bauer-Lechner, *Gustav Mahler in den Erinnerungen von Natalie Bauer-Lechner*, édité par Herbert Killian, Hambourg, Karl Dieter Wagner Verlag, 1984.

Natalie Bauer-Lechner, *Souvenirs de Gustav Mahler. Mahleriana*, traduction de l'allemand, introduction et notes par Isabelle Werck, Paris, L'Harmattan, 1998.

Morton Solvik, Stephen E. Hefling, « Natalie Bauer-Lechner on Mahler and Women : A Newly Discovered Document », Oxford University Press, *The Musical Quarterly*, vol. 97, n° 1, printemps 2014, p. 12-65. (Lettre à Hans Riehl.)

Une partie des cahiers manuscrits des *Mahleriana* et leur transcription tapuscrite se trouvent dans le « Fonds Gustav Mahler » à la Médiathèque musicale Mahler ainsi que divers autres documents concernant Natalie Bauer-Lechner. Le catalogue peut être consulté sur le site de la MMM.

La correspondance avec Anna Bahr-Mildenburg se trouve aux Archives du Theatermuseum à Vienne.

Quelques lettres échangées avec Marie Soldat-Roeger sont conservées aux Archives du Musikverein à Vienne.

Deux sites consacrés aux femmes musiciennes m'ont été utiles pour aborder cette question : celui du Mugi (Musik und Gender im Internet) : mugi.hfmt-hamburg.de (dans l'article consacré à Natalie Bauer-Lechner, on trouvera le répertoire du quatuor Soldat-Roeger), et celui du Sophie Drinker Institut : www.sophie-drinker-institut.de

Revues :

Der Merker, n° 3, p. 184-188, 1912.

Musikblätter des Anbruch, n° 2, Sonderheft Gustav Mahler, p. 306-309, 1920.

Sur Marie Soldat-Roeger et le quatuor :

Kay Dreyfus, Margarethe Engelhardt-Krajanek, Barbara Kühnen, *Die Geige war ihr Leben, Drei Frauen im Portrait*, Strasshof, Vier-Viertel Verlag, 2000.

Gustav Mahler

Parmi l'immense bibliographie, je me limiterai à citer quelques ouvrages biographiques et la correspondance :

Anna Bahr-Mildenburg, *Erinnerungen*, Wentworth Press, 2018.

Leonard Bernstein, *The Little Drummer Boy. An essay on Gustav Mahler*, réalisé par Peter Butler, Unitel Classica, 1985 (DVD).

Herta Blaukopf, *Gustav Mahler Briefe*, Vienne, Paul Szolnay Verlag, 1996.

Helmut Brenner, Reinhold Kubik, *Mahlers Menschen, Freunde und Weggefährten*, Salzbourg, Residenz Verlag, 2014.

Françoise Coblence, « Gustav Mahler : jalousie et rivalités », *Revue française de psychanalyse*, 2011/3, vol. 75, p. 739-753.

Henry-Louis de La Grange, *Gustav Mahler*, Fayard, 2007, une synthèse des trois tomes publiés chez le même éditeur par le grand biographe du musicien : *Gustav Mahler. Chronique d'une vie*
Tome I : *Les Chemins de la gloire, 1860-1900*, 1979
Tome II : *L'Âge d'or de Vienne, 1900-1907*, 1983
Tome III : *Le Génie foudroyé, 1907-1911*, 1984.

Jens Malte Fischer, *Gustav Mahler*, translated by Stewart Spencer, New Haven, Yale University Press, 2013.

Norman Lambrecht, *Mahler Remembered*, New York, W. W. Norton & Company, 1987.

The Mahler Family Letters, edited, translated, and annotated by Stephen McClatchie, Oxford, Oxford University Press, 2006.

Gustav Mahler, *Lettres à Alma*, traduction par M. et R. d'Asfeld, Paris, Van de Velde, 1979.

Alma Mahler-Werfel : *Journal intime. Suites, 1898-1902*, traduction par Alexis Tautou, Payot & Rivages, 2010.

Catherine Sauvat, *Alma Mahler. Et il me faudra toujours mentir*, Payot, 2009.

Alma Schindler-Mahler, *Ma vie*, traduction par Gilberte Marchegay, Hachette, 1985.

Carl E. Schorske, « Gustav Mahler. Formation et transformation », in *De Vienne et d'ailleurs. Figures culturelles de la modernité*, traduction par Sylvette Gleize, Fayard, 2000.

Bruno Walter, *Gustav Mahler*, préface de Pierre Boulez, Le Livre de Poche, 1979.

Stefan Zweig, « Le retour de Gustav Mahler », in *Hommes et destins*, Le Livre de Poche, 2000.

Vienne, l'Autriche

Marie-Theres Arnbom, *Die Villen vom Attersee*, Vienne, Almathea, 2018.

Anna Bahr-Mildenburg, *Erinnerungen*, Wiener Literarische Anstalt, 1921.

Jean Béranger, *L'Autriche-Hongrie, 1815-1918*, Armand Colin, 1994.

Mikkel Borch-Jacobsen, *Les Patients de Freud. Destins*, Auxerre, Éditions Sciences Humaines, 2011.

Henry-Louis de La Grange, *Vienne. Histoire musicale 1848 à nos jours*, Arles, Bernard Coutaz, 1991.

Jacques Le Rider, *Les Juifs viennois à la Belle Époque*, Albin Michel, 2013.

Ernst Lothar, *Mélodie de Vienne*, traduction par Élisabeth Lande, Liana Levi, 2016.

Isabelle Mons, *Femmes de l'âme. Les pionnières de la psychanalyse*, Payot, 2015.

Joseph Roth, *La Marche de Radestzky*, Seuil, 1982.

Arthur Schnitzler, *Vienne au crépuscule*, traduction de Robert Dumont, Stock, coll. « La Cosmopolite », 2000.

Arthur Schnitzler, *Une jeunesse viennoise*, traduction de Nicole et Henri Roche, Le Livre de Poche, 1987.

Carl E. Schorske, *Vienne fin de siècle. Politique et culture*, traduction par Yves Thoraval, Seuil, coll. « Points essais », 2017.

Edmund Wahl, *La Mémoire retrouvée*, Albin Michel, 2011.

Stefan Zweig, *Le Monde d'hier*, traduction par Serge Niemetz, Le Livre de Poche, 1993.

Stefan Zweig, *Romans et nouvelles*, La Pochotèque, 1991.

Stefan Zweig, *La Confusion des sentiments et autres récits*, nouvelles traductions sous la direction de Pierre Deshusses, Robert Laffont, coll. « Bouquins », 2013.

REMERCIEMENTS

Le projet de ce livre est né d'une conversation avec Anne-Lise Gastaldi et Virgine Buscail, du trio George-Sand, qui m'ont accompagnée tout au long de l'écriture. Qu'elles en soient remerciées, ainsi que les musiciennes Diane Ligeti, Violaine Despeyroux et Jennifer Tani, qui ont répondu avec précision et humour à mes questions « techniques ».

Alena Parthenaud m'a accueillie et guidée à la Médiathèque musicale Mahler. Elle est la mémoire vivante de ce lieu et j'ai eu la chance de pouvoir bénéficier de ses conseils et de son aide.

Ma sœur, Martine Bloch, a suivi avec moi les traces de Gustav Mahler à Vienne et à Jhilava. Elle m'a aidée à déchiffrer et à traduire la correspondance de Natalie Bauer-Lechner, avec sa patience et sa gentillesse légendaires.

Un merci du fond du cœur à Josef et Dana Poukarovi qui nous ont fait visiter Jhilava et ses environs sur les pas de la famille de Gustav Mahler, en particulier les lieux de son enfance et du judaïsme. Je garde un souvenir ému des moments passés ensemble.

Merci à Kurt Ifkovits et Christiane Mühlegger-Henhapel des Archives du Theater Museum et à Ilse Kosz des Archives de la « Gesellschaft der Musikfreunde in Wien ».

Des remerciements amicaux à Alice Kaplan, Élyane Dezon-Jones, Anne-Lise Gastaldi, Virginie Buscail, Lisa Dano et Thomas Vernet, directeur de la Médiathèque musicale Mahler, qui ont lu le manuscrit à différents stades et m'ont fait bénéficier de leurs suggestions.

J'éprouve une immense gratitude à l'égard de mon éditeur et ami Manuel Carcassonne : *L'Âme sœur* est mon dixième livre publié par lui. Mille mercis aussi à Alice d'Andigné, si attentive et généreuse, ainsi qu'à toute l'équipe de Stock.

Merci enfin à Marc Voinchet et Stéphane Grant de France Musique pour leur confiance.

Le CD *Mahler intime*, interprété par le trio George-Sand, Jennifer Tani et Violaine Despeyroux, réunit comme le livre amitié, art et musique. Le disque et le livret dévoilent des éclairages inhabituels de Gustav Mahler tant du point de vue artistique que personnel. Ont contribué au livret : Marina Mahler (petite fille du compositeur et fondatrice de la Mahler Foundation), Noriko Baba (compositrice), Évelyne Bloch-Dano, Édouard Delale (transcripteur), Gérard Pesson (compositeur), Anna Stoll Knecht (musicologue à l'université d'Oxford) et Thomas Vernet (Médiathèque Musicale Mahler).

Retrouvez *L'Âme sœur* sur France Musique
dans une série de 5 émissions proposées
par Évelyne Bloch-Dano,
disponibles en podcasts sur francemusique.fr

DU MÊME AUTEUR (*suite*)

Une jeunesse de Marcel Proust. Enquête sur le questionnaire, *Stock, 2017, Prix Céleste Albaret 2018; Le Livre de Poche, 2019*

Mes maisons d'écrivains: d'Aragon à Zola, *Stock, 2019; Le Livre de Poche, 2021*

Ouvrages collectifs

Elles – Histoires de femmes *(collectif), Filipacchi, 1999*

Légendes rustiques de George Sand, *Christian Pirot, 2000*

Balades en Yvelines *(collectif), Alexandrines, « Sur les pas des écrivains », 2001*

Rêves de maternité *(collectif), sous la direction de René Frydman et Muriel Flis-Trèves, Odile Jacob, 2005*

Origines de la vie... Vertige des origines *(collectif), sous la direction de René Frydman et Muriel Flis-Trèves, PUF, 2008*

L'Irrésistible Course du temps *(collectif), sous la direction de René Frydman et Muriel Flis-Trèves, PUF, 2010*

Universités populaires, hier et aujourd'hui *(collectif), sous la direction de Gérard Pouloin, actes du colloque de Cerisy, Autrement, 2012*

Proust: une vie en musique *(collectif), « Marcel Proust et la musique maternelle », Archimbaud/Riveneuve, 2012*

Cet ouvrage a été composé
par Maury à Malesherbes
et achevé d'imprimer
par Grafica Veneta, Trebaseleghe
pour le compte des Éditions Stock
21, rue du Montparnasse, 75006 Paris
en février 2021

PAPIER À BASE DE FIBRES CERTIFIÉES

Stock s'engage pour l'environnement en réduisant l'empreinte carbone de ses livres. Celle de cet exemplaire est de :
1,4 kg éq. CO_2
Rendez-vous sur www.editions-stock-durable.fr

Imprimé en Italie

Dépôt légal : mars 2021
N° d'édition : 01
60-51-9419/8